목차

작가 소개

이종호

한국공포문학 작가모임인 '매드클럽'을 결성하여 한국공포문학단편선을 기획하였고, 단편 「아내의 남자」, 「오해」, 「폭설」 등을 수록하였다. 장편으로는 공포소설인 『이프』, 『귀신전』, 『모녀귀』 등을 썼다. 영화 <분신사바>로 만들어지기도 했던 『모녀귀』는 가도카와 호러문고로 일본에서 출간되었고, 태국에서도 출간되었다. 소설 외에 공포영화 <두 개의 달>, <소녀괴담>, <귀문>의 시나리오를 썼고 공포영화 <요가학원>의 스토리 디자인을 했다. 황금드래곤 문학상과 종말문학상 등의 심사위원을 맡았다.

공포 장르는 소재와 형태에 따라 스펙트럼이 워낙 넓고, 독자의 선호도 역시 극단적으로 나뉘는 편이라 작가 입장에서는 대중의 평가를 예측하기 힘든 장르인 것 같다. 개인적으로 오컬트 소재를 선호하지만 현실 공포를 다루는 이야기도 좋아한다.

지금까지 쓴 모든 작품이 공포는 아니지만, 독자나 관객의 입장으로도 공포 장르의 작품을 좋아한다. 현실과 환상의 경계를 넘나드는 상상의 유연함과 미지의 영역에서 일어나는 사건의 의외성이 공포 장르가 주는 매력이라고 생각한다. 부디 「스며드는 것들」이 이 장르를 좋아하는 독자에게 만족을 주는 작품이 되기를 바란다.

홍지운

공상연애소설가. 기혼. 청강문화산업대학교 웹소설창작전공 교수. 본명 홍석인. 제2회 SF어워드에서 『무안만용 가르바니온』으로 대상 수상. 단편집 『구미베어 살인사건』, 『공상연애소설』, 『대통령 항문에 사보타주』, 『악의와 공포의 용은 익히 아는 자여라』, 『월간주폭초인전』을, 장편 『천국게임』, 『우주 달 별 사랑』, 『냉장고와 넷플릭스』 등의 작품을 출간하였으며 『창작자를 위한 마블 스토리텔링』 등 여타 작법서 또한 집필한 바 있다.

B급 호러와 코미디를 사랑하며, 본질적인 영역에서 이 둘에는 큰 차이가 없다고 생각한다. "전대물로 치면 핑크, 슈퍼히어로로 치면 개그성 캐릭터"라는 김보영 작가의 평을 가슴에 깊이 담은 채 살고 있다. 니혼바시 요코와 마찬가지로 어릴 때부터 <아담스 패밀리> 같은 가정을 꾸리고 싶었으며, 요즘은 어떻게 하면 이 꿈을 실현할 수 있을지 고심하며 지낸다.

매드앤미러 06

익명 연재

MADANDMIRROR

익명 연재

이종호×홍지운

TXTY

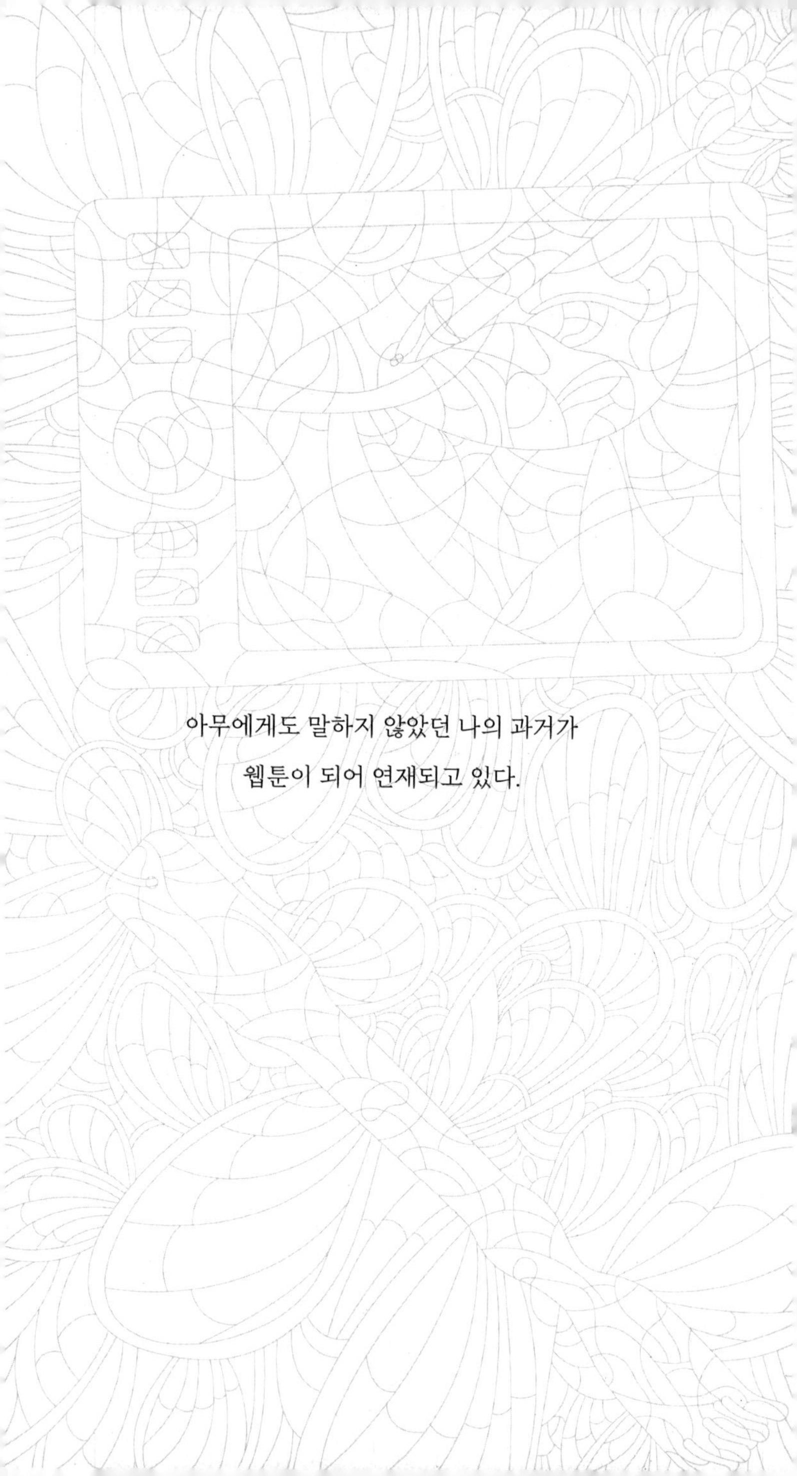

아무에게도 말하지 않았던 나의 과거가

웹툰이 되어 연재되고 있다.

스며드는 것들

이종호

휴대폰에 웹툰 <붕괴>의 마지막 화가 업로드됐다는 알림이 떴다.

<붕괴>는 내가 지난 1년간 플랫폼에서 연재한 웹툰 데뷔작이다. 나는 <붕괴>에 가지고 있던 모든 아이디어를 쏟아부었다. 덕분에 독자들 반응도 좋았고 성적도 연재 기간 내내 상위권을 유지했다.

휴대폰 스크롤을 천천히 아래로 내렸다. 마지막 컷이 끝나고 댓글 창에 47개의 댓글이 등록됐다는 표시가 보였다. 엔딩에 대한 독자 반응이 어떨지 불안과 설렘을 동시에 안고 댓글 창을 누르자 베스트 댓글 아래로 댓글이 줄줄이 이어졌다.

—엔딩 무엇? 희철은 무사히 빠져나왔다고 생각했는데 그곳도 현실이 아니었다니. 슬프고 무서워잉~

—마지막까지 예측할 수 없는 전개. 하지만 떡밥은 모두 회수함. 깔끔한 결말인 듯~

─연재하는 내내 다음 예상이 안 되는 미스터리와 반
전의 연속. 잘 봤습니다! 외전 가즈아~

─달의뒤편 작가님 다음 신작 기대됨

다행히 이후 이어지는 댓글도 호의적인 것들이 대부분
이다. 완결을 축하하고 결말에 만족한다는 내용들. 실시
간으로 올라오는 댓글들을 보고 있으니 목구멍을 간질이
던 불안이 조금씩 수그러들며 지난 1년간 고생했던 시간
이 잘 마무리되는 기분이었다.

'이제 정말 끝났네.'

<붕괴> 덕분에 나는 '웹툰 작가 심우진'이라는 타이틀
을 얻었고, 사랑하는 미영과 결혼도 할 수 있게 됐다. 자
신의 이상형과 결혼할 수 있는 남자가 세상에 몇이나 있
을까. 나는 행복한 사람이라고 생각했다. 편집자로부터
다음 작품 기획안 결과를 통보받기 전까지는.

휴대폰이 울려서 보니 플랫폼 담당 편집자였다. 평소
통화할 때 편집자는 내게 호의적이고 친절했다. 그런데
지금 휴대폰 너머에서 들려오는 목소리는 같은 사람이
맞나 싶을 정도로 딱딱하고 사무적이다.

─그렇게 됐습니다, 작가님. 이번 신작은 장르가 애매
해서 저희 쪽에선 연재할 수 없게 됐습니다.

다음 연재를 너무 당연하게 생각했던 탓일까. 전화를
끊을 때까지도 방금 일어난 일이 현실처럼 여겨지지 않
았다. <붕괴>의 성적이 좋아 웬만하면 심사를 통과할 줄

알았다.

'<오후의 살인>이 까였다고?'

전작의 인기에 취해 지나치게 자신감이 충만했던 것일까. 담당자의 통보를 받아들이는 게 쉽지 않았다. 어떻게든 담당자의 판단이 틀렸다고 믿고 싶었다.

'그래, 민재한테 물어봐야겠다.'

민재는 고등학교 동창으로 아내에게 받는 용돈의 절반을 웹툰 보는 데 사용할 정도로 웹툰을 좋아하고 많이 보는 친구다. 웹툰을 보는 안목도 전문가 못지않다. <붕괴> 때도 기획 단계부터 민재의 도움을 많이 받았다.

<오후의 살인>도 민재한테 진즉 원고를 보냈다. 다만 이번엔 나 혼자 작업해서 완성된 원고를 보내줬다. 이제 인기 웹툰 작가인데 독자에 불과한 민재의 도움을 받는 건 자존심이 상했다.

"민재야, 통화 괜찮아?"

—응, 괜찮아.

"너 <오후의 살인> 원고 보내준 거 아직 안 읽었어? 왜 아무런 답이 없어?"

—어…… 그게 읽긴 읽었는데…….

"읽었는데?"

—어차피 원고 플랫폼에 보냈다며?

"플랫폼에 보낸 게 왜?"

—지금 와서 내가 평을 하는 게 무슨 의미가 있을까 싶

어서.

"야, 그건 다르지. 난 그냥 독자인 네 솔직한 평을 듣고 싶은 거야."

민재는 평소와 달리 머뭇거리는 느낌으로 조심스럽게 입을 열었다.

―그럼 솔직하게 말할게. 난 <오후의 살인>이 재미가 없었어.

"<붕괴>보다 재미가 없었다는 거야?"

―아니, 그냥 재미가 없었어. 네 작품이 아니었으면 난 초반 몇 화 보다가 하차했을 것 같아. 미안하다, 좋은 평을 못 해줘서.

민재의 말에 심장 한가운데로 커다란 얼음 하나가 출렁하고 떨어진 것 같았다. 플랫폼 담당자한테 연재 거절 전화를 받았을 때보다 이번 충격이 오히려 컸다. 민재는 대놓고 <오후의 살인>이 재미없다고 했다.

'웹툰 담당자의 심정도 그렇지 않았을까?'

<붕괴>의 성적을 생각하면 웬만하면 거절하지 않았을 것 같은데, 너무 재미가 없으니 단호하게 거절한 것이다. 조금 전까지 넘치던 자신감이 구멍 뚫린 풍선처럼 빠르게 쪼그라들었다.

'그래, <붕괴> 때와 비교하면 확실히 절박함이 없었던 것 같아. 내가 아직은 웹툰 작가로 부족한 거라고. 아니면 재능이 없었거나. 만약 <붕괴>가 내가 할 수 있는 최대치

의 결과였다면? 하아, 그럼 난 어떡하지?'

물론 새로운 작품을 기획하거나 <오후의 살인>을 다른 플랫폼에 제안해볼 수도 있겠지만, 지금은 뭘 해도 안 될 것 같은 부정적인 생각이 머릿속을 가득 메웠다.

'만약 웹툰 연재를 못 하면 앞으로 뭘 해 먹고 살지? 오늘 예식장 계약하고 왔는데, 어떻게 하지? 결혼식 비용과 신혼 여행비는 물론이고 신혼집 얻느라 받은 대출금과 이자는 또 뭘로 갚아?'

새로운 연재작품을 준비하려면 최소 몇 달 혹은 몇 년이 걸린다. 난 <오후의 살인>이 <붕괴>처럼 재미있는 작품이라는 착각에 빠져 있었다. 내 미래의 모든 계획도 신작 웹툰이 무난히 연재될 것이란 가정의 전제하에 세워진 것들이다. 연재는 내게 변수가 아닌 상수였다. 그런데 그 당연해 보이던 현실에 균열이 생겼다. 문득 웹툰 <붕괴>의 엔딩에 나오는 마지막 문장이 떠올랐다.

'붕괴는 예상치 못한 작은 균열에서 시작된다.'

기분이 묘했다. 마치 <붕괴>의 마지막 문장이 내 운명을 예견한 것처럼 다가왔다.

'아니야, 기획안을 수정해서 다시 내면 돼. <오후의 살인>이 소재 자체는 나쁘지 않으니까. 내가 지금 너무 당황해서 지레 겁을 먹은 거야. 걱정하지 마. 나는 독자들이 환호한 웹툰 <붕괴>의 작가 심우진이라고. 언제든 <붕괴> 같은 작품을 다시 그릴 수 있어.'

하지만 이내 부정적인 생각이 고개를 치켜들었다.

'정말 그럴까? 플랫폼 담당자는 물론이고 민재까지 재미없다고 한 작품을 수정한다고 재미있는 작품이 될 수 있을까? 만약 <오후의 살인>이 진짜 내 실력이고 <붕괴>가 운이 좋았던 거라면? <붕괴>가 내가 가진 실력에 비해 과분하게 좋은 평가를 받았던 거라면?'

나는 부정적인 기운을 털어내듯 고개를 흔들고 카페 안을 둘러보며 참았던 숨을 내쉬었다. 비로소 사라졌던 소음이 들려왔고 커피 향을 머금은 공기가 폐 안으로 스며들었다. 화장실에 갔던 미영이 돌아오는 모습이 보였다. 그나마 다행이라면 미영이 자리를 비운 사이 편집자 전화가 왔다는 것이다.

미영이 자리에 앉아 빨대로 스무디를 쪽쪽 빨며 내 눈치를 살폈다.

"우진 씨, 표정이 왜 그래? 무슨 일 있어?"

지금 내가 어떤 표정을 하고 있을지 상상이 되지 않았다.

"아니…… 아무것도 아냐."

미영이 내 손에 들린 휴대폰을 슬쩍 보고는 말했다.

"어? 마지막 화 올라왔네? 그래서 그랬구나. 당연히 감회가 새롭겠지. <붕괴> 연재하느라 얼마나 고생했는데. 독자들 반응 어때? 좋지?"

미영은 2주 전에 <붕괴>의 마지막 화를 미리 봤기에

내용을 알고 있었다.

"그렇지 뭐."

"당연히 좋겠지. 나도 이번 엔딩 진짜 마음에 들더라. 참 신작 기획안은 어떻게 됐어? 플랫폼에서 아직도 연락 안 왔어?"

"……어."

"뭐? 연락 너무 늦게 주는 거 아냐?"

지금 미영에게 편집자 얘기를 그대로 전할 수는 없었다.

"이번에 나 말고도 완결한 작가들이 여러 명 있어서 검토가 늦어지는 모양이야. 곧 연락 오겠지."

"아니, <붕괴>가 그렇게 잘됐는데 인기 작가 빨리 잡아야지, 지금 뭐 하는 거야? 다른 플랫폼에서 채가면 어쩌려고?"

순간 벌레가 기어 다니는 것처럼 온몸이 오글거렸다.

"근데 우진 씨, 이번 신작 연재 시작하게 되면 우리 신혼여행은 어떡해? 아무래도 연재 시기랑 겹칠 것 같은데. 그렇게 되면 신혼여행 못 가겠지?"

"……그렇게 되지 않을까?"

미영이 희미하게 웃었다.

"괜찮아, 신혼여행은 언제든 갈 수 있으니까. 지금은 우진 씨 연재가 제일 중요하지. 나 진짜 괜찮으니까 우진 씨는 신작에만 신경 써, 알았지?"

띵.

엘리베이터가 4층에 멎었고 문이 열렸다. 나는 넋 나간 사람처럼 엘리베이터를 내려 기계적으로 걸음을 옮겼다. 미영과 어떻게 헤어졌는지 이후 무슨 얘기를 나눴는지 이상할 정도로 기억이 나지 않았다.

눈앞에 펼쳐진 번영빌라 4층 복도가 오늘따라 유난히 음습하고 을씨년스럽게 느껴지는 것도 우중충한 내 기분 때문이라고 생각했다. 여긴 오늘만 그런 게 아니라 늘 그랬으니까. 미영도 처음 이 복도에 들어섰을 때 비슷한 얘기를 했다.

"우진 씨는 여기 괜찮아? 난 여기만 오면 왠지 모르게 기분이 싸해지더라? 가만, 혹시 우진 씨가 그런 무서운 웹툰 그릴 수 있는 게 여기 분위기 때문인가?"

이 복도의 맨 끝에 있는 404호가 내가 사는 집이다. 이번에 미영과 신혼집을 계약하면서 비로소 이곳을 벗어날 수 있겠다는 희망에 설렜는데, 이젠 그 소망이 물거품이 될 수도 있었다. 그런 생각을 하자 갑자기 불안이 올라오며 목덜미를 갑갑하게 조여왔다. 순간 문득 얼마 전 미영이 했던 말이 생각났다.

"우진 씨 여기서 귀신 같은 거 본 적 없어? 왜 공포영화 촬영장이나 녹음실 같은 데서 귀신 봤다는 목격담 많이 있잖아. 솔직히 나 여기만 오면 갑자기 한기가 느껴지고 소름 돋은 적 여러 번 있거든. 엘리베이터에서 내려서 오빠 집에 가려고 복도 중간쯤 지날 때…… 뭐랄까…… 누군가 입으로 차가운 바람을 불어넣는 것처럼 목덜미가 서늘하고 목이 갑갑하게 조이는 느낌이 드는 거야. 만약 귀신이 목을 조르면 그런 느낌이 들 것 같아. 웹툰 그릴 때 참고해.”

미영의 말처럼 이 빌라에 사는 2년 동안 난 더위를 느껴본 기억이 없다. 이곳의 공기는 이상하다 싶을 만큼 서늘했다. 심지어 바깥에 폭염경보가 뜨던 날에도 이곳에선 한기가 느껴졌다. 더위를 피할 수 있어서 좋겠다고 말하는 이들도 있지만 꼭 그렇진 않다. 이곳의 공기는 시원하다기보다 소름이 돋는 서늘함에 가깝기 때문이다. 계약 기간만 아니었다면 진즉 이사했을 것이다.

삐삐삐삑~

404호의 도어록 비밀번호를 누르는데 바로 옆에서 평소엔 듣지 못하던 소리가 들려왔다.

끼이익~

돌아보니 옆집 403호의 문이 열리고 있었다. 난 반사적으로 도어록 누르던 손길을 멈추고 숨을 삼켰다. 문 안쪽에서 부스스한 긴 머리카락으로 뒤덮인 머리가 밖으로 미끄러지듯 나왔고 뒤를 이어 가늘고 긴 목이 따라 나왔다.

403호 여자가 밖으로 나오고 있었다. 이곳에 사는 동안 옆집 여자를 본 건 딱 한 번뿐이다. 1년 전이던가. 새벽에 원고를 마감한 후 편의점에서 산 맥주를 들고 엘리베이터를 내렸을 때다. 머리카락이 부스스한 여자가 앞쪽에서 복도를 어기적거리며 걸어가고 있었다.

이상했던 건 여자의 뒷모습이 그림자처럼 흐릿해 보였다는 점이다. 몸의 경계와 외부의 경계가 서로 구분되지 않는 불분명한 형태랄까. 물론 내가 잘못 봤을 것이다. 사람의 몸이 그렇게 생길 수는 없을 테니까.

여자는 그런 몸으로 음습한 복도를 느릿느릿 걸었고 그 모습이 우중충한 복도의 분위기와 기이하게 잘 어울렸다. 더욱 기묘했던 건 고개를 푹 숙인 채 걷던 여자가 403호로 다가갈수록 점점 복도 벽으로 붙었다는 것이다. 마치 복도 중간에 내겐 보이지 않는 뭔가가 있어서 피하기라도 하는 것처럼 여자는 부자연스러워 보일 정도로 벽에 몸을 바싹 붙여 걸었다.

여자가 403호 앞에 멈췄을 때 나는 비로소 거기가 여자 집이고 그 여자가 내 옆집에 산다는 걸 알았다. 여자는 한동안 403호 문 앞에서 가만히 숨을 죽인 채 미동도 하지 않았다.

나 또한 엘리베이터 앞에 굳은 것처럼 서서 그런 여자를 숨죽여 지켜봤다. 왜 그렇게 긴장한 채 여자를 지켜봤는지 지금도 이유는 모른다. 그땐 왠지 그렇게 있어야만 할 것 같은 본능적 직감 같은 게 있었던 것 같다.

잠시 그렇게 서 있던 여자가 도어록 비밀번호를 누르기 시작했다. 비밀번호가 기억나지 않는지 번호 두 개를 누른 여자의 손가락이 잠시 방황하듯 허공에 멈춰 있다가 다음 번호들을 띄엄띄엄 눌렀다. 번호와 번호를 누르는 사이의 간격이 제법 길었다. 나는 여자가 혹시라도 비밀번호를 잘못 누를까 긴장하며 지켜봤다.

삐리릭~

다행히 문이 열렸고 여자는 안으로 사라졌다. 여자는 문 안으로 사라지기 직전 고개를 살짝 내 쪽으로 튼 것처럼 보였다. 여자가 왜 그랬는지 모르지만 날 의식한 행동이란 생각이 들었다.

난 그때까지도 엘리베이터에서 내린 그 자세 그대로 서 있었다. 여자가 집 안으로 사라지고 나서야 나는 비로소 참고 있던 숨을 토해냈다. 지금 생각해도 그날의 기이한 공기와 분위기가 이해되지 않았다.

그날 이후 거의 1년이 지날 동안 다시는 403호 여자를 보지 못했다. 여자가 여전히 403호에 살고 있는지조차 알 수가 없었다.

번영빌라는 날림으로 공사를 해서 층간 소음은 물론 벽간 소음도 심한 편이다. 엘리베이터를 타면 늘 몇 호실 조용히 해달라는 종이가 몇 장씩 벽면에 붙어 있었다.

그런데 403호에서는 그 어떤 소음도 들려오지 않았다. 심지어 화장실 물 내리는 소리 같은 최소한의 생활 소음조차 들리지 않았다. 주기적으로 배달되는 택배가 소리 없이 사라지는 일만 없다면 난 그 집에 사람이 산다는 사실을 믿지 않았을 것이다.

그리고 오늘 그 여자가 밖으로 나왔다. 놀랍게도 여자는 날 향해 몸을 틀었다. 숨이 막힐 정도의 가까운 거리에서 부스스한 긴 머리카락으로 덮인 여자의 얼굴이 날 똑바로 바라보고 있었다. 나는 마치 봐서는 안 되는 걸 본 사람처럼 얼른 고개를 돌리고 도어록 비밀번호를 급하게 눌렀다.

삐리릭~

문을 열어 집으로 들어가려는 순간 목에 뭔가 걸린 것 같은 쉰 목소리가 들려왔다.

"……저기……."

소리는 갈고리처럼 꽂히듯 날아와 날 돌려세웠다. 머리카락으로 덮인 여자의 얼굴이 불과 1, 2미터 거리에서 날 향해 있었다.

"저요?"

내가 반문하자 여자가 머리를 끄덕이곤 느릿한 음성으로 말했다.

"오랜만이야…… 우진아."

여자의 입에서 내 이름이 튀어나오는 순간 마음 깊은 곳에서 밑도 끝도 없는 불안이 솟구쳐 올라왔다. 난 그 불안이 어디서 왔는지 짐작도 할 수 없었다. 어쩌면 미래에

벌어질 붕괴의 징후라는 걸 본능이 이미 깨달은 것인지도 모른다.

"방금…… 뭐라고 하셨어요?"

여자가 바깥으로 완전히 걸어 나왔다. 여자는 마치 다른 시공간에서 걸어 나오는 사람처럼 발을 끌며 느릿하게 움직였다. 나는 나도 모르게 무게중심을 뒤로 옮겼다. 왠지 여자한테서 좋지 않은 기운이 옮을 것 같은 경계심이 들었다.

여자가 그런 내게 더욱 다가서며 말했다.

"우진아…… 나 모르겠어?"

그러면서 여자는 손을 들어 얼굴을 가리고 있던 부스스한 머리카락을 젖혔다. 난 처음으로 여자의 얼굴과 눈을 봤다. 부스스한 머리, 느릿한 움직임과 어울리지 않게 여자의 검은 동공 깊은 곳에 이상한 열기가 담겨 있었다. 마치 검은 블랙홀 어둠 깊은 곳에 숨겨져 비밀스럽게 반짝이는 기묘한 빛처럼.

그러고 보니 이 여자의 눈빛을 어디선가 본 기억이 있다. 이런 눈빛은 한번 보면 결코 잊을 수가 없다. 게다가 그 기이한 목소리도. 잠시 기억을 더듬던 나는 나도 모르게 입을 반쯤 벌렸다.

"혹시…… 안수희?"

여자의 입꼬리가 살짝 올라갔다. 웃었다기보다 입꼬리를 애써 올렸다는 표현이 정확할 것 같다.

"너 진짜 안수희야?"

여자가 입꼬리를 올린 채 고개를 끄덕였다. 머릿속의 사고가 일시 정지했다. 나는 403호 여자가 어떻게 갑자기 안수희가 될 수 있는지 이해가 되지 않았다. 2년 전 404호에 들어올 때 경비가 이런 말을 했다.

"웹툰 작가라고 했죠? 집 잘 얻었네. 솔직히 여기 공사가 날림이라 다들 소음 때문에 다투는데 404호는 걱정하지 않아도 돼. 맨 끝 집인 데다 403호 여자는 살았는지 죽었는지도 모를 정도로 조용하니까. 작업 잘될 거예요."

경비의 말 대로라면 안수희는 내가 이사 오기 전부터 이미 403호에 살고 있었다는 얘기가 된다. 게다가 지금 문을 열고 곧장 날 부른 걸 보면 수희는 404호에 사는 사람이 나라는 것도 진즉 알고 있었던 모양이다.

'근데 왜 그동안 아는 척하지 않았던 걸까?'

아니다. 궁금한 건 그동안 모른 척하다가 왜 지금에 와서 날 아는 척하는지다.

"와, 난 진짜 상상도 못 했어. 옆집에 사는 사람이 너일 줄은."

수희하고는 대학 연극영화과를 같이 다녔다. 난 영화 연출 전공, 수희는 시나리오 전공이었다. 학교 졸업 후 나는 영화감독 대신 웹툰 작가가 됐다. 수희는 졸업 후 연락이 완전히 끊어졌다. 나하고만 그런 게 아니라 가끔 모이는 동기들 누구도 수희 소식을 알지 못했다.

수희는 학교 다닐 때도 눈에 띄길 싫어하는 사람처럼 늘 조용히 혼자 다녔다. 교류하거나 친하게 지낸 사람도 거의 없었다. 지금 돌아보니 그게 수희의 자의적 선택이었는지 학생들이 피하면서 어쩔 수 없이 그런 상황으로 몰린 것인지 확실치 않다. 대놓고 드러낸 건 아니지만 당시 학생들은 약속이라도 한 것처럼 수희를 멀리했다.

그들이 수희를 피한 건 음산한 목소리와 속을 알 수 없는 눈빛 때문만은 아니었다. 다들 수희와 함께 있으면 왠지 모르게 으스스한 기분이 든다고 수군거렸다. 덕분에 한 학기 동안 같은 팀으로 과제를 함께했던 내가 그나마 수희와 친분이 있는 유일한 동기였다.

'당시 과제가 뭐였더라?'

신기할 정도로 기억이 떠오르지 않았다. 과제뿐만 아니라 수희와 관련된 어떤 일도 기억에 남아 있지 않았다.

"내가 여기 산다는 거 알고 있었어?"

수희는 고개를 끄덕였다.

"언제부터?"

"너 이사 오던 날부터."

"근데 왜 아는 체하지 않았어?"

"그냥…… 너 항상 바쁘잖아."

마치 나에 대해 잘 아는 사람 같은 말투였다. 수희하고는 학교 졸업 후 4년 넘게 연락이 끊겼다. 이곳에서도 복도를 걸어가는 뒷모습을 딱 한 번 본 게 전부고. 그런데 어떻게 나에 대해 잘 아는 사람처럼 말하는지 의아했다.

수희가 수줍은 듯 말했다.

"너 웹툰 <붕괴> 오늘 마지막 화 올라왔지? 재밌게 봤어."

수희가 <붕괴>를 봤다는 말에 깜짝 놀랐다.

"<붕괴>가 내 작품이라는 거 어떻게 알았어? 내 이름으로 연재한 것도 아닌데?"

나는 <붕괴>를 '달의뒤편'이라는 닉네임으로 연재했다.

"'달의뒤편' 작가가 너라는 것도 난 처음부터 알고 있었어. 그래서 관심 등록하고 그동안 꼬박꼬박 챙겨 본 거야. 재밌더라."

지난 2년 동안 딱 한 번 본 옆집 이상한 여자가 안수희가 되고, 안수희는 어쩐 일인지 나에 대해 뭔가를 알고 있고, 심지어 내 웹툰의 애독자라는 사실을 어떻게 받아들여야 할지 혼란스러웠다.

"대체 나에 대해 어떻게 그렇게 잘 아는……."

무심코 반문하던 나는 순간 이 빌라의 날림 공사 문제를 떠올렸다. 작은 소리만 내도 옆집에 그 소리가 다 들린다고 했다. 난 그런 일을 겪어보지 않아 그게 어느 정도인지 전혀 감을 잡지 못했고, 그래서 의식조차 하지 않고 살았다.

403호에서 아무런 소리가 들리지 않으니 내가 떠드는 소리도 당연히 안 들릴 줄 알았다. 그래서 편집자와 통화할 때나 미영이 왔을 때도 아무런 주의 없이 마음껏 목소리를 높이며 떠들었다.

뒤늦게 당혹감이 밀려왔다. 수희는 그동안 내가 집에서 내는 소리를 모두 듣고 있었다는 말이 아닌가. 무엇보다 미영과 함께 있을 때 둘의 대화와 사랑을 나누던 소리까지 들었을 것이란 생각을 하니 얼굴이 달아올랐다.

난 애써 불쾌한 감정을 억누르며 말했다.

"아무튼 반갑다. 403호에 사는 사람이 너라는 걸 일찍 알았으면 좋았을 텐데……."

"그러게. 이젠 너무 늦었지. 너 결혼하면 이사 갈 텐데."

아무리 벽간 소음이 심하다고 해도 이건 좀 아니다 싶었다. 무엇보다 그동안 내 방에서 들려오는 모든 소리를 아무 말도 없이 듣다가 지금 와서 태연히 말하는 수희의 태도에 거부감이 일었다. 일부러 벽에 귀를 대고 모든 소리를 듣기라도 했단 말인가.

"벽간 소음이 정말 심하긴 한가 보네. 내 방에서 말하는 소리가 너한테 거의 그대로 생중계된 걸 보면."

난 불쾌한 기분으로 비꼬듯 말했다. 그런데 이어지는 수희의 대답은 의외였다.

"꼭 그런 건 아냐."

"아니라니?"

"벽간 소음이 심해도 그 정도로 소리가 잘 들리는 건 아니라고. 그리고 네가 그렇게 크게 얘기하는 편도 아니고."

나는 고개를 갸웃하며 물었다.

"그럼 어떻게 나에 대해 그렇게 시시콜콜한 것들까지 다 알고 있어?"

수희가 대답 대신 엉뚱한 말을 꺼냈다.

"우진아, 그 얘긴 나중에 하고. 나 지금 컴퓨터가 안 돼서 그런데, 잠깐 들어와서 봐줄 수 있어?"

수희의 생뚱맞은 소리에 나도 모르게 음성이 높아졌다.

"뭐라고?"

"잠깐이면 돼. 부탁이야."

내 질문엔 답하지 않고 뜬금없이 컴퓨터를 봐달라니. 난 불쾌한 기분을 억누르며 블랙홀처럼 속을 알 수 없는 수희의 동공을 빤히 바라봤다.

'그래, 수희는 대학 다닐 때도 이렇게 막무가내로 우기면서 날 불쾌하게 만들곤 했어.'

그러자 졸업 후 한 번도 떠올린 적 없는 수희에 대한 기억이 먼지가 걷히듯 하나둘 떠오르기 시작했다.

대학에서 안수희와 나는 감독과 시나리오 작가로 함께 작업했다. 수희가 쓴 시나리오로 내가 연출해서 20분짜리 단편영화를 만드는 과제였다. 당시 수희가 쓴 시나리오는 공포 장르였다. 연출 전공자 중에 공포 장르를 선호하는 사람이 없어서 자연스럽게 내가 파트너가 됐다. 꽤 잘 쓴 시나리오였는데 지나치게 잔혹한 묘사가 문제였다.

수희는 시나리오를 읽는 것만으로도 불쾌한, 굳이 필요하지 않은 잔혹한 장면들을 집요하게 묘사해 놓았다.

난 연출하는 입장에서 잔혹한 장면을 직접 보여주기보다 인물들의 심리를 통해 공포를 전하고 싶다는 의사를 전했다.

하지만 수희는 잔혹한 장면들을 보여주는 게 꼭 필요하다며 자신의 주장을 굽히지 않았다. 아무리 설득해도 막무가내로 우기는 수희의 고집을 꺾을 수가 없었다. 당시 고집을 부리며 강요하는 듯하던 수희의 눈빛과 태도가 지금과 비슷했다. 결국 우린 과제를 끝마치지 못했고 내 학점은 완전히 망가졌다.

"나 컴퓨터 잘 몰라."

나도 모르게 단호한 대답이 튀어나왔다. 어떤 식이든 수희와 엮이고 싶지 않았고, 왠지 모르지만 403호에도 들어가고 싶지 않았다. 대학생 때의 좋지 않은 기억과 내 사생활을 몰래 훔쳐 듣고 있었다는 불쾌감에 더해, 새로운 웹툰 기획안이 통과되지 않아 우울한 오늘의 내 기분도 수희에 대한 부정적인 감정을 더욱 부추긴 것 같았다.

그 외에도 너무 많은 거절의 이유가 있었다.

수희가 애원하듯 말했다.

"제발 부탁이야. 너 컴퓨터 잘하잖아. 학교 다닐 때도 내 노트북 여러 번 고쳐줬고. 이번 한 번만…… 한 번만 부탁할게."

"학교 다닐 때 내가 네 노트북을 고쳐줬다고?"

"그래, 한 번이 아니라 여러 번 고쳐줬잖아. 기억 안 나?"

말도 안 된다고 부정하려는 순간 흐릿하게 기억이 떠올랐다. 그랬다. 방금 수희가 말한 것처럼 그녀는 그때도 내게 노트북 고쳐달라는 부탁을 여러 번 했다. 막상 살펴보면 대부분 별것 아닌 단순 오류였다. 그 정도로 수희는 심각한 컴맹이었다. 시나리오 쓴다는 애가 어떻게 그렇게 컴퓨터를 모르나 의아할 지경이었다.

"차라리 컴퓨터 수리기사를 부르지 그래?"

수희가 단호하게 말했다.

"안 돼."

"안 되다니?"

"시간이 없어서 그래. 오늘 자정까지 공모전에 드라마 극본을 제출해야 하거든."

그제야 수희의 두 눈이 왜 이렇게 충혈되고 몰골이 말이 아닌지 알 것 같았다. 공모전 마감이 오늘 자정이라면 남은 시간은 대충 서너 시간 남짓. 대학교 다닐 때 기억을 떠올려보면 컴퓨터를 모르는 수희가 지금 얼마나 절박한 심정일지 짐작하고도 남았다.

수희의 사정을 괜히 들었다는 후회가 일었다. 이런 사정을 듣고도 모른 척해서 수희가 공모전에 응모하지 못하면 오히려 내가 찜찜한 기분이 들 것이다. 남은 계약 기간 동안 계속 이웃집으로 살아야만 하는 것도 신경 쓰였다.

"못 고치면 어떡하냐?"

"넌 고칠 수 있을 거야. 학교 다닐 때도 늘 네가 고쳐줬잖아."

"일단 살펴는 볼게."

"고마워, 우진아."

수희가 먼저 403호로 들어가고 내가 뒤따라 들어갔다. 집 안에 들어서자마자 서늘한 공기가 달려들었다. 단순히 추운 것하고는 다른 스산한 기운이었다. 목덜미에 살짝 소름까지 돋자 연상작용처럼 학교 다닐 때 기억이 떠올랐다.

과제 때문에 수희와 한 조가 되어 함께 영화를 준비할 때였다. 지금처럼 예고 없이 소름 돋는 일이 몇 차례 있었다. 옆에서 냉장고 문이 열린 것처럼 갑자기 한기가 밀려와 돌아보면 수희가 서 있었다.

유독 수희하고 있을 때만 반복해서 그런 일이 생기니 꺼림칙한 생각이 들 수밖에 없었다. 그런데 학교 졸업 후 처음으로 방금 또 그 일이 반복됐다. 이런 걸 그저 우연이라 할 수 있을까.

번영빌라는 4층의 모든 집이 오피스텔처럼 똑같은 구조였다. 당연히 403호의 집 구조 역시 원룸형으로 404호인 내 집과 똑같았다.

'근데 왜 여긴 훨씬 넓어 보이지?'

의문이 드는 동시에 이유를 깨달았다. 집 안에 가구가 거의 없었기 때문이다. 방에 있는 가구라고는 책상과 의자, 그리고 미니 식탁이 전부였다. 단출하다 못해 휑하다는 표현이 적절했다.

눈길을 끄는 건 방구석에 두툼하게 쌓여 있는 이불이다. 다른 물건은 없는데 무슨 이불만 저렇게 많이 쌓아놓았나 싶었는데, 그 아래로 삐죽 나와 있는 물건들을 보고 미간이 찌푸려졌다. 그건 이불을 쌓아놓은 게 아니라 온갖 쓰레기를 이불로 덮어놓은 작은 둔덕이었다. 이불 밖으로 과자 봉지도 보이고 찌그러진 캔도 보이고 빨간 국물이 배어 있는 컵라면 용기도 보였다. 이불을 걷으면 그 안에 얼마나 더 많은 쓰레기가 숨겨져 있을지 상상하는 것만으로도 기분이 불쾌해졌다. 집 안에 들어설 때 후각을 자극하던 퀴퀴한 냄새의 출처를 비로소 알 것 같았다.

"우진아, 여기."

수희는 집 안을 둘러보는 내 시선을 책상 위 노트북으로 돌리려 애쓰듯 내 팔을 잡아끌었다. 나도 이 공간에 오래 머물고 싶은 생각은 없었다. 빨리 문제를 해결해준 후 나가고 싶었다.

의자에 앉아 노트북을 보려는데 정면 벽에 이상한 물체가 시야에 들어왔다. 처음엔 벽에 얼룩이 진 건 줄 알았는데 아니었다. 매미였다. 솜을 넣은 투명한 상자에 매미를 넣어 벽에 붙여놓은 곤충표본. 저런 걸 왜 벽에 붙여놓았는지 짐작조차 되지 않았다.

'그저 장식으로 붙여놓은 것 같진 않고 다른 의미가 있는 건가?'

내가 아는 매미에 대한 지식은 10여 년에 걸친 유충 기간을 거쳐 성체가 되면 불과 한 달 남짓 살다가 죽는다는 정도. 그래서 여름에 매미가 악다구니를 쓰며 우는 이유가 억울함 때문이란 생각을 한 적이 있다. 그런 매미를 왜 벽에 붙여놓았을까 생각하다가 수희의 다른 모든 영역 또한 이해 불가라는 생각이 들면서 사고를 멈췄다.

노트북 화면에는 <빙의>라는 제목의 극본이 띄워져 있었다. 아마도 이번 공모전에 낸다는 작품인 듯했다. 학교 다닐 때는 영화 시나리오를 썼는데 지금은 드라마 극본으로 방향을 바꾼 모양이다.

"뭐가 안 되는데?"

수희가 초조한 음성으로 말했다.

"마우스가…… 안 보여. 아까 오후에 작업할 때까지도 아무 이상이 없었는데 갑자기 마우스가 안 보여서 아무것도 할 수가 없어. 터치패드는 오래전부터 작동이 안 됐고. 이러다가 공모전에 접수 못 하면 난……."

말끝을 흐리는 수희의 목소리가 울먹이는 듯했다. 살펴봐야 알겠지만 마우스 문제라면 그리 심각한 오류는 아닐 것이다. 장치 관리자에 들어가 몇 가지 설정을 살펴보는데 마우스 드라이브의 업데이트를 하지 않은 듯했다. 나도 예전에 비슷한 증상을 겪은 경험이 있었기 때문에 바로 드라이브 업데이트를 했다.

마우스 드라이브 업데이트가 끝나자 사라졌던 마우스

커서가 거짓말처럼 나타났다. 마우스가 정상적으로 작동하는지 살펴보기 위해 화면에 띄워져 있는 극본의 본문에서 커서를 이리저리 움직였다. 마우스는 이상 없이 잘 작동했다.

"마우스 이제 잘 작동하니까……."

뒤를 돌아보던 나는 나도 모르게 목소리를 낮췄다. 벽에 등을 기대고 앉은 수희가 무릎을 세운 채 그 위에 얼굴을 묻고 있었다.

"수희야……."

조그맣게 소리 내서 불러도 수희는 미동조차 하지 않았다. 공모전 준비를 하느라 꽤 오랫동안 잠을 자지 않은 것 같았다.

'아무리 그래도 어떻게 저렇게 금방 잠이 들 수 있지?'

나는 다시 한번 수희를 부르려다 이내 입을 다물었다. 잠든 수희를 배려해서 한 행동은 아니다. 스치듯 시야에 들어왔던 수희의 극본 한 장면이 불쑥 호기심을 자극했기 때문이다.

난 잠자는 수희를 그냥 두고 노트북으로 시선을 돌렸다. 노트북 화면에 수희의 극본 <빙의>의 한 장면이 띄워져 있었다. 극본 1화의 초반 장면인데 스치듯 봤음에도 기억에 남을 만큼 묘사가 강렬했다.

내용은 다음과 같다.

S#4 지하실(밤)

지하실로 보이는 어두운 공간 한가운데 여자(이하 정인모, 여/38)가 앉아 있다. 정인모의 양팔은 밧줄이 양쪽에서 잡아당기는 형태로 묶여 있다. 밧줄에는 부적이 매달려 있고 정인(여/10)이 정인모를 보고 있다. 정인이 앞으로 다가가면 고개를 숙이고 있던 정인모가 얼굴을 번쩍 치켜든다.

정인모가 광기 어린 눈빛으로 정인을 바라본다.

정인모: (애원하듯) 정인아……. 엄마야. 여기 매달려 있는 부적들 좀 떼어줘. 이것들이 엄마를 너무 아프게 해. 정인아, 어서…….

정인이 다가가 한쪽 밧줄의 부적을 떼고 나머지 밧줄의 부적을 떼려는 순간, 정인부가 계단을 달려 내려온다.

정인부: (다급하게) 안 돼, 정인아!

정인부가 달려와 정인을 붙잡고 다그치듯 소리친다.

정인부: 넌 여기 내려오지 말라고 했잖아. 저 여잔 네 엄마가 아니라고!

노트북 바탕화면에 띄워져 있는 내용은 거기까지였다. 비록 한 씬이지만 뒷부분이 무척 궁금했다. 대학교 때 수희 시나리오도 잔혹한 묘사만 빼면 이야기 자체는 매우 흥미로웠다.

난 반사적으로 잠든 수희를 돌아봤다. 수희는 여전히 벽에 기대앉은 자세 그대로 무릎 위에 얼굴을 파묻고 있다. 나는 페이지를 넘겨가며 몇 개의 씬을 빠르게 읽었다. 씬들의 비주얼이 모두 강렬할 뿐만 아니라 무섭고 재미있었다.

'이건 드라마보다 웹툰으로 그리면 훨씬 재미있을 스토리야.'

불쑥 그런 생각이 의식의 표면으로 불거졌고 무수한 감정이 꼬리에 꼬리를 물고 매달렸다.

난 잠든 수희를 확인하고 뭔가에 홀린 사람처럼 백팩에서 노트북을 꺼냈다. 내 노트북을 수희의 노트북 옆에 나란히 놓고 전원을 켰다. 노트북이 부팅되자 자동으로 손이 움직였다. 이성적 판단에 따른 계획적 행동은 아니었다. 찰나의 욕망에 이끌린 충동에 가까웠다.

나는 수희의 컴퓨터에서 내가 자주 쓰는 원격 프로그램을 구동시켰다. 이후 연결부터 호스트 컴퓨터의 승인 없이 들어올 수 있도록 설정해 놓는 것도 잊지 않았다. 다음으로는 <빙의> 극본과 공모전 폴더를 통째로 내 노트북에 복사했다.

수희는 여전히 잠에서 깨지 않았다. 난 노트북을 다시 백팩에 집어넣은 후 의자에서 일어났다. 이제 집에 가서 제대로 극본을 읽어볼 참이다. 나는 그저 극본을 시간 들여 천천히 읽어보고 싶었을 뿐이다. 적어도 당시에는 그렇게 생각했다.

내가 어깨를 흔들자 수희가 번쩍 고개를 치켜들었다.

"마우스 이제 잘 작동할 거야."

수희의 얼굴에서 어딘지 모르게 음산하게 느껴지는 미소가 감돌았다.

"고마워, 우진아. 정말 고마워."

나는 403호를 나가려다 말고 돌아서서 물었다.

"화면에 띄워져 있는 극본이 이번 공모전에 출품하는 작품이야?"

내 질문에 수희가 움찔하며 얼른 자신의 노트북을 돌아봤다. 화면에는 처음 노트북에 띄워져 있던 지하실 장면이 그대로 열려 있었다. 수희가 화면을 확인한 후 안심한 것 같은 표정으로 말했다.

"맞아."

"내가 읽어보고 리뷰 좀 해줄까?"

내가 질문하자마자 수희는 1초의 망설임도 없이 단호하게 고개를 저었다.

"아니, 괜찮아. 나 원래 작품으로 만들어지기 전까지 내 작품 다른 사람한테 보여주지 않거든. 예전에 영화 제작사에 시나리오 보여줬다가 아이템만 빼앗긴 적이 있어서. 학교 다닐 때 너한테도 얘기했던 것 같은데?”

“그랬나?”

난 기억을 더듬는 척하다가 중얼거렸다.

“그랬던 것 같기도 하네. 알았어. 이번에 꼭 공모전 당선되길 바랄게.”

“고마워, 우진아. 당선되면 은혜 잊지 않을게.”

수희의 어색한 웃음을 뒤로하고 막 403호를 나오려 할 때였다. 이번엔 수희가 날 불러세웠다.

“우진아.”

“왜?”

수희가 자신의 휴대폰을 내게 내밀었다.

“너 번호 좀…….”

“아…….”

내키지 않았지만 수희의 휴대폰에 내 휴대폰 번호를 찍은 후 통화 버튼을 눌렀다. 내 바지 주머니 속 휴대폰 벨 소리가 울리는 걸 확인시켜 준 후 수희의 휴대폰을 건네주고 서둘러 403호를 나왔다.

나는 집으로 들어서자마자 책상에 노트북을 펼쳐놓고 전원을 켠 후 곧바로 <빙의> 극본을 불러내서 읽기 시작했다.

완성된 극본은 모두 2화였고 트리트먼트가 있어서 전체 줄거리까지 볼 수 있었다. 빠르게 극본과 트리트먼트를 모두 읽고 나자 내 마음은 어느새 어두운 욕망에 물든 기이한 광기가 출렁이고 있었다.

'<빙의>를 웹툰으로 그리면 <붕괴>보다 훨씬 재미있는 작품이 될 거야. 그렇게 되면 난 다시 웹툰 작가의 삶을 살 수 있고 미영이와의 결혼도 예정대로 진행될 수 있어. 이 지긋지긋한 빌라에서도 벗어날 수 있고.'

그런 상상을 하는 것만으로도 온종일 괴롭던 마음에 달콤한 꿀물이 흘렀다.

'만약 수희 노트북에서 <빙의> 극본과 기획안이 들어 있는 폴더를 삭제한다면 어떻게 될까?'

<빙의>가 수희의 작품이라는 증거는 물론 그 흔적까지도 세상에서 완벽하게 사라지게 될 것이다.

수희가 <빙의>를 나 외에 다른 누구에게 보여줬을 가능성은 거의 없다. 수희는 제작사에 아이템을 빼앗긴 후 공모전에 출품할 때 말고는 그 누구한테도 자기 작품을 보여주지 않는다고 내게 직접 말한 적이 있다. 나하고도 과제를 함께하지 않았다면 자기 시나리오를 보여주지 않았을 것이다.

따라서 <빙의>는 수희 노트북에만 존재하는 작품이다. 수희 노트북에서 <빙의>를 삭제한 후 웹툰으로 수정해서 플랫폼에 보낸다면 내가 수희보다 먼저 <빙의> 저작권을 주장할 수 있다. 물론 극본과 다르게 웹툰 스타일로 최대한 수정해서 각색할 것이다.

수희 성격상 극본이 사라졌다고 경찰에 고소하거나 법적인 조치를 취할 가능성은 희박하다. 히키코모리처럼 집에만 틀어박혀 폐인처럼 지내는 수희가 그런 번거로운 일을 벌일 리가 없다. 만에 하나 고소를 한다고 해도 증거가 없는 데다 각색 과정에서 내용도 제법 달라진 <빙의>를 자기 작품이라고 주장해봤자 아무런 효력이 없을 것이다.

지난번 택배를 분실한 입주민과 경비가 나누는 대화를 들었는데 우리 빌라 CCTV 영상은 한 달이라고 했다. 그렇다면 웹툰을 연재할 시점에 내가 수희 집에 들어갔다는 유일한 증거 영상도 사라지고 없을 것이다.

수희의 노트북에 원격조종 프로그램을 설정할 때만 해도 나는 이런 일을 상상조차 하지 않았다. 근데 지금 돌아보니 내 무의식은 그때 이미 수희가 공모전에 <빙의>를 내지 못하도록 막아야겠다는 작정을 하고 있었던 것 같다. 그랬으니 대본을 복사한 후에도 원격 프로그램을 해제하지 않고 접속이 가능하도록 설정해둔 것이다.

<오후의 살인>이 연재 심사에서 떨어지고 작품에 대한 자신감을 잃은 내게 <빙의>는 구원의 동아줄처럼 보였다. 나는 내 노트북 화면에 띄워져 있는 <빙의> 대본을 초조하게 노려봤다.

'지금 수희가 노트북을 보고 있을까? 공모전에 대본을 접수했을까? 아니야. 수희 성격상 마지막 순간까지 잘못

된 게 없는지 확인하고 있을 가능성이 커. 지금 그냥 지워 버릴까?'

나는 이내 고개를 흔들었다. 보나 마나 수희가 노트북 화면을 보고 있을 텐데 내가 원격 프로그램에 접속한다면 바로 알아차릴 것이다.

'아, 어떡하지?'

시간을 보니 공모전 마감까지 남은 시간은 5분 남짓.

나는 쫓기는 심정으로 초조하게 화면을 노려봤다. 다른 이성적인 판단은 할 겨를이 없었다.

'아냐. 그냥 접속해서 지워버리자. 수희가 이상하다는 걸 알아차려도 그게 뭔지 모를 수도 있잖아. 그냥 바이러스 같은 거라고 생각할 수도 있어.'

나는 몇 번이나 마우스를 잡고 커서를 누르려다 이내 다시 손을 떼고 양손으로 얼굴을 감싸안았다.

'수희가 화면만 보고 있지 않으면 되는데……'

나는 절망적인 심정으로 403호 벽에 귀를 대고 신경을 곤두세웠다. 이 빌라는 벽간 소음이 심하다고 하지만 403호는 예외였다. 아무리 귀를 기울여도 들려오는 소리는 없었다. 내가 거의 자포자기하는 심정으로 물러나려는 순간 벽 너머에서 희미하게 물 내리는 소리가 들려왔다.

수희는 화장실에 있었다!

다른 생각을 할 겨를도 없이 난 뭔가에 홀린 사람처럼 책상으로 돌아와 원격조종 프로그램을 가동해 수희 노트북에 접속했다. 수희의 노트북 화면이 내 노트북에 나타났다. 화면을 보니 아직 공모전에 작품을 접수하지 않은 걸 알 수 있었다.

모든 게 날 위한 기회인 것처럼 느껴졌다. 손이 저절로 움직였다. 내 마우스를 움직여 수희 노트북 화면에서 기획안과 극본 화면을 닫았다. 이어서 수희의 <빙의> 폴더를 삭제한 후 휴지통까지 빠르게 비웠다. 그 모든 일이 불과 10여 초 남짓한 시간에 이루어졌다. 원격 프로그램 관련한 기록도 함께 정리했다.

이제 <빙의>와 관련된 모든 파일은 사라졌다. <빙의>는 오직 내 노트북에만 존재하는 작품이다. 시간을 보니 공모전 마감까지 4분이 남아 있었다. <빙의> 극본과 기획안이 사라진 수희의 노트북 바탕화면엔 아이콘 몇 개만 휑하니 남아 있었다.

나는 재빨리 설정으로 들어가 수희 노트북의 원격제어를 해제했다. 눈앞에서 수희의 노트북 화면이 사라졌다. 이제 <빙의>는 수희의 세상에서 완벽하게 사라졌다.

'이제 <빙의>는 내 작품이야.'

비로소 격렬하게 심장이 뛰기 시작했다. 불안한 흥분과 함께 형언하기 힘든 희열이 동시에 머릿속에서 휘몰아쳤다. <빙의>를 삭제하기 전까지만 해도 어렵지 않게 완전범죄가 될 것 같았는데 뒤늦게 무서운 죄의식이 밀려들었다.

‘최대한 빨리 이 집을 떠나는 거야. 수희와 마주치는 일이 없도록.’

자정이 지나는 걸 확인한 후 휴대폰 전원을 끄고 방 안에 불까지 껐다. 난 미친 듯이 날뛰는 심장박동 소리를 억누르며 403호의 벽에 귀를 갖다 댔다. 그렇게 숨을 죽인 채 귀를 기울였지만 403호에서는 어떠한 소리도 들려오지 않았다.

‘왜 이렇게 조용하지? 대체 뭘 하는 거야? 그냥 포기한 건가?’

너무 적막해서 죄의식으로 거칠어진 내 숨소리가 벽을 타고 수희에게 전해지지 않을까 걱정될 정도였다. 시계를 보니 이미 자정을 몇 분 넘긴 시각이다. 지금쯤 수희는 공모전에 〈빙의〉를 접수하지 못했다는 현실을 받아들이느라 괴로움을 삼키고 있을 것이다. 그런 수희가 너무 조용하니 오히려 불안했다.

‘그래, 이성적으로 생각하자. 난 수희의 작품을 훔친 게 아냐. 〈빙의〉는 내 작품이야. 각색하면서 〈빙의〉가 처음부터 내 머리에서 나온 내 이야기라고 믿어야 해!’

그렇게 스스로를 설득하고 있을 때 벽 너머에서 흐느끼는 소리가 들려왔다. 수희는 벽에 얼굴을 대고 마치 내가 보이는 것처럼 흐느끼며 애원하고 있었다. 너무도 음산하고 소름 끼치는 목소리로.

“우진아…… 흐흐흐흑……. 내 극본…… 돌려줘…… 으흐흑흑……."

내가 소스라친 건 수희가 "우진아, 극본이 사라져서 나 공모전에 접수를 못 했어"가 아니라 다짜고짜 "내 극본 돌려줘"라고 말했다는 사실이다. 놀랍게도 수희는 내가 극본을 훔쳤다고 확신하고 있었다. 그럼 혹시 수희가 그 짧은 순간에 화장실에서 나와 컴퓨터 화면을 봤단 말인가. 설령 봤다고 해도 그걸 보고 내가 원격으로 극본을 지웠다고 바로 생각하는 건 이해가 되지 않았다.

"으흐흐흑…… 우진아…… 내 전화 받아……. 어서…… 우진아…… 으흐흐흑……."

나는 전원을 꺼놓은 휴대폰을 바라봤다. 수희가 지금 얼마나 미친 듯이 내게 전화를 하고 있을지 상상이 됐다. 나는 잠을 자느라 아무런 소리도 못 들었다고 변명할 참이었다. 벽 너머 수희의 울음이 잠잠해지는가 싶더니 갑자기 고막을 찢을 것 같은 날카로운 비명이 들려왔다.

"심우진! 너 지금 벽 보며 내 소리 듣고 있는 거 다 알아! 어서 전화 받아! 받으라고! 꺄아아아아악!!"

순간 심장이 목구멍까지 튀어 오르는 것 같았고 숨이 턱 막혔다. 수희는 마치 벽 너머의 내가 눈앞에 보이는 것처럼 울부짖었다.

"너 지금 벽 보며 내 소리 듣고 있잖아아아아아!!!"

수희의 비명은 지금까지 내가 들었던 그 어떤 소리보다 무섭게 날 몰아붙였다. 순간 얼마 전 수희와 나눴던 대화 한 부분이 떠올랐다. 나에 대해 너무 잘 알고 있어서 내가 벽간 소음이 너무 심한 것 같다고 말했을 때 수희가 묘한 대답을 했다.

"꼭 그런 건 아냐. 벽간 소음이 심해도 그 정도로 소리가 잘 들리는 건 아니라고. 그리고 네가 그렇게 크게 얘기하는 편도 아니고."

그럼 어떻게 나에 대해 잘 아느냐고 묻자 수희는 대답 대신 컴퓨터 얘기로 화제를 돌렸다. 지금 돌이켜보니 수희의 대답이 이상했다. 수희의 말대로라면 다른 형태로 내 집에서 일어나는 일들을 알았다는 말이 아닌가.

난 집에 몰래카메라가 설치된 건 아닌지 방에 불을 켜고 살펴봤다. 모든 걸 한눈에 볼 수 있는 원룸인데 딱히 의심스러운 건 보이지 않았다.

'그럼 방금 내가 보이는 것처럼 울부짖던 수희는 그저 짐작으로 소리친 건가?'

문득 정신을 차리고 보니 403호가 쥐 죽은 듯 고요했다. 난 조심스럽게 벽에 다시 얼굴을 갖다 댔다. 어떤 소리가 작게 들리긴 하는데 무슨 소리인지 짐작하기 힘들었다. 난 벽에 뺨과 귀를 더욱 밀착시켰다.

끼기긱~ 끼기긱~ 끼기긱~

오래된 나무 계단을 밟을 때 나는 것 같은 소리와 왠지 소름 끼치는 꺽꺽거리는 소리가 403호에서 벽을 타고 넘어왔다. 내가 벽에 얼굴을 더욱 밀착해서 신경을 곤두세

울 때였다.

쿵!!!

뭔가가 벽에 부딪혔고 그 둔탁한 충격이 벽을 통해 내 뺨에 전해졌다. 난 놀라 벽에서 얼굴을 떼고 뒤로 물러났다. 벽 너머에서 쥐어짜는 것 같은 신음과 불규칙한 부딪힘이 빠르게 이어졌다.

쿵쿵…… 쿵…… 쿵쿵쿵쿵…….

얼마간 이어지던 소리가 잦아들었다.

'대체 뭘 하는 거야?'

순간 누군가 밀어 넣은 것처럼 섬뜩한 이미지 하나가 머릿속에 그려졌다.

'설마…… 아니야, 말도 안 돼.'

나는 머리를 흔들어 이미지를 떨쳐내곤 휴대폰의 전원을 켰다. 22통의 부재중 전화와 31개의 카톡이 와 있었다. 모두 수희한테서 온 전화와 카톡이다. 카톡의 내용은 '복붙'한 것처럼 모두 같은 내용이었다.

―빙의는 내 꺼야.

내가 극본을 훔쳤다고 생각하는 수희의 확신이 섬뜩했다. 절대 연락하고 싶지 않았지만, 그냥 있으면 오히려 의심을 받을 것 같아 전화를 걸었다. 잠을 자느라 휴대폰이 꺼진 줄도 몰랐다는 변명을 준비한 채.

신호가 가는데도 수희는 전화를 받지 않았다.

'전화를 걸었으니 그냥 모른 척할까?'

통화도 부담스러운데 수희의 얼굴을 마주하고 태연한 척 연기할 생각을 하니 끔찍한 기분이 들었다.

'그래도 그냥 넘어가면 더 의심할 거야. 난 컴퓨터만 고쳐줬을 뿐 <빙의> 극본이 사라진 건 모르는 일이라고 확실하게 해두는 게 좋겠어. 어차피 웹툰 <빙의>를 연재할 즈음엔 난 이곳 번영빌라를 떠났을 테고 그때 수희 번호를 차단하면 돼.'

마음을 단단히 먹은 후 문을 열고 복도로 나갔다. 번영빌라의 4층 복도는 평소보다 더 어둡고 음산하게 느껴졌다. 복도 중간에 흐릿한 그림자 같은 형체가 서 있는 게 보였다.

'저게 뭐지?'

눈을 비비고 다시 바라보자 그림자처럼 생긴 형체가 흐려지며 사라졌다. 사람이 긴장과 공포에 사로잡히면 오감이 왜곡된다는 글을 읽은 기억이 난다. 지금 내가 딱 그런 상태인 듯했다.

심호흡을 하고 403호 앞에 서서 초인종을 누르려는데 문이 열려 있는 게 보였다. 아래를 보니 문 사이에 슬리퍼가 걸려 있었다.

'내가 나오고 문이 제대로 닫히지 않은 건가? 아니면 수희가 일부러 문을 열어놓은 건가?'

이유는 모르지만 이상하게 후자일 것 같은 생각이 강하게 들었다. 수희가 문을 열어놓고 내가 방문하기를 기

다린다는 생각을 하자, 안으로 들어가는 게 더더욱 꺼림
칙했다. 살짝 열린 문틈으로 귀를 기울여봤지만 안에선
어떠한 소리도 들려오지 않았다.

나는 문을 좀 더 잡아당긴 후 안쪽을 향해 소리를 냈다.
"수희야…… 안에 있어? 전화했는데 받질 않아서……."
난 소리를 내다가 입을 다물었다. 집 안 바닥에 길게 늘
어진 그림자가 보였다. 경계가 흐릿한 그림자. 그림자는
보이지 않는 원룸 안쪽에서부터 이어졌다. 조금 전 쿵쿵
거리는 소리를 들었을 때 머릿속에 그려지던 기이한 이
미지가 다시 떠오르며 몸이 자꾸 굳어졌다.

"수, 수희야……?"
대답이 없었다. 이대로 도망치라고 본능이 아우성을
쳤지만 나는 안으로 발을 들이밀고 있었다. 심장이 오그
라드는 압박을 느끼며 그림자가 흘러나온 벽의 안쪽으로
고개를 들이밀었다. 먼저 시야에 들어온 건 허공에 늘어
져 있는 수희의 창백한 발이었다. 바닥에 있어야 할 핏기
없는 발이 허공에 혼자 떠 있었다.

그 기이한 광경에 심장이 미친 듯이 뛰었다. 천천히 시
선을 올리자 나무 막대처럼 깡마른 수희의 몸이 보였다.
짙은 갈색의 원피스 같은 홈웨어를 입었는데 정말 나무
막대라는 말 외에는 다른 표현이 생각나지 않았다. 기이
하게 꺾인 수희의 목에 빨랫줄 같은 줄이 조여져 있었다.
줄을 따라 시선을 올리자 부스스한 머리카락에 덮인 수

희의 얼굴이 불쑥 나타나는 것처럼 시야에 들어왔다.

보지 않으려고 애를 썼지만 그럴수록 더욱 시선을 뗄 수가 없었다. 고개를 아래로 떨어트린 채 눈을 부릅뜬 수희가 허공에 매달려 있었다. 얼굴을 덮은 머리카락 사이로 수희의 동공이 언뜻 보였다. 수희의 까만 동공이 굽어보듯 날 내려다보고 있었다.

난 그런 수희의 시선에 사로잡힌 것처럼 숨을 쉴 수도 몸을 움직일 수도 없었다. 순간 수희의 블랙홀 같은 동공이 꿈틀하는가 싶더니 빛이 번뜩였다. 죽었다고 생각했던 수희의 몸이, 허공에 매달린 채 갑자기 격렬하게 몸부림쳤다. 마치 날 보자 다시 살아나려는 것처럼.

수희의 동공이 날 노려보며 빠르게 움직이고 있었다. 수희의 입이 천천히 벌어졌다.

"으으으……."

수희의 신음인지 내 신음인지 모를 기이한 소리가 방 안에 울려 퍼졌다. 몸부림치던 수희의 몸이 한순간 축 늘어졌다. 수희의 몸에서 아지랑이 같은 이상한 기운이 흘러나왔다. 그 기운이 내 앞에서 어른거리는가 싶더니 눈앞으로 확 달려들었다. 순간 뼛속까지 얼어붙는 것 같은 한기가 정수리에서부터 쏟아져 내렸다.

"아악!"

나는 비명과 함께 그 자리에서 정신을 잃었다.

◇◇◇◇◇

수희의 자살은 꿈에도 예상치 못한 일이었다. 극본을 훔친 게 작은 일은 아니지만, 그렇다고 사람의 목숨을 앗아갈 정도의 엄청난 범죄라는 생각은 하지 못했다.

나는 혹시라도 극본을 훔친 게 밝혀질까 봐, 그것 때문에 수희가 자살했다는 의심을 받을까 봐 불안해 밥도 먹기 힘들었고 잠도 이루지 못했다. 수희의 드라마 극본도 노트북에서 지워야 할지 말지 계속해서 고민했다.

경찰에 신고한 후 404호 집에서 지낼 엄두가 나지 않아 내내 밖에서 지냈다. 경찰에서 언제 연락이 올지 몰라 수희의 드라마 극본으로 웹툰을 그리겠다는 생각은 엄두도 내지 못했다. 미영이 걱정스럽게 무슨 일이냐고 물었지만 대충 얼버무리며 넘어갔다.

수희가 자살하고 일주일이 지났을 때 경찰에서 연락이 왔다. 수희의 죽음에 대한 목격자이자 신고자로 참고인 조사를 받으러 오라는 내용이었다.

담당 형사는 꺼칠한 내 얼굴을 힐끗 보곤 서류로 눈길을 돌렸다. 서류를 뒤적이던 형사가 잔뜩 긴장한 내게 툭 던지듯 물었다.

"안수희 씨하고는 어떻게 아는 사이예요?"

형사는 404호에 사는 내가 어떻게 403호에 들어가 자살한 수희를 발견하고 신고까지 할 수 있었는지 궁금해하는 듯했다. 처음 수희를 발견하고 신고했을 때 현장에 있던 경찰에게 대충 설명했는데 제대로 전달이 되지 않은 건지, 아니면 알면서도 재차 확인하는 건지 알 수 없었다.

"수희하고는 대학 동기였습니다."

경찰서에 와서 이런 조사를 받는 게 난생처음이기도 했고, 죄의식 때문인지 목소리가 떨려 나왔다. 초췌한 몰골과 떨리는 목소리가 의심을 사지 않을까 불안했다. 수희의 휴대폰을 조사했을 테니 죽기 직전 수희가 내게 보낸 수십 통의 카톡과 전화에 대해서도 알고 있을 것이다.

서류를 뒤적이던 형사가 고개를 들더니 날 빤히 바라봤다. 만약 눈빛이 차갑고 날카로운 형사였다면 난 평정심을 유지할 수 없었을 것이다. 아마도 내가 먼저 극본 훔친 사실을 털어놓고, 그것 때문에 자살할 줄 몰랐다는 변명을 늘어놓았을지도 모른다.

다행히 눈앞의 형사는 그런 타입이 아니었다. 얼굴이 동글동글해서 구청 공무원을 마주 보는 듯했다. 물론 상대방을 안심시키기 위한 의도적인 행동일 수도 있지만, 적어도 내가 보기에 그의 표정은 심각해 보이지 않았다.

"안수희 씨하고는 친했어요?"

"아뇨, 수희가 옆집에 산다는 것도 그날 처음 알았습니다."

형사의 눈빛이 처음으로 날카롭게 번뜩였다.

"어떻게 그러지? 안수희 씨도 거기서 4년 가까이 살고 있었고 심우진 씨도 다음 달이면 계약 기간 2년이 끝난다고 하지 않았어요? 대학 동창이 바로 옆에 사는데 어떻게 2년 동안 모르고 지낼 수가 있어요? 오갈 때 많이 부딪혔을 텐데."

"그게…… 수희가 거의 외출을 안 했거든요. 옆집에 사람이 사는지 모를 정도로 수희는 거의 집에서 나오질 않았어요. 거기 2년 동안 살면서 수희의 뒷모습을 한 번 본 게 전부였거든요. 물론 그때도 그 사람이 수희라는 건 전혀 알지 못했고요. 학교 다닐 때하고 모습이 너무 달라져서."

"달라졌다니 어떻게요?"

"그러니까 뭐랄까……. 마치 넋 나간 사람처럼…… 설명하기가 좀 어려운데……."

형사가 고개를 끄덕였다.

"아, 무슨 얘긴지 알겠어요. 확실히 안수희 씨 멘탈적으로 문제가 있긴 있었네, 그죠?"

형사가 동의를 구하듯 물었다. 하지만 난 수희가 멘탈적으로 문제가 있다는 말이 무슨 소린지 감을 잡지 못했다. 형사가 서류에 눈길을 주며 말했다.

"안수희 씨 신경정신과 다닌 건 알고 있었어요?"

"신경정신과요?"

요즘 이런저런 이유로 신경정신과 다니는 사람들이 많은데, 단지 그 이유로 멘탈에 문제가 있다고 단정적으로 얘기하진 않는다. 형사가 쓰읍 입맛을 다시고는 말을 이어갔다.

"안수희 씨가 꽤 오랫동안 병원을 다녔던데, 학교 다닐 때는 뭐 이상한 점 없었어요?"

오랫동안 병원을 다녔다는 말이 어느 정도의 기간인지 알 수가 없었다. 질문의 뉘앙스로 봐서는 대학 때도 정신과를 계속 다녔다는 말로 들렸다.

'이상한 점이라……'

유난히 자기 고집이 세고 사람들과 어울리지 못하고 혼자 다닌다고 해서 이상하다고 말하진 않는다. 연극영화과의 특성상 수희 말고도 고집이 세고 자기 세계에 빠져 혼자 다니는 학생들은 많았으니까.

하지만 수희는 다른 학생들과 뚜렷이 구분되는 유별난 구석이 있었다. 학과의 동기들도 유난히 수희한테만 "쟤 좀 이상하지 않아?"라는 말을 자주 했다. 그렇다고 뭐가 이상했냐고 물으면 딱히 설명하는 게 쉽지 않았다. 이를테면 수희가 다가오면 주위의 공기가 서늘해지면서 소름이 돋는 기분이 든다는 것이다. 문제는 그 느낌이 수희를 대했던 모든 사람이 대부분 인식할 정도로 도드라졌다는 점이다.

형사가 말을 이어갔다.

"안수희 씨 정신과 상담 내용이 주로 귀신이 보여서 힘들다…… 뭐 그런 고통을 계속 호소했다고 하는데, 혹시 알고 있었어요?"

"귀신이 보인다구요?"

나는 나도 모르게 목소리를 높였다. 너무 뜻밖의 말이기도 했고 수희한테 가졌던 기이한 의문들이 '귀신'이라는 단어 하나로, 흩어진 퍼즐 조각이 제자리에 딱 맞춰지는 기분이 들었기 때문이다.

"안수희 씨는 어렸을 때부터 귀신이 보여서 힘들었다고 했다는데……."

"그런 건 전혀 몰랐습니다."

사실이었다.

'그럼 수희가 나타날 때 서늘하게 한기가 느껴졌던 것도, 수희가 자주 허공을 보며 혼잣말했던 것도 다 귀신 때문이란 말인가?'

아무리 수희가 이상한 행동을 했다고 해도 그게 귀신 때문이란 얘기는 선뜻 믿기가 어려웠다.

"안수희 씨 자살 직전까지 무슨 드라마 공모전을 준비했다고 하더라구요. 그것 때문에 알바까지 그만둬서 생활고가 엄청 심했나 보던데 그런 사정도 전혀 몰랐겠네요?"

당연히 몰랐다. 형사의 얘기를 듣고 나니 비로소 수희가 공모전을 얼마나 절박하게 준비했을지 알 것 같았다. 그 순간 무의식에서 똬리를 틀고 있던 죄의식이 다시 꿈틀거렸고 목을 답답하게 조여왔다.

"이미 말씀드린 것처럼 저는 수희가 403호에 산다는 것도 그날 처음 알았기 때문에……."

"생활고 때문인지 자살 한 달 전부터는 병원에도 오지 않았다고 하더라구요. 근데 이상한 게, 그렇게 올인해서 준비를 했다는 드라마 대본을 정작 공모전에 접수조차 안 했더군요. 그리고 안수희 씨 노트북에서도 공모전에 출품할 드라마 대본을 쓴 흔적을 찾을 수가 없었어요."

형사의 눈빛이 어느새 탐색하는 눈빛으로 변한 듯했다. 아니면 내가 지레 겁을 먹고 그렇게 느낀 것인지도 모르고. 의심을 피하려면 무슨 얘기든 해야 할 것 같은데 딱히 적당한 말이 떠오르지 않았다. 입을 다물고 있는 것만으로도 주변의 공기가 점점 무거워지는 느낌이었다.

형사가 이전과 달리 내 눈빛을 살피며 날카롭게 질문했다.

"그리고 또 이상한 게…… 안수희 씨가 자살하기 직전 심우진 씨한테 전화를 엄청 많이 했더라구요. 카톡도 수십 통 보내고. 전화하고 카톡 받으셨죠?"

나는 그 질문을 받자마자 반사적으로 미리 준비해둔 답변을 빠르게 쏟아냈다.

"네, 저도 전화와 카톡을 확인하고 많이 당황스러웠습니다. 저한테 왜 그렇게 많은 전화와 카톡을 보냈는지 아직도 이해가 되지 않거든요. CCTV를 확인해보면 아시겠지만 그동안 옆집에 살면서 한 번도 절 아는 체하지 않았거든요. 그런 수희가 그날 갑자기 아는 체를 해서. 아까도 말씀드렸지만 전 그날 전까지 옆집 여자가 수희라는 걸 몰랐습니다."

막상 대답하고 나니 다른 대답과 달리 너무 준비한 티가 났다는 생각이 들었다. 형사가 부자연스럽다고 의심하지 않을지 걱정이 됐다.

"아, 네. CCTV는 당연히 확인했죠. 보니까 심우진 씨 말처럼 심우진 씨가 집에 들어가려는데 안수희 씨가 나와서 먼저 아는 체를 하더군요. 제가 궁금한 건 그때 안수희 씨가 왜 심우진 씨를 아는 체했을까 하는 겁니다."

"사실 밑도 끝도 없었어요. 갑자기 오랜만이라고 인사를 하더니 자기가 드라마 공모전에 출품할 극본을 썼는데 좀 봐달라고 했어요. 정말 뜬금없어서 내키진 않았는데 간절하게 부탁해서 거절할 수가 없었습니다."

"그래서요?"

"403호에 들어갔는데 방 안에서 악취가 심했어요. 구석에 이불을 쌓아놓았는데 쓰레기를 이불로 덮어놓은 것 같았어요."

형사가 기억이 떠오른 듯 미간을 좁혔다.

"아, 거기 이불 밑에 기억나요. 이불 들췄는데 와…… 쓰레기에 악취에…… 그런 집에서 어떻게 살았는지……. 아무튼 그 드라마 극본은 봤어요?"

"사실 전 리뷰만 해주고 빨리 나오고 싶었는데 극본은 보여주지 않고 제 신작 웹툰 얘기만 자꾸 물어보는 거예요. 제가 이번에 새롭게 <빙의>라는 웹툰을 준비하는데 그 작품에 대해서 집요하게 꼬치꼬치 물어봤어요. 그래서 제가 공모전에 낼 극본은 어땠냐고 하니까, 갑자기 됐다면서 보여주기 싫다고 해서 그대로 밖으로 나왔습니다. 그게 전부예요.”

“그럼 안수희 씨 노트북에서 드라마 극본을 본 건 아니네요?”

“네, 전혀. 그렇게 집으로 들어와 잠깐 잠이 들었다가 일어나서 보니까 카톡과 전화가 그렇게 많이 와 있더라구요. 제 웹툰 <빙의>를 자기가 쓴 작품이라고 카톡을 수십 개 보낸 걸 보고 진짜 애가 이상하다는 생각을 했거든요. 화가 나서 다시 제가 전화를 걸었는데 받지도 않고. 그래서 403호에 들어갔던 겁니다. 마침 문이 열려 있었어요.”

“CCTV 보니까…… 안수희 씨가 문을 살짝 열어놓던데?”

“정말인가요?”

“네, 저희도 그게 좀 의아하더군요. 왜 문을 열어놓았는지.”

막연하게 했던 예상이 맞았다는 사실에 소름이 살짝 돋았다. 자살하기로 마음먹은 수희는 왜 일부러 문을 열어놓았을까. 내가 들어와서 자신이 자살한 모습을 보길 원했던 건가.

CCTV가 있어서 오히려 다행이란 생각이 들었다. 형사가 키보드를 두드리며 무슨 내용인가를 입력한 후 후련

한 듯 말했다.

"됐습니다. 결론은 안수희 씨 혼자 망상에 빠져 있었던 거네요, 그죠? 드라마 극본을 쓰지도 않고 썼다고 생각하면서. 사실 안수희 씨 같은 상태로 드라마 극본을 쓴다는 게 말이 안 되죠. 병원 안 가서 약도 안 먹었을 테니 증상도 더 심해졌을 테고……."

형사는 극본이 없다는 걸 이상하게 여기기보다 수희가 쓰지도 않은 극본을 썼다는 망상에 빠져 자살에 이르렀다는 쪽으로 빠르게 결론을 내렸다.

난 수희의 극본이 없어졌고 내게 전화를 하고 카톡을 보낸 것 때문에 혹시라도 의심받지 않을까 내내 불안했는데 기우였다. 형사는 애초부터 수희가 망상장애를 겪고 있는 환자라는 선입견에 사로잡혀 다른 가능성은 배제했던 것 같다. 현장 분석 결과나 부검 결과 타살의 흔적이 발견되지 않은 점도 그런 결론에 힘을 보탰을 것이다.

형사는 수사를 진행하기보다 사건을 종결짓기 위해 내 진술이 필요했던 것 같았다.

◇◇◇◇◇

나는 수희의 죽음이 자살로 결론 나자 안도했다. 범죄가 드러나지 않았고 웹툰 <빙의>를 연재해도 자기 작품이라고 주장할 사람이 세상에서 사라졌기 때문이다.

'수희가 귀신을 봤다고? 귀신을 보면서 어떻게 살아갈

수가 있지? 저주받은 삶이 따로 없잖아. 그러고 보니 수희가 행복하게 웃는 걸 한 번도 본 적이 없는 것 같아. 수희는 늘 억지로 사는 사람 같았어. 하긴 나 같아도 살고 싶지 않았을 거야.'

나는 수희가 극본이 아닌 다른 문제로 자살했다고 믿고 싶었다. 내겐 죄의식에서 벗어날 수 있는 면죄부가 필요했다.

'솔직히 극본 없어졌다고 자살한다는 게 말이 되냐고? 수희는 어차피 살 의지가 없었던 거야. 난 그저 수희가 삶을 포기하는 데 필요한 마지막 이유 한 가지를 보탰을 뿐이고. 단지 그 타이밍이 최악이었던 거지. 따지고 보면 나도 운이 없었던 거라고.'

난 범죄를 합리화하고 죄의식을 희석하기 위해 안간힘을 썼다. 그래야만 일상으로 돌아가 수희의 극본으로 웹툰 작업을 하고 미영하고의 결혼도 할 수 있을 것 같았다.

그런데 아무리 해도 죄책감이 사라지지 않았다. 수희의 죽음 자체보다 수희가 마지막 순간 숨이 붙어 있었다는 걸 형사한테 말하지 않았다는 게 죄책감의 원인이었다. 그것이 심장에 박힌 가시처럼 자꾸만 걸렸지만 나는 애써 외면했다.

띵~

엘리베이터가 4층에 멎었고 문이 열렸다. 수희가 자살한 후 나는 집에 들어가지 않고 내내 밖에서 지냈다. 403호와 벽을 맞대고 있는 404호에서는 잠시도 머물 자신이 없었다. 어차피 계약 기간이 얼마 남지 않은 집이라 밖에서 버티자는 심정으로 24시간 공유 오피스를 끊었다. 태블릿을 가지고 나오지 않아 웹툰 작업은 하지 못했다. 아니, 태블릿이 있었다고 해도 웹툰을 그리지는 못했을 것이다.

하지만 이제 더는 일상을 미룰 수가 없다. 미영이와의 결혼식이 얼마 남지 않았고 웹툰 연재도 어서 시작해야만 했다. 잠깐 집에 들러 웹툰 작업에 필요한 것들만 우선 챙겨 나오고 나머지 짐들은 이사 나올 때 가지고 나올 생각이었다.

엘리베이터를 내리자 음산하고 어두운 번영빌라 4층 복도가 눈앞에 펼쳐졌다. 바깥보다 기온이 낮을 것 같은 서늘한 공기가 익숙하게 목덜미를 휘감아왔다.

'저게 뭐지?'

복도 중간 지점에 흐릿한 음영 같은 게 있었다. 사물의 그림자 같기도 했고 왜곡된 빛의 굴절처럼 보이기도 했다. 언뜻 보면 사람이 서 있는 것 같은 착각이 일었다.

수희가 자살한 직후 집에서 나왔을 때 비슷한 형체가 복도에 서 있는 걸 본 기억이 났다. 당시엔 금방 사라져서 잘못 본 줄 알았다. 그런데 또다시 나타난 걸 보면 일시적으로 나타난 건 아닌 모양이다.

그것은 거무스름한 안개가 뭉쳐 있는 것 같기도 했고 이상한 기운이 회오리를 이루는 것처럼 보이기도 했다.

옆에 누구라도 있다면 저게 보이는지 물어보고 싶었다. 실재하지 않는 형체가 내게만 보이는 게 아닌지 의심이 들었다.

나는 애써 무시하는 마음으로 걸음을 내디뎠다.

'빛의 굴절이거나 그런 비슷한 현상일 거야.'

그런 생각을 하면서도 그것에 다가갈수록 나는 나도 모르게 걸음을 벽 가장자리로 붙으며 걸었다. 순간 예전에 지금의 나처럼 복도를 걸어가던 수희의 뒷모습이 떠올랐다. 당시 수희도 이렇게 벽에 바짝 붙어서 가장자리로 걸었고 난 그 모습을 이상하게 바라봤다.

'혹시 수희도 저걸 보고 그렇게 걸었던 건가? 아니면 그냥 우연히?'

빛의 문제라면 내가 옆을 지나갈 때 사라질 텐데 오히려 검은 덩어리가 스윽 내 쪽으로 움직이는 느낌이다. 내가 흠칫하고 돌아보는 순간 덩어리가 꿈틀하며 소리가 들려왔다.

억울해.

낮고 날카로운 여자 목소리. 소리는 귀가 아닌 머릿속에서 울렸다. 순간 전기에 감전된 것처럼 온몸에 소름이 돋았다. 난 아무런 소리도 못 들은 것처럼 빠르게 걸음을 옮겨 그것을 지나쳤다. 등 뒤에서 금방이라도 그것이 다가와 내 목덜미를 휘감을 것 같은 공포에 숨조차 쉴 수 없었다. 404호 도어록 비밀번호를 누르는 손이 덜덜 떨려왔다.

삐리릭~

도어록이 해제되자마자 난 뒤도 돌아보지 않고 안으로 뛰어들었다.

쾅!!!

등 뒤에서 문 닫히는 소리보다 더 큰 심장박동 소리가 귓전을 울렸다. 머리카락은 쭈뼛 일어섰고 온몸에 살얼음 같은 소름이 돋아 있었다. 집 안에 불을 켜고 익숙한 풍경이 시야에 들어온 후에야 다소 마음이 진정됐다.

'방금 그게 뭐였지?'

아무리 생각해도 잘못 보거나 잘못 들은 소리가 아니다. 처음도 아니고 지난번에 이어 이번이 두 번째다. 이번엔 소리까지 확실하게 들려왔다.

"억울해."

젖은 머리카락처럼 차갑고 축축한 목소리가 내게 그렇게 말했다.

'귀신인가? 수희가 귀신이 되어 거기서 날 기다리고 있던 건 아닐까?'

나는 잠시 머리를 풀어 헤친 수희가 내게 '억울해'라고 말하는 모습을 상상하다가 몸서리치듯 고개를 흔들었다.

'수희 목소리가 아니었어.'

난 빠르게 필요한 짐을 챙기다가 멈칫했다. 짐을 챙겨서 밖으로 나가면 그것과 다시 마주쳐야만 한다. 왠지 이번엔 속삭이는 정도로 끝나지 않을 것 같다. 무슨 일이 일어날지 상상조차 되지 않았다. 아마도 마음속에 죄의식이 없었다면 이렇게까지 두렵지 않았을 것이다. 혼자서는 밖으로 나갈 엄두조차 나지 않았다.

미영에게 카톡을 보냈다.

―미영아. 지금 번영빌라 404호에 짐 가지러 왔는데 잠깐 와줄 수 있어? 혼자 다 들고 가기엔 좀 많아서.

미영의 답장이 왔다.

―지금 당장은 일이 있어서 못 가고 이따 저녁 때 갈 수 있을 것 같은데 괜찮아?

―알았어. 그럼 다른 일 하면서 기다릴게.

404호에 머무는 것도 내키지 않지만 그것이 버티고 있을 밖으로 나가는 건 더더욱 자신이 없다.

나는 애써 마음을 가다듬고 차분하게 집 안을 둘러봤다. 단지 며칠 비웠을 뿐인데 오랫동안 비어 있던 집처럼 탁하고 정체된 공기가 집 안에 쌓여 있다. 책상 위에는 며칠 동안 켜지 않은 태블릿이 오래된 유물처럼 자리하고 있다. 웹툰을 시작하고 이렇게 오랫동안 태블릿을 켜지 않고 그림을 그리지 않은 적이 있던가. 그림 실력이 줄었을까 내심 조바심이 일었다.

미영을 기다리는 동안 〈빙의〉를 웹툰으로 어떻게 각색할지 살펴볼 생각으로 화면에 극본을 불러냈다. 〈빙의〉의 오프닝은 정인의 어린 시절, 굿 장면으로 시작했다.

지방의 변두리 주택가에 허름한 2층 주택이 보이고 마당에서 굿판이 벌어지고 있다. 정인의 엄마인 선녀보살이 제자 혜림에게 신내림을 주는 현장. 꽹과리와 장구, 피리 소리가 요란한 가운데 무복을 입은 혜림이 한 손에 방울, 다른 손에 부채를 들고 제자리에서 펄쩍펄쩍 뛰고 있다. 쉽사리 신이 강림하지 않아 혜림의 숨결이 거칠어지고 얼굴엔 땀방울이 흥건하다.

주위 관계자들도 신이 강림하길 바라며 두 손으로 빌고 있는 가운데 선녀보살이 신령에게 빈다.

"신령님도 오시고…… 옥황상제님도 오시고…… 이 어린 것, 불쌍한 것… 신령님 몸주 돼서 살아간답니다. 말문 열고 귀문 열어서 도와주시고~ 산신의 문을 열어서 도와주시고……."

그때 혜림이 몸을 부르르 떨더니 깔깔거리며 웃기 시작한다. 정인모가 반갑게 혜림을 돌아보고 묻는다.

"누가 오셔서 이렇게 즐겁게 웃으시나? 누구신지 말씀을 해주세요. 누구세요?"

혜림이 웃으며 말한다.

"내가 누구일지 맞혀봐."

"말씀을 하셔야 제가 알죠."

정인모의 말에 혜림이 눈빛을 번뜩이며 속삭인다.

"가까이 와봐. 얘기해줄게."

얼굴이 다가오자 갑자기 혜림이 양손으로 정인모의 얼

굴을 감싸쥐더니 섬뜩한 목소리로 소리친다.

"육신에 들어와 보니 이년의 기운은 맛이 없고 네년의 기운이 더 맛있겠다! 꺄아아아악!!"

혜림이 괴성을 지르는 순간 그녀의 눈에서 검은 기운이 빠져나와 정인모의 눈으로 옮아간다. 그 자리에서 기절하는 혜림과 정인모.

화면이 바뀌면 어린 정인이 오돌오돌 떨며 마당에 서 있다. 지하실에서 정인부가 퇴마진언을 읊는 소리가 들려온다.

"옴 이베이베 이야 마하 시리예 사바하~"

잠시 후 지하실에서 올라온 정인부가 집 안으로 들어가면 얼른 지하실로 내려가는 어린 정인. 어린 정인이 지하실에 내려가면 정인모의 양팔이 양쪽에서 잡아당기는 형태의 밧줄로 묶여 있다. 밧줄에는 부적이 매달려 있다.

어린 정인이 다가가면 고개를 숙이고 있던 정인모가 얼굴을 번쩍 치켜든다.

"정인아……. 엄마야. 여기 매달려 있는 부적들 좀 떼어줘. 이것들이 엄마를 너무 아프게 해. 정인아, 어서……."

정인은 지금 눈앞에 묶여 있는 사람이 진짜 엄마인지 혼란스럽다. 정인모가 더욱 애절하게 속삭인다.

"정인아…… 아빠가 오해한 거야. 엄마가 악귀 없다고 해도 믿질 않아. 이러다 엄마 죽을 것 같아, 정인아."

"엄마……."

어린 정인은 결국 정인모의 한쪽 팔을 묶고 있는 밧줄의 부적을 떼어낸다. 정인모의 입꼬리가 소리 없이 올라간다. 어린 정인이 나머지 밧줄의 부적을 떼려는 순간 정인부가 계단을 달려 내려오며 소리친다.

"안 돼, 정인아!"

정인부가 달려와 정인을 붙잡고 다그치듯 소리친다.

"넌 여기 내려오지 말라고 했잖아. 저 여잔 네 엄마가 아니라고!"

정인이 울면서 말한다.

"아니야. 엄마야. 우리 엄마라고."

"아니야, 저 여자는…… 악귀야, 악귀! 아빠가 보여줄 테니까 잘 봐!"

정인부가 가져온 닭 피에 칼을 담갔다 빼서는 묶여 있는 정인모에게 다가간다.

"내 아내 몸에서 나와! 그렇지 않으면…… 죽는 거야. 모두 다!"

그러면서 정인부는 정인모의 목에 칼을 갖다 댄다. 정인모가 몸부림치고 어린 정인이 하지 말라고 우는 사이 부적이 떼어진 한쪽 밧줄이 끊어진다. 한쪽 팔이 자유로워진 정인모가 칼을 든 정인부의 손을 움켜잡는다. 정인부가 팔을 빼려고 하지만 정인모의 엄청난 힘에 압도된다.

정인모가 능글맞게 웃으며 속삭인다.

"네 아내와 네 딸년은 귀문관살의 사주와 기운을 가졌

어. 귀신이 마음껏 사용할 수 있는 그런 몸을 가졌단 말야. 그러니 그 몸을 내가 좀 써야겠다.”

정인모는 손으로 움켜잡은 그 칼로 정인부의 목을 찌른다. 그 자리에서 피를 쏟고 쓰러지는 정인부. 정인모가 겁에 질린 어린 정인을 돌아보고 낯색을 바꿔 속삭인다.

“정인아, 엄마야. 아빠가 엄마 죽이려고 해서 어쩔 수가 없었어. 이리 와서 나머지 부적도 좀 떼어줄래?”

겁에 질린 정인이 다가가 부적을 떼려는 순간, 갑자기 정인모가 들고 있던 칼로 자신의 목을 찌른다. 칼날이 목에 꽂히지만 깊이 들어가지 못하고 멈춘다. 칼로 목을 찔러 자신을 죽이고 육신에 들어 있는 악귀도 없애려는 정인모. 정인모의 자살을 막으려는 악귀의 힘이 팽팽하게 맞선다.

정인모는 목에 칼을 더 찔러 넣으려고 안간힘을 쓰며 울부짖는다.

“정인아, 도망가. 어서!”

어린 정인이 혼란스러워 이러지도 저러지도 못하는 사이 칼날을 쑥 뽑는 악귀. 정인모의 목에서 피가 줄줄 흐르지만 치명상이 아니다.

정인모 속 악귀가 속삭인다.

“정인아, 부적 좀 떼어줄래? 너무 아파서 그래.”

어린 정인이 뭔가에 홀린 것처럼 나머지 밧줄의 부적을 떼어내면 정인모가 밧줄을 푼다. 동공이 까만 정인모가 어린 정인의 얼굴을 양손으로 감싸안고 속삭인다.

"네 에미보다 네년의 기운이 더 맛있어 보이는구나."

표정이 싸늘하게 변한 정인모의 눈에서 검은 기운이 빠져나와 어린 정인의 눈으로 들어간다. 그렇게 악귀가 어린 정인에게 옮아간 후 이야기는 20년 후로 건너뛴다.

성인이 된 정인의 육신은 어린 시절 몸속에 들어왔던 악귀로 인해 귀문이 완전히 열리게 된다. 그로 인해 정인의 몸은 온갖 원혼들이 빙의할 수 있는 몸이 된다. 원혼들은 정인의 육신을 차지하고 그 육신을 이용해 자신들의 한을 푼다.

한마디로 <빙의>는 귀신들이 정인의 육신에 빙의해 한을 푸는 이야기다. 다시 읽어봐도 강렬하면서 흥미로웠다. 각색만 잘하면 근사한 웹툰이 될 수 있다는 확신이 들었다.

처음엔 그저 극본을 읽어보기만 할 생각이었다. 하지만 극본을 읽으면서 나도 모르게 극본 속 이야기와 장면에 무섭게 몰입하며 빠져들었다. 드라마 극본으로 써진 이야기를 어떻게 바꿔야 근사한 웹툰이 될지 아이디어가 쉼 없이 떠올라 도저히 가만있을 수가 없었다.

어느새 난 키보드를 두들기며 극본 <빙의>를 웹툰으로 각색하고 있었다. 드라마 극본이 웹툰 시나리오로 빠르게 바뀌고 있었다.

한 가지 아쉬운 건 성인이 된 정인의 직업이 없다는 것이다. 정인은 귀신한테 빙의되지 않았을 때 온종일 방에 틀어박혀 멍하니 시간을 보낸다. 수시로 귀신이 들어오는 정인의 상황을 고려하더라도 주인공인데 캐릭터의 서사가 너무 부족했다. 정인에게 적당한 직업을 주면 이야기를 훨씬 흥미롭게 만들 수 있을 것 같았다. 귀신한테 수시로 빙의되면서도 일상을 살아갈 수 있는 직업이 필요했다.

웹툰 작가 한정인.

나는 정인이 자신이 겪은 일들을 웹툰으로 그리는 웹툰 작가로 설정했다. 웹툰 작가는 귀신한테 빙의되거나 온종일 집 안에만 틀어박혀 있어도 문제가 없다. 또한 내 전문 분야라서 직업을 묘사하기도 편했다.

그것 말고는 딱히 수정할 내용이 없었다. 내가 극본에 있는 에피소드보다 더 재밌는 스토리를 쓸 자신도 없고, 어느 부분이든 스토리에 손을 대면 후반부와 아귀가 맞지 않아 구성이 틀어졌다. 어차피 이젠 뭐라고 할 사람도 없는데 굳이 스토리를 바꿀 이유도 없다.

나는 믿기지 않을 정도의 빠른 속도로 드라마 극본을 웹툰 시나리오로 각색했다. 평소라면 이틀은 꼬박 걸렸을 일인데 두어 시간 만에 1, 2화의 각색을 끝냈다.

그런데 각색하는 동안 이상한 감각이 밀려왔다. 웹툰의 프롤로그인 굿판 장면이 내가 직접 겪은 일처럼 머릿속에 생생하게 떠오른 것이다. 요란한 꽹과리 소리와 장구 소리가 귓전을 울렸고 신을 부르기 위해 펄쩍펄쩍 뛰는 혜림의 거친 숨결이 눈앞에서 뿜어지는 것 같았다. 말로는 결코 형언할 수 없는 생생한 감각과 기억이었다.

왜 이런 기억과 감각이 생겨나는 건지 이해할 수 없지만 떠오른 장면을 그림으로 그려놓아야 한다는 조바심이 날 초조하게 만들었다. 처음에는 머릿속에 떠오른 이미지를 스케치로 대충 그려놓을 작정으로 태블릿 전원을 켰다.

시나리오가 있다고 바로 웹툰을 그릴 수 있는 건 아니다. 신작 웹툰을 그릴 때 캐릭터와 배경을 만드는 데만 몇 달이 걸리기도 한다. 캐릭터의 다양한 얼굴인 턴어라운드 디자인을 만들어야 하고 배경도 만들어야만 한다. 다음으로 밑그림과 스케치를 한 후 선화 작업을 하고, 자막 작업과 채색이라는 긴 공정을 거친 후 비로소 하나의 웹툰이 완성된다.

그런데 턴어라운드도 없이 무작정 그린 캐릭터가 어떤 각도에서 그려도 얼굴이 일정하게 유지됐다. 배경도 마찬가지였다. 머리에 생생하게 떠오르는 이미지와 영상을 보고 그대로 그렸기에 가능한 일이었다.

나는 뭔가에 홀린 사람처럼 머리에 떠오르는 <빙의>의 프롤로그 장면을 정신없이 그렸다. 이후로는 얼마나 많은 그림을 그렸는지, 시간이 얼마나 흘렀는지 감각이 없었다. 정신을 차리고 보니 놀랍게도 <빙의> 1화의 오프닝 장면이 웹툰으로 그려져 있었다. 그림의 밀도나 형태도 웹툰의 선화를 마쳤을 때와 비슷한 수준이었다.

'말도 안 돼. 내가 방금 이걸 그렸다고?'

눈으로 보고도 믿기지 않았다. 웹툰 <빙의>의 1화 오프닝은 바로 플랫폼에 올려도 될 정도의 완성도였다. 스크롤을 올리자 도무지 내가 그린 것 같지 않은 그림들이 태블릿에 줄줄이 나타났다. 캐릭터는 금방 현실로 튀어나올 것처럼 생생했고 배경도 완벽했다. 기존에 내가 그린 웹툰보다 그림의 완성도가 오히려 높았다.

'말도 안 돼!'

논리적으로 설명되지 않는 일이지만 욕망에 사로잡힌 나는 그런 걸 따질 겨를이 없었다. 지금의 감각이 사라지기 전에 한 컷이라도 그림을 더 그려야 한다는 조바심이 머리를 가득 메웠다.

난 쉼 없이 바로 다음 그림을 그리기 시작했다. 그림에 집중하는 것 말고는 다른 어떤 상념도 떠오르지 않았다. 내가 어디 있는지, 뭘 하고 있는지, 나 자신을 잊어버릴 정도의 엄청난 몰입감이 폭풍처럼 휘몰아쳤다.

그렇게 얼마의 시간이 흘렀을까.

딩동~

초인종이 울렸고 나는 비로소 그 기이한 감각에서 빠져나오며 참고 있던 숨을 토해냈다. 동시에 날 지배하고 있던 뭔가가 몸 안에서 빠져나가는 것 같은 기분이 들었다. 문을 열자 미영이 앞에 서 있었다. 미영이 집 안으로 들어서며 물었다.

"집에 있으면서 왜 전화를 안 받아? 잤어?"

"전화했어? 난 못 들었는데?"

휴대폰이 태블릿 바로 옆에 있어서 전화가 오면 모를 리가 없다.

"무슨 소리야? 전화 대여섯 번은 했는데……."

"진짜? 잠깐만."

나는 휴대폰을 확인하고 놀랐다. 정말로 미영의 부재중 전화가 여섯 통이나 와 있었다. 아무리 몰입해서 웹툰을 그렸다고 해도 바로 눈앞에서 울리는 휴대폰 소리를 듣지 못했다는 게 이해되지 않았다.

"뭐 했어?"

"어? 아…… 신작 그리느라고……."

어둡던 미영의 얼굴이 밝아졌다.

"플랫폼에서 연락 왔어? 연재하재?"

나는 잠시 미영이 무슨 소리를 하는지 기억을 더듬어야 했다. 그리고 이내 미영이 말하는 신작이 며칠 전 플랫폼에서 거절당한 <오후의 살인>이라는 걸 깨달았다. 플랫폼 담당자로부터 <오후의 살인> 연재가 어렵겠다는 말을 들었던 일이 불과 며칠 전인데 아득한 과거의 일처럼 여겨졌다.

“그거 말고 새로운 작품 그리고 있었어.”

“새로운 작품?”

그렇지 않아도 커다란 미영의 눈이 더 커졌다. 그동안 난 새로운 작품을 기획할 때마다 줄거리부터 캐릭터까지 늘 미영에게 보여주고 의견을 물었다. 그런데 아무런 얘기도 없이 갑자기 신작 웹툰을 그렸다고 하니 놀랄 수밖에. 만약 그 신작을 오늘 이곳에서 스토리를 각색하고 그림까지 그렸다고 하면 뭐라고 할까.

미영의 반응이 궁금했지만 말하지 않는 게 좋을 것 같았다.

“그사이 새로운 웹툰을 그렸다고?”

미영의 시선이 자연스럽게 태블릿으로 향했다. 혜림의 육신에 있던 악귀가 선녀보살, 즉 정인의 엄마에게 옮아가는 굿 장면이 화면에 띄워져 있었다. 태블릿을 들고 그림을 보던 미영의 입에서 탄성에 가까운 질문이 흘러나왔다.

“제목이 뭐야?”

“<빙의>라는 작품이야.”

난 오늘 작업한 그림들을 미영에게 보여주다가 소스라쳤다. 그림의 완성도도 놀랍지만 그림의 컷 수가 내가 생각했던 것보다 훨씬 많았던 것이다. 불과 몇 시간 사이에 완성된 그림이 30컷이 넘었다. 나는 입을 떡 벌렸다.

‘이걸 불과 몇 시간 만에 그렸다고? 아무런 사전 준비

도 없이?’

미영은 다른 의미로 놀라서 중얼거렸다.

“나한테 말도 하지 않고 이걸 언제 다 그렸대? 아니, 그
것보다 우진 씨 그림 실력이 왜 이렇게 좋아진 거야? 그
동안 그림 안 그렸다며?”

그 부분에 대해서는 미영보다 내가 더 놀라고 있었다.

“그러게. 쉬니까 오히려 평소보다 더 잘 그려진 거 같아.”

“미쳤다!”

미영이 태블릿에서 눈을 떼지 못한 채 중얼거렸다.

“스토리는 모르겠지만 그림은 진짜 너무 잘 나왔네. 여
기 캐릭터 눈빛도 너무 생생하고. <오후의 살인>하고는
비교가 안 돼. 아니 <붕괴>보다도 나은 것 같아. 우진 씨
가 지금까지 그린 그림 중에서 난 이번 그림이 제일 마음
에 들어.”

나도 막연하게 이전보다 그림이 좋아졌다는 생각은 했
지만 미영의 말을 듣고 나니 마음이 더욱 조급해졌다.

“미영아, 미안한데 오늘은 그냥 돌아가줘.”

“그게 무슨 소리야? 짐 옮긴다며?”

“원래는 그러려고 했는데 지금 작업이 너무 잘돼서 흐
름을 끊고 싶지 않아서 그래. 지금 느낌 사라지기 전에 그
림을 더 그리고 싶어.”

미영이 걱정스러운 눈빛으로 빤히 날 바라봤다.

“왜 그렇게 쳐다봐?”

"오늘따라 우진 씨가 달라 보여서. 눈빛도 그렇고 표정도 그렇고. 난 왜 오늘따라 우진 씨가 이전에 내가 알던 우진 씨가 아닌 것 같은 느낌이 들지? 뭔가 달라진 것 같은데 그게 뭔지 모르겠어."

나도 궁금했다. 내 안에 뭐가 달라진 건지. 왜 갑자기 기이한 체험을 하고 웹툰의 신이라고 해도 부족하지 않을 것 같은 놀라운 능력이 생겼는지. 미영이 뭔가 할 말이 더 있는 사람처럼 입을 뾰족 내밀고 머뭇거리다 이내 생각을 털어내듯 고개를 흔들었다.

"아니다. 지금은 우진 씨 작업이 제일 중요하니까 어쩔 수 없지, 뭐. 알았어. 몸 관리 잘하면서 작업해. 근사한 작품 기대할게."

"미안해. 일부러 불러놓고."

"괜찮아. 갈게."

내가 현관문 안쪽에서 고개만 내밀고 배웅하자 미영이 의아하게 돌아봤다. 평소라면 당연히 지하철역까지 같이 가줬을 텐데. 연재가 바쁠 때도 엘리베이터 앞까지는 따라 나가서 배웅해줬다.

그런데 오늘은 그럴 수가 없다. 검은 형체가 변함없이 복도 중간에 버티고 서 있었기 때문이다. 이번에도 미영은 뭔가 할 말이 있는 듯 머뭇거리다가 희미한 웃음으로 애써 마무리하며 돌아섰다.

"미영아."

나는 걸어가는 미영을 불러세웠다.

"왜?"

"혹시 저기 복도 중간에 이상한 거 안 보여?"

미영은 고개를 이리저리 돌려서 복도를 둘러봤다. 가만히 복도를 둘러보던 미영이 다시 날 돌아봤다.

"뭐 말이야? 아무것도 없는데?"

복도의 형체가 내게만 보인다는 걸 확인하자 마음이 더욱 스산해졌다.

"왜 그러는데?"

"아무것도 아냐. 내가 잘못 봤나 봐. 조심해서 가."

"오늘 우진 씨 진짜 이상한 거 알아? 나하고 대화할 때도 생각이 다른 곳에 있는 사람 같고. 뭐랄까, 내가 모르는 비밀 같은 게 있는 것 같은 기분이 들어."

날 바라보는 미영의 눈빛에 걱정이 가득했다.

"신작 때문에 예민해져서 그래. 지금 작품에 엄청 몰입해 있거든."

"……알았어. 무슨 일 있으면 전화해."

미영은 검은 형체가 버티고 있는 복도의 한가운데로 걸어갔다. 나는 미영의 뒷모습을 숨죽이고 지켜봤다. 미영이 검은 형체를 통과하는 순간 형체가 흩어지는가 싶더니 이내 다시 모양을 갖추며 뭉쳐졌다. 형체는 오히려 이전보다 더 또렷해진 모습이 됐다.

이전에는 기다란 하나의 타원형이었는데 지금은 형태

가 세 부분으로 나눠진 것처럼 보였다. 내 눈엔 그 모습이 사람의 형태에 가까워 보였다. 머리와 몸통 그리고 다리를 가진 사람 혹은 그 무언가. 머리를 살짝 기울이는 듯하던 그것이 갑자기 날 향해 미끄러지듯 다가왔다.

나는 소스라쳐서 고개를 얼른 당기며 현관문을 닫았다.

'집 안까지 들어오는 건 아니겠지?'

몸을 웅크린 채 숨을 죽이고 기다리는데 다행히 그런 일은 일어나지 않았다.

'대체 그게 뭘까? 정말 수희의 귀신일까?'

내게 말까지 걸어왔으니 귀신 아닌 다른 존재로는 여겨지지 않았다. 미영에겐 보이지 않는 귀신이 왜 내게만 보이는지도 의아했다.

'혹시 귀신이 보이는 것과 극본만 읽어도 기억처럼 영상이 떠오르는 게 서로 관련 있는 건 아닐까?'

수희의 자살, 복도의 이상한 형체, 기이한 체험. 딱히 논리로 설명할 수 없지만 막연하게 그들이 보이지 않는 끈으로 서로 연결된 것 같은 기묘한 기분이 들었다.

'어쨌든 웹툰만 다 그리면 바로 여길 떠날 거야.'

난 마음을 다잡고 책상에 앉아 태블릿 위에 그림을 그리기 시작했다. 내가 번영빌라 404호에 남은 유일한 이유는 웹툰 <빙의>를 그리기 위함이다. 난 밤낮없이 작업에 몰두하며 <빙의> 1화와 2화 원고를 그렸다. 원고를 그리는 동안 일체의 바깥 외출을 하지 않았다. 아니 할 수가

없었다. 현관문을 열고 밖을 내다보면 이전보다 형체가
더 또렷해진 원혼이 복도 한가운데 버티고 서 있었기 때
문이다. 마치 날 기다리는 것처럼.

나는 식사도 배달 음식으로 해결했다. 좋게 생각하면
공포 장르를 그리는 웹툰 작가에게 이보다 완벽한 환경
은 없다. 저절로 무서운 장면이 떠오르고 그 어떤 방해도
받지 않은 채 계속 긴장하며 작업할 수 있으니까.

기억처럼 머리에 떠오르는 이미지를 웹툰으로 그리며
몰입하다 보니, 어느 순간부터 〈빙의〉가 내 이야기란 이
상한 감각이 들기 시작했다. 원래부터 내 이야기였기 때
문에 수희의 극본을 훔쳤다거나 그로 인해 수희가 자살
했다는 것도 현실에서 일어난 일이 아닌 것처럼 여겨졌
다. 복도에 귀신을 볼 수 있게 되면서 더 그런 생각이 들
었다. 그 때문인지 그림을 그리는 동안 빠르게 수희의 존
재가 잊혀갔다.

나는 몇 날 며칠 잠을 자지 않고 웹툰만 그렸는데 신기
할 정도로 피로가 느껴지지 않았다. 덕분에 일주일도 안
되는 시간에 웹툰 〈빙의〉의 1화와 2화 원고를 완성했다.
그림 컷으로 따지면 150컷이 넘는 엄청난 분량이었다.

나는 기획안과 함께 원고를 플랫폼 담당자에게 보냈
다. 어떻게 그 짧은 시간에 그런 엄청난 분량을 그릴 수
있었는지, 모든 게 불가사의의 영역에 속하는 일이지만
깊이 생각하지 않기로 했다. 그래야만 지금처럼 웹툰을

계속 그릴 수 있을 것 같았다.

◇◇◇◇◇

"우진 씨, 지금 무슨 생각 해?"

미영의 물음에 소스라치며 고개를 들었다. 마치 다른 시공간에서 갑자기 소환된 것처럼 모든 감각에 위화감이 찾아들었다.

나는 새삼스러운 눈으로 주위를 둘러봤다. 여긴 404호 내 집이고 눈앞에 미영이 앉아 있었다. 직전까지 웹툰 작업을 하던 태블릿이 책상 위에 놓여 있었다.

나는 지난 며칠 동안 이곳에 틀어박혀 웹툰 <빙의>만 그렸다. 미영이 날 찾아오기 직전까지도 웹툰을 그렸는데, 무슨 이유인지 웹툰을 그린 일이 아득하고 낯선 시간처럼 여겨졌다. 기억과 기억 사이, 시간과 시간 사이 의식을 사로잡고 있던 뭔가가 모래알처럼 빠져나가 내 안에 커다란 구멍이 뚫린 기분이었다.

미영과 언제부터 이렇게 마주 앉아 있었는지, 무슨 애기를 나누고 있었는지도 전혀 기억이 나지 않는다.

"뭐라고 했어?"

내가 뒤늦게 반문하자 미영이 어이없다는 표정을 지었다.

"우진 씨 무슨 생각 하고 있냐고 물었잖아."

"……나 아무 생각도 안 했는데?"

내가 얼빠진 사람처럼 대답하자 미영이 황당한 듯 말했다.

"뭔 소리야? 골똘히 생각에 빠져 있을 때 우진 씨 특유의 표정 있거든? 방금 그 표정 하고 있었다고. 대체 여기서 뭘 하고 있었던 거야? 오전에 내가 전화했을 때도 너무 이상했어. 기억 안 나? 통화하면서 나보고 계속 누구냐고 물었잖아."

잠깐 기억을 더듬자 오전의 기억이 떠올랐다. 난 전화한 사람이 미영이라는 걸 알고 있었는데 입으로는 계속 누구냐고 묻고 있었다. 지금 생각해봐도 나도 내가 왜 그랬는지 알 수가 없다.

'지금 내게 무슨 일이 일어나고 있는 거지?'

그런 의문이 들자 밑도 끝도 없는 불안감이 밀려들었다. 내 안에 정체를 알 수 없는 무시무시한 괴물이 나도 모르는 사이 들어와 있는 기분이다. 내가 불안한 눈빛으로 주위를 두리번거리자 미영이 목소리를 높였다.

"우진 씨 자꾸 왜 그래? 무슨 죄지은 사람처럼."

죄지은 사람이란 소리에 나는 반사적으로 목을 움츠리고 403호 벽을 돌아봤다. 수희가 403호 벽 너머에서 얼굴을 갖다 대고 지금 우리가 나누는 얘기를 듣고 있을 것 같은 기이한 상상이 머리를 가득 채웠다.

나는 반사적으로 403호와 맞닿은 벽으로 엉금엉금 기어가 얼굴을 최대한 밀착시키고 귀를 기울였다. 그런 내 행동을 보는 미영의 동공이 크게 부풀어 올랐지만 개의치 않았다. 숨을 죽이고 403호에서 작은 소리라도 들려오지 않는지 온 신경을 곤두세웠다.

‘가만……. 수희는 죽었잖아.’

나는 마치 몰랐던 사실을 안 사람처럼 화들짝 놀라 벽에서 멀어졌다. 놀랍게도 나는 수희가 죽었다는 사실을 잊고 지냈다. 아니, 수희의 존재 자체를 까맣게 잊고 지냈다. 나는 낯선 현실을 바라보듯 403호의 벽을 뚫어지게 응시했다.

‘어떻게 그럴 수가 있지?’

더 이상한 건 지금도 여전히 수희의 죽음이 믿기지 않는다는 것이다. 심지어 수희가 살아 있는 게 현실이고 죽었다고 믿는 지금의 내 생각이 망상인 것 같았다.

“우진 씨 지금…….”

검지를 입술에 갖다 대며 속삭였다.

“미영아, 여긴 벽간 소음이 심해서 말할 때는 목소리를 낮춰야 해. 안 그러면 옆집에 우리가 말하는 소리가 그대로 다 들려.”

미영이 어이가 없다는 얼굴로 항변했다.

“무슨 소리야? 그동안 항상 이렇게 얘기했는데…….”

“그랬지. 근데 그동안 우리가 했던 얘기가 옆집에 다 들렸나 봐.”

미영이 고개를 갸웃하며 반문했다.

"그게…… 무슨 소리야?"

"이 빌라가 날림으로 공사를 해서 옆집에서 말하는 아주 작은 소리까지 다 들리거든. 엘리베이터에 메모 같은 거 맨날 붙어 있잖아. 몇 호 좀 조용히 해달라고. 그동안 우리가 하는 얘기도 옆집에 다 들렸대. 근데 그런 얘기를 안 해줘서 우리만 모르고 계속 떠들었던 거야."

미영이 당혹스러운 표정으로 가만히 날 응시하다가 403호 벽을 돌아봤다.

"옆집이면 403호 말하는 거야?"

나는 고개를 끄덕였다. 나는 미영에게 403호 여자인 안수희가 내 대학 동기라는 사실을 말하지 않았다. 자살한 수희를 발견한 것도 지나가는데 문이 열려 있어서 우연히 알았다고 둘러댔다. 거짓말을 한 다른 이유는 없다. 굳이 수희가 아는 사람이라고 말해서 추가적인 설명을 하기 싫었을 뿐이다. 어차피 앞으로 한 달 후면 이곳을 떠날 테고.

"403호 여자가 그랬어? 우리 얘기 다 들렸다고?"

"……응."

"언제?"

"……죽기 전에."

"뭐라고 했는데? 아니, 그 여자하고 어떻게 얘기하게 된 거야? 그 여자 히키코모리처럼 밖으로 나오지도 않고 집 안에만 틀어박혀 있었잖아. 직접 만난 거야? 어떻게 생긴 여자야?"

미영은 내가 대답할 사이도 없이 속사포처럼 질문을 쏟아냈다. 수희는 403호 여자가 어떻게 우리 얘기를 듣게 됐는지보다 403호 여자, 즉 수희에 대한 순수한 호기심이 더 강한 듯했다. 사실 이전에도 미영은 403호 여자, 수희를 궁금해했다. 대체 어떤 여자이기에 외출은커녕 숨소리조차 내지 않고 살 수 있는지.

나는 얼버무리듯 말했다.

"얘기를 나눈 건 아니고 그 여자가 문에 쪽지를 붙여놨더라고. 우리가 하는 소리 다 들린다면서."

"진짜? 와~ 소름. 난 완전 이상한 여잔 줄 알았는데 그냥 조용한 여자였나 보네."

미영이 잠시 생각에 잠겨 있다가 문득 떠오른 것처럼 물었다.

"근데 왜 조용히 말하래? 그 여자 죽었잖아. 403호 지금 비어 있잖아. 그 사이에 누가 새로 이사 왔어?"

"그건 아닌데……."

미영은 대답을 못 찾아 허둥대는 날 탐색하듯 바라봤다.

"그러니까 내 얘기는…… 옆집 여자가 아직도 그 집에 있는 것 같은 기분이 들어서……."

나도 모르게 튀어나온 말이었다. 미영의 눈이 휘둥그레졌다.

"그게 무슨 말이야?"

"그냥 내 기분일 수도 있지만 자꾸 옆집에 누가 있는 것 같은 생각이 드는 거야."

"우진 씨, 왜 그래? 나 진짜 무섭단 말야."

미영의 표정이 사색이 되는 걸 보고 황급히 말했다.

"심각한 건 아냐. 그냥 그 여자가 우리가 하는 얘기를 다 듣고 있었다고 생각하니까 왠지 지금도 목소리를 높이는 게 꺼림칙한 기분이 들어서 그래."

미영이 걱정스러운 얼굴로 날 보다가 한숨을 내쉬었다.

"우진 씨, 안 되겠다. 이번 신작 준비하느라 스트레스를 너무 많이 받은 것 같아. 연재도 중요하지만 몸 생각도 해야지. 지금 우진 씨 얼굴 좀 봐. 좀비 같단 말야. 조금 있으면 결혼식인데 어떡할 거야?"

미영이 큰 소리로 말하는 건 아닌데 내겐 이상할 정도로 크게 들렸다. 덕분에 미영이 하는 말의 내용보다 목소리 크기에 신경이 쓰여 대화에 집중할 수가 없었다.

난 손짓까지 곁들이며 미영에게 말했다.

"미영아, 목소리 좀……."

미영이 겁먹은 얼굴로 말했다.

"우진 씨, 이러지 말고 우리 지금 여기서 나가자. 아무래도 우진 씨 여기 있으면 안 될 것 같아. 지금 우진 씨 모습이나 행동이 얼마나 이상한지 알아? 연재도 중요하지만 이건 아닌 것 같아. 어차피 다음 달이면 신혼집 들어갈 텐데 지금 바로 짐 싸서 나가자. 솔직히 죽은 옆집 사람이 우리가 했던 얘기들 엿들었다고 하니까 너무 소름 끼쳐.”

나는 403호와 맞닿은 벽을 돌아보며 낮은 소리로 말했다.

“지금 작업 잘되고 있는데 변화 주고 싶지 않아.”

“작업은 다른 곳에서 하면 되잖아.”

“아니, 나는 다른 데서는 안 될 것 같아. 여기여야 해.”

“뭐? 그게 말이 돼?”

“그게 있잖아……”

그 순간 403호에서 소리가 들려왔다. 뭔가가 벽에 쿵쿵 부딪히는 소리. 수희가 자살하던 날에도 똑같은 소리가 벽을 통해 들려왔다. 숨이 멎을 것 같은 공포가 밀려들었다.

난 미영에게 얼굴을 바싹 들이대곤 물었다.

“방금 그 소리 들었지?”

“소리? 무슨 소리?”

“옆집에서 벽을 두드리는 소리……”

미영이 잔뜩 겁먹은 표정으로 나처럼 목소리를 낮춰 말했다.

“옆집 비어 있다며? 근데 무슨 소리가 들렸다는 거야?”

난 미영에게 조용히 하라며 손가락을 입술에 대곤 다시 소리가 들려오기를 기다렸다. 하지만 소리는 들려오지 않았다. 어쩌면 내가 잘못 들었을 수도 있겠단 생각이 들었다.

"우진 씨 대체……."

내가 단호하게 말했다.

"<빙의>만 여기서 작업할게. 그리고 네가 생각하는 것보다 훨씬 일찍 작업 끝날 거야. 여기서 그림 그리면 놀라운 일이 벌어져."

"그게 무슨 말이야? 놀라운 일이라니?"

마음 같아서는 <빙의> 1, 2화를 불과 6일 만에 완성했고 극본만 읽어도 웹툰 장면이 떠오른다고 말해주고 싶었다. 그런데 그렇게 말하면 미영이 날 더욱 이상한 사람으로 생각할 것 같았다.

"지금은 설명할 수 없지만 날 믿어. 지금 속도로만 작업하면 2, 3개월 안에 1년 치 연재 분량을 모두 끝낼 수 있어."

날 바라보는 미영의 눈빛이 눈에 띌 정도로 어둡게 변했다. 점점 날 이상하게 보는 눈치였다. 그동안 미영도 내가 작업하는 모습을 지켜보면서 웹툰이 완성되는 과정에 대해 나 못지않게 잘 알고 있었다. 그런데 이제 겨우 1, 2화가 완성된 웹툰인데, 2, 3개월 안에 1년 치 연재분을 그릴 수 있다는 말도 안 되는 얘기를 하고 했으니 걱정을 넘어 혼란스러운 얼굴이었다.

"이유는 모르겠지만 옆집 여자가 죽은 후부터 우진 씨가 이상하게 변하는 것 같아. 솔직히 나 여기 올 때마다 너무 무섭단 말야. 무서운 거 참고 오는 거라고."

이젠 미영도 거의 소근대는 수준이었다. 어느새 우리

는 거의 얼굴을 맞댄 채 속삭이고 있었다. 미영이 갑자기 매달리듯 내 목을 끌어안으며 울먹였다.

"우진 씨, 여기서 나가자. 나 너무 무서워. 날 위해서 그렇게 해줘. 웹툰은 밖에서도 잘 그릴 수 있을 거야. 제발 부탁이야."

지금까지 한 번도 본 적 없는 미영의 모습이었다. 평소 감정을 잘 드러내지 않는 미영이 눈물까지 보이며 날 바라봤다. 그런 미영을 보니 마음이 흔들렸다. 절친 한 명 없는 내게 미영은 웹툰 못지않게 소중한 존재다. 이렇게 열심히 웹툰을 그리고 웹툰 작가로 성공하려는 이유도 미영과 행복한 삶을 살고 싶기 때문이다. 미영이 없다면 웹툰 작가로 성공하려는 욕망의 절반은 사라질 것이다.

미영이 떨리는 음성으로 말했다.

"결혼식 준비는 나 혼자도 할 수 있어. 근데 우진 씨가 이상하게 변해가는 걸 지켜보는 게 불안하고 힘들어. 우진 씨가 점점 다른 사람으로 변해가는 것 같단 말야."

내가 이상하게 변해간다는 미영의 말은 나도 부인하기 어려웠다. 요 며칠 내게 일어난 일들은 어떤 설명으로도 가능하지 않은 일들이다. 미영의 말대로 그걸 알면서 지금처럼 404호에서 그림을 계속 그리다가는 나도 내가 어떻게 변할지 상상이 되지 않았다.

'사실 이곳이 아닌 다른 장소에서 작업한다고 지금의 놀라운 감각이 사라진다고 단정할 수는 없는 거잖아.'

나는 고민 끝에 말했다.

"그래, 그렇게 하자."

내 대답에 잔뜩 굳어 있던 미영의 얼굴에 미소가 감돌았고 두 눈이 촉촉해졌다. 난 웹툰 작업에 필요한 물건만 챙겨 미영과 함께 404호를 나섰다. 내가 복도로 나아가지 못하고 쭈뼛거리자 미영이 의아하게 돌아봤다.

"왜 그래?"

"아무것도 아냐. 먼저 가."

난 미영을 먼저 앞세운 다음 원혼이라고 생각되는 존재가 버티고 있는 복도를 걸어갔다. 원혼이 가까워질수록 나도 모르게 발걸음이 가장자리로 붙었다. 그런 날 돌아보는 미영의 얼굴에 의구심이 가득했다.

난 원혼의 눈치를 살피며 조심스럽게 옆을 지나쳤다. 미영에 의해 형태가 흐트러진 탓인지 원혼은 지난번처럼 말을 걸어오진 않았다.

미영이 자신을 밀어내고 강박적으로 엘리베이터 버튼을 누르는 날 놀란 시선으로 지켜봤다. 나는 엘리베이터 문이 열리자 도망치는 것처럼 안으로 뛰어들어 급하게 닫힘 버튼을 눌렀다. 그로 인해 미영이 하마터면 문에 끼일 뻔했다. 엘리베이터 문이 완전히 닫히고 나서야 비로소 참았던 숨을 토해냈다.

그런 날 지켜보던 미영이 단호하게 말했다.

"우진 씨, 여긴 진짜 다시 돌아오지 말자."

띵~

엘리베이터 문이 열렸다. 4층의 익숙한 공기가 폐 속으로 흘러들었다. 404호를 떠난 지 이틀 만에 나는 번영빌라 4층으로 되돌아왔다. 이곳을 떠날 때 절대 돌아오지 않겠다고 다짐했는데 결심은 이틀을 가지 못했다.

이곳을 벗어난 다른 어떤 곳에서도 <빙의>를 웹툰으로 그릴 수 없었기 때문이다. 404호에서는 극본만 읽어도 이야기 속 캐릭터의 심리는 물론 세세한 분위기까지 떠올라 웹툰의 한 장면으로 변했다.

그런데 다른 장소에서는 그런 기적이 일어나지 않았다. 극본을 아무리 읽어도 이미지조차 떠오르지 않았다. 아무리 이전의 기억을 더듬어 그려도 도저히 연재할 수 있는 수준의 그림이 그려지지 않았다. 캐릭터도 그릴 때마다 모습이 달라졌다. 처음부터 캐릭터를 제대로 구축하지 않고 작업했기 때문에 당연한 결과지만 난 당연하게 받아들일 수 없었다. 404호에서는 가능했으니까.

또한 404호에서는 수희가 죽었다는 걸 잊을 정도로 작업에 몰입할 수 있었다. 공유 오피스에서는 허공에 매달려 날 내려다보던 수희의 마지막 모습이 시도 때도 없이 떠올라 미칠 것 같았다. 마치 내가 자기 극본으로 작업하는 걸 원망하는 것처럼 눈앞에 대롱대롱 매달려서 온종일 날 노려봤다.

나는 확신할 수 있었다. <빙의>는 404호를 벗어나면 그릴 수 없는 웹툰이다. 나아가 <빙의>를 연재하지 못하게 되면 앞으로는 다시 웹툰을 그릴 수 없을 것이다.

엘리베이터를 나오자 복도 중간에 서 있는 검은 기운이 보였다. 기운은 이전보다 형태가 더 또렷해져 있었다. 이틀 전만 해도 그냥 기운이 뭉쳐진 형태로 머리와 몸통, 다리 정도를 구분할 수 있는 정도였다.

그런데 지금은 딱 봐도 여자의 모습을 하고 있었다. 축축해 보이는 긴 머리카락이 얼굴을 뒤덮었고 파란 바탕에 흰색 동그라미 문양이 새겨진 원피스도 분명하게 알아볼 수 있었다. 머리카락이 얼굴을 가려 표정이 보이지 않았지만 수희가 아닌 건 확실했다.

'그렇다면 저 원혼은 왜 이곳 복도에 저렇게 머물러 있는 걸까? 흔히 말하는 지박령인가? 번영빌라 4층이 유독 추운 이유도 저 원혼 때문이었나?'

복도 중앙을 걷던 내 발걸음이 점점 가장자리로 향했다. 어떻게든 보지 않으려고 했는데 그것을 지나치는 순간 자석에 이끌리듯 시선이 돌아갔다. 어쩌면 원혼이 어떤 힘으로 내 시선을 끌어당겼는지도 모른다.

고개를 돌리자 축축한 머리카락이 뒤덮은 얼굴이 어느새 눈앞에 와 있었고 머리카락 사이로 위쪽을 향해 살짝 밀려 올라간 원혼의 허연 동공이 날 향해 있었다. 동공은 위로 말려 올라갔지만 그 눈빛은 확실하게 날 보고 있었다. 원혼이 어떤 감정을 품고 있는지 짐작조차 할 수가 없었다.

눈이 마주친 상태에서 원혼이 스윽 내 쪽으로 기울었다. 마치 물속에서 움직이는 것 같은 느릿한 움직임이다. 축축한 머리카락이 닿을 것처럼 눈앞에서 찰랑거린다. 머리카락 사이로 보이는 동공을 보고 있자니 그 안으로 빨려 들어갈 것 같다.

원혼의 입이 서서히 벌어졌다. 원혼의 고개가 뒤로 젖혀졌고 입이 더 크게 벌어졌다. 입은 내 머리통을 삼킬 수 있을 정도로 점점 더 크게 벌어졌다. 난 눈앞에서 입이 벌어지는 걸 보면서도 꼼짝할 수가 없었다. 머리카락 사이로 보이는 허연 동공이 꿈틀하고 움직이는가 싶더니 벌어진 원혼의 입이 갑자기 내 얼굴로 확 달려들었다.

"아악!"

나는 몸을 웅크리며 비명을 질렀다. 순간 차가운 얼음물을 뒤집어쓴 것처럼 머리에서부터 냉기가 쏟아졌고 뼛속까지 몸이 떨려왔다.

"으으으……"

입에서 절로 신음이 흘러나왔고 내 비명이 적막한 4층 복도를 공명하며 메아리쳤다. 그러고 보니 죽은 줄 알았던 수회가 되살아나 꿈틀거릴 때도 지금과 비슷한 경험을 했다.

그렇게 얼마의 시간이 흘렀을까. 고개를 드는데 바로 눈앞에 403호 팻말이 보였다. 나는 수희가 살던 403호 현관문을 똑바로 마주 보고 서 있었다.

'내가 왜 여기 서 있는 거지?'

난 소스라치며 뒷걸음질을 쳤다. 기억이 사라진 것처럼 내가 왜 거기에 그렇게 서 있는지 알 수가 없었다. 뜻밖에도 403호의 문은 열려 있었다.

'403호의 문이 언제부터 열려 있었지? 조금 전에는 분명 닫혀 있었는데.'

복도에 버티고 있던 원혼의 모습은 보이지 않았다. 원혼이 보이지 않는다는 사실에 안도감과 꺼림칙한 기분이 동시에 엄습했다. 무엇보다 403호의 문이 열려 있는 게 신경 쓰였다.

'도어록으로 잠겨 있던 문이 저절로 열릴 수는 없잖아. 혹시 내가 집을 비운 이틀 동안 403호에 새로운 세입자라도 들어온 건가? 혹시 내 비명을 듣고 누군가 안에서 밖을 내다보다가……'

나는 이내 고개를 저었다. 그럴 리가 없다. 수희의 임대차계약 기간도 남아 있을 테고 403호에서 세입자가 자살했다는 소식이 이미 번영빌라 전체로 퍼져 이렇게 빨리 새로운 세입자가 들어올 가능성은 거의 없다. 요즘엔 공인중개사도 전 세입자의 자살 같은 일은 계약 전에 미리 고지해야 할 의무가 있다고 들었다.

나는 어둠이 밀려 나오는 403호의 문을 열고 들어가 내부를 보고 싶은 충동에 사로잡혔다. 왠지 모르지만 403호에 들어가서 수희가 없다는 걸 확인해야만 안정이 될 것 같았다. 그래야만 그녀가 죽었다는 걸 확실히 받아들일 수 있을 것 같았다.

내가 403호의 문을 잡으려는 순간 복도를 울리는 소리가 들려왔다.

"404호 입주자분!"

돌아보니 언제부터 거기 있었는지 엘리베이터 앞에 경비가 서 있었다.

"네?"

"404호 맞죠?"

"네."

"어제 누가 찾아와서 이걸 꼭 전해달라고 했으니까 가져가요."

경비가 엘리베이터 앞에서 종이쪽지를 들어 보였다. 경비는 내가 있는 쪽으로는 한 발짝도 걸어오지 않겠다는 듯 무게중심을 뒤로 둔 채 종이쪽지만 흔들었다. 마치 가까이 다가와서는 안 되는 뭔가가 내 주위에 있는 것처럼. 여차하면 엘리베이터 안으로 뛰어들 기세였다.

'왜 저러는 거지?'

내가 바로 대답하지 않자 경비가 서둘러 말했다.

"여기 둘 테니까 가져가요."

경비는 메모를 바닥에 던지듯 내려놓고는 재빨리 엘리베이터 속으로 사라졌다. 뭔가로부터 도망치는 것처럼 후다닥.

'뭐야?'

그 순간에 기억 하나가 떠올랐다. 며칠 전 빌라 주차장에서 입주자로 보이는 남자 둘이 담배를 피우며 나누던 대화였다.

"난 요즘 엘리베이터 탈 때마다 혹시라도 4층에 설까봐 조마조마해. 4층에 엘리베이터가 딱 섰는데 앞에 아무도 없어 봐. 진짜 지릴 것 같아."

"야, 그것까지는 좀 오버지. 요즘 자살하는 사람이 한둘도 아니고."

"네가 잘 몰라서 그래. 403호 입주자 자살한 게 이번이 처음이 아니라고."

"엥? 진짜?"

"그래. 이번에 자살한 입주자 이전 입주자도 똑같이 403호에서 목매달아 자살했다니까."

"헉~ 미쳤네. 나 지금 완전 소름 돋았어. 그럼 진짜 거기 뭔가 있나 보다. 근데도 4층에 사는 사람은 뭐냐? 다들 모르고 사는 건가?"

"그렇겠지. 알았으면 살 수가 있겠냐? 너 4층 안 가봤지? 내가 올여름에 택배 잘못 배달돼서 갖다주러 갔는데 진짜 거짓말 안 하고 서늘해. 우리 층은 더워서 푹푹 찌는데 4층은 무슨 냉장고에 들어온 것처럼 공기가 서늘하더라고."

"와씨. 4층 복도 온도가 다르다는 얘기 듣긴 했는데 그 정도라고?"

"지금 뒤늦게 소문 퍼지면서 401호와 402호는 방 뺐고 404호만 남았대."

"404호면 자살한 여자 바로 옆집이잖아. 무서워서 거기 어떻게 사냐? 계약 기간이 많이 남았나?"

"아니, 이번 달에 끝나는데 오히려 계약 연장할 수 있냐고 주인한테 물어봤대."

"엥? 미친 거 아냐? 대체 왜?"

두 사람의 얘기를 들으면서 소문이 참 무섭다는 생각이 들었다. 난 주인한테 계약 기간 연장을 물어본 적이 없다.

남자가 계속 말을 이어갔다.

"404호는 그냥 옆집이 아냐. 403호 여자 자살한 거 목격하고 경찰에 신고한 게 404호래."

"와, 잠만. 403호 여자가 목매달고 죽은 모습을 직접 목격하고도 그 집에 더 살겠다고 계약을 연장해?"

"사정은 모르지. 근데 그 사람 무서운 이야기 그리는 웹툰 작가래."

"아, 웹툰 작가였어? 그럼 그럴 수도 있지. 그런 곳에서 웹툰 그리면 저절로 무서운 작품이 나올 테니까."

"아무리 그래도 그건 아니지. 너 같으면 그럴 수 있겠어?"

“미쳤냐? 웹툰으로 때돈 번다고 해도 난 무조건 도망간다, 큭큭.”

나는 엘리베이터로 걸어가 경비가 내려놓은 종이쪽지를 주워들었다. 쪽지에는 휴대폰 번호와 함께 볼펜으로 급하게 쓴 것 같은 내용이 적혀 있었다.

‘수희 엄마예요. 이거 보는 대로 꼭 연락 줘요!!!’

수희 엄마라는 글자를 읽는 순간 잊고 있던 죄의식이 올라왔다. 숨이 답답해졌고 나도 모르게 주위를 두리번거렸다. 수희 엄마가 어딘가에 숨어서 지켜보고 있을지도 모른다는 불안과 의심이 밀려왔다.

‘내가 수희 대학 동창이라는 걸 알고 쪽지를 남긴 걸까? 아니면 경찰에서 얘기 듣고 단순히 목격자로서 수희의 마지막 모습을 물어보고 싶은 걸까?’

당연히 난 수희 엄마한테 연락하고 싶지 않았다. 수희보다 수희 엄마를 대면하는 게 더 힘들고 괴로울 것 같았다.

일단 메모를 주머니에 넣고 돌아서던 난 403호 앞에 다시 멈춰 섰다. 처음엔 뭐가 달라졌는지 알지 못했다. 잠시 눈을 껌뻑거리며 403호의 문을 바라보다가 조금 전에 열려 있던 문이 지금은 닫혀 있다는 걸 깨달았다.

‘문 닫히는 소리가 들리지도 않았는데 언제 닫혔지? 자동으로 닫힐 문도 아니고.’

주위에 문이 닫힐 만한 그 어떤 정황도 보이지 않았다. 아니면 처음부터 닫혀 있는 문을 내가 잘못 봤을 수도 있다. 그런 일이 가능한지 모르겠지만 요즘 내 기억이 오락가락하는 걸 생각하면 가능성이 전혀 없는 건 아니다. 미영의 말대로 이곳에 계속 있다 보면 정말 내가 이상해질 것 같은 기분이 들었다.

그럼에도 불구하고 난 어제 미영에게 지금의 내 상황을 고백했다. 처음에 기획했던 신작 <오후의 살인> 연재가 플랫폼에서 거절당하고 <빙의> 연재 계약이 됐다. 그런데 이곳을 벗어나면 <빙의>를 그릴 수가 없다. <빙의>를 그리지 못하면 앞으로 더는 웹툰을 그릴 수 없을 것 같다고.

두 달만 시간을 달라고 했다. 미영은 다소 충격받은 표정을 지었지만 이내 고개를 끄덕였다. 미영이 어떤 마음으로 내 의견에 동의했는지는 중요치 않다. 난 지금 <빙의>를 그려서 연재하는 것 외에 그 어떤 것도 중요하지 않았다. <빙의> 연재만 무사히 마칠 수 있다면 이곳을 벗어나 미영과 함께 꿈꾸던 삶을 살 수 있을 것이다.

'다른 생각 하지 말고 <빙의>를 그리는 일에만 집중하자.'

◇◇◇◇◇

<빙의>는 이승을 떠나지 못한 원혼들이 귀문관살의 사주를 가진 웹툰 작가 정인의 육신에 빙의해 한을 푸는 이야기다. 정인은 그 이야기를 웹툰으로 그리는 작가다.

이번 3화의 에피소드는 남자친구에게 배신당해 죽은 여자 원혼이 정인에게 빙의해 복수하는 이야기다.

나는 1, 2화를 그렸을 때처럼 어두운 방에 책상 스탠드만 켠 후 집중해서 극본을 읽었다. 이전처럼 그 기이한 감각이 다시 돌아오기를 간절히 바라면서.

'제발……'

처음엔 아무 느낌이 없었는데 극본을 계속 읽자 익숙한 감각이 찾아들었다. 주변의 공간이 왜곡되고 흔들리더니 오래된 기억처럼 영상이 떠오르기 시작했다. 영상은 '남친'인 박정욱에게 복수하려는 이지현의 시선으로 진행됐다.

마치 어디선가 실제로 일어났던 일인 것처럼 이지현의 기억과 감정이 주마등처럼 생생하게 머리를 스쳐 갔다.

이지현은 박정욱과 결혼을 전제로 교제를 시작했다. 이지현은 평생 가정을 돌보지 않은 그녀의 아버지와 달리 세심하게 자신을 챙기는 박정욱에게 빠져든다. 사업이 어려워져 자금이 필요하다는 말에 평생 모은 돈을 주저 없이 빌려준 것도, 이후 계속된 돈 요구에 은행 대출까지 받아 줬던 것도 박정욱을 사랑하고 믿었기 때문이다.

그런데 어느 날부터 박정욱이 그녀를 피하기 시작한다. 이지현은 뒤늦게 박정욱이 자신한테 빌린 돈으로 다른 여자와 살림을 차리고 결혼까지 했다는 사실을 알게 된다.

이지현은 빌려준 돈을 달라고 하지만 박정욱은 증거가 없다며 잡아떼는 것도 모자라 다시 찾아오면 스토킹으로 경찰에 고소하겠다고 협박한다.

이지현은 모든 걸 잃고 실성한 사람처럼 도심을 떠돌다가 맨홀에 빠져 사망한다. 이지현에 대한 실종 신고가 접수되고 수사가 시작되지만 경찰은 그녀의 시신을 찾지 못한다. 경찰은 박정욱한테도 찾아와 이지현의 행방을 묻는다.

이지현은 맨홀에 빠졌지만 이틀 동안 숨이 붙어 있었다. 그녀는 어둡고 축축한 맨홀 바닥에서 아무도 모르게 죽어갔다. 이지현은 원한령이 되어 구천을 떠돈다. 이지현의 원한령은 우연히 본 정인의 몸에 빙의해 박정욱을 찾아간다.

박정욱은 이지현의 전화를 받는다. 전화번호도, 목소리도, 말하는 투도 영락없는 이지현이다.

"야, 너 지금 어디야? 왜 말도 없이 사라져서 경찰이 나한테까지 찾아오게 만들어?"

─부탁 하나만 들어줘. 그럼 앞으로 다시는 연락하지 않을게. 귀찮게도 하지 않고.

"……뭔데?"

─우리 예전에 자주 가던 산장 있잖아. 오늘 밤 거기로 와줘. 마지막으로 만나서 꼭 하고 싶은 말이 있어.

"아이 씨. 내가 왜 거길 가? 하고 싶은 말 있으면 지금 전화로 해."

―최소한의 양심이라도 있으면 그 정도는 들어줄 수 있잖아.

"하아, 또 시작이냐? 나 양심 없어."

―내 부탁 안 들어주면 네가 그동안 나한테 했던 일들 세상에 다 까발릴 거야. 못 할 것 같아? 내가 예전의 바보 같고 한심하던 이지현 같아? 내가 사라졌던 시간에 어디서 뭘 하며 있었는지 알려줄까?

"……아, 됐어. 대신 이번이 마지막이다?"

―반드시 그렇게 될 거야. 마지막.

박정욱은 기분이 찜찜했지만 마지막이라는 이지현의 말에 산장을 찾아간다. 예전에 이지현의 돈이 필요할 때 환심을 사기 위해 몇 차례 같이 갔던 산장이다.

"뭐야? 아직 안 온 거야? 왜 불이 꺼져 있어?"

박정욱이 컴컴한 산장의 문을 열고 안으로 들어가자 안쪽 어둠 속에서 촛불이 일렁이고 있다.

"아이 씨. 또 분위기 잡고 매달리는 거 아냐?"

박정욱이 거실 안쪽으로 걸어 들어가면 촛불 뒤 어둠 속에 여자의 실루엣이 보인다.

"야, 거기서 뭐 하는 거야?"

어둠 속에서 이지현의 목소리가 들려온다.

"정욱 씨, 하나만 물어볼게. 한순간이라도 날 진정으로 사랑한 적 있어?”

“하아, 내가 이럴 줄 알았다니까. 좋아, 마지막이니까 나도 확실하게 말해줄게. 없어! 난 네가 나 좋다고 하니까 만났던 거야. 돈도 필요했고. 난…… 단 한 번도 너 좋아한 적 없어. 이제 됐냐?”

어둠 속에서 이지현, 아니 정인이 천천히 촛불 앞으로 걸어 나간다. 정인을 본 박정욱이 놀라서 소리친다.

“너…… 너 누구야?”

“정욱 씨, 나 못 알아보겠어? 지현이잖아. 내 목소리 몰라?”

박정욱이 뒷걸음질 치며 소리친다.

“뭔 개소리야? 지현이 어딨어?”

갑자기 정인이 음산한 얼굴로 깔깔거리고 웃다가 서늘하게 말한다.

“여기 처음 왔을 때 정욱 씨가 나한테 그랬잖아. 내 슬픈 눈빛을 보면 따스하게 안아주고 싶다고.”

“가까이 오지 마! 이지현! 어디 있어? 숨어 있지 말고 당장 나와…….”

말을 이어가던 박정욱의 동공이 부풀어 올랐다. 다가오던 정인의 얼굴이 이지현의 얼굴로 바뀌고 있었던 것이다.

“으…… 으으으……. 너 뭐야?”

놀란 박정욱이 뒷걸음질을 치다가 의자를 잡고 쓰러진

다. 이지현이 그런 박정욱에게 다가간다. 이지현이 쓰러진 박정욱의 앞으로 다가가 얼굴을 들이민다.

"정욱 씨, 내가 이 세상 사람으로 보여? 나…… 너 때문에 죽었어. 몰랐어?"

그렇게 말하는 이지현의 몸이 기울어지며 허공으로 천천히 떠오른다. 맨홀 속 하수구 물에 불어 퉁퉁 부은 얼굴이 박정욱과 눈을 맞춘 채 하반신이 허공으로 둥둥 떠올랐다. 마치 허공에 엎드려 있는 것처럼.

"으……. 으악! 으아아악!!!"

박정욱이 비명을 지르며 도망치려는 찰나.

"……정욱 씨……."

박정욱이 돌아보면 이지현이 어둠 속 허공에 뜬 채로 그를 내려다보고 있다.

"귀신이다, 으아악!!!"

혼비백산한 박정욱이 도망치려는데 발이 움직이지 않는다. 박정욱이 발을 내려다보면 흐릿한 두 손이 그의 발목을 붙잡고 있고 조금 떨어진 곳에서 이지현이 양팔을 앞으로 뻗고 있다. 마치 박정욱의 발목을 붙잡고 있는 것처럼. 놀란 박정욱은 두 팔을 허우적거리다가 꼬꾸라지며 바닥에 머리를 찧고 즉사한다.

죽은 박정욱의 육신에서 영혼이 빠져나오면 블랙홀 같은 어둠이 생겨난다. 박정욱의 영혼은 비명과 함께 그 검은 블랙홀 안으로 빨려 들어가 사라진다. 산장의 CCTV

에는 박정욱 혼자 날뛰다가 넘어져 즉사하는 장면이 녹화된다.

정인은 자신의 방으로 돌아온 후에야 정신이 들고 뒤늦게 떠오르는 기억에 괴로워한다는 게 에피소드 3화의 내용이다.

내가 기억에서 빠져나왔을 때 너무나 생생한 장면에 정말로 박정욱이 내 눈앞에서 죽은 것 같은 착각이 들 정도였다. 직접 체험한 것 같은 영상은 지금까지 내가 봤던 어떤 공포영화보다 무섭고 소름 끼쳤다. 무엇보다 원혼 이지현의 무시무시한 증오와 분노가 내 것처럼 느껴졌다. 심지어 이 기억이 실제로 일어난 일은 아닌지 의심이 들었다.

하지만 난 기억이 사라지기 전에 그림을 그려야 한다는 생각에 빠르게 손을 움직였다. 기억이 떠오르는 대로만 그리면 영상이 웹툰의 그림과 컷으로 변했다. 이상한 건 몰입해서 그림을 그릴수록 의식이 또렷해지기보다 오히려 몽롱해지며 몸의 모든 감각이 아득해지는 느낌이 든다는 것이다.

'아무려면 어때? 웹툰만 잘 나오면 돼.'

그림을 그리다가 이따금 고개를 들면 스탠드 불빛에 둘러싸인 캄캄한 우주의 시공간에 홀로 앉아 있는 듯한 착각이 들곤 했다.

그림을 그리는 어느 시점부터는 시야에 이상한 문양이 보이기 시작했다. 처음엔 의식하지 못했는데 고개를 들 때마다 스치듯 낯선 이미지가 시야에 들어오는 일이 반복됐다. 시간이 흐를수록 그 이상한 형태의 문양은 각인되듯 머릿속에서 점점 또렷해졌다.

'저게 뭐지? 벽에 얼룩이 묻은 건가?'

나는 그림 그리던 손을 멈추고 정면의 물체를 응시했다. 바로 눈앞에 있는 것 같기도 했고 아득히 먼 곳에 있는 것 같기도 했다.

'대체 뭐야, 저게?'

자세히 살펴본 물체는 작은 상자에 솜과 함께 매미를 넣어놓은 곤충표본이었다. 누군가 매미가 들어 있는 곤충표본을 투명 테이프로 벽에 붙여놓았다.

'저런 게 왜 눈에 보이는 거지? 내 방엔 저런 물체가 없는데? 가만…… 저 표본 어디선가 본 적이 있어. 그게 어디였더라?'

곰곰이 기억을 더듬던 난 오싹한 기분에 사로잡혀 눈을 치켜떴다. 수희 방에서 지금 보이는 것과 똑같은 매미 표본을 본 기억이 났다. 수희의 책상 바로 앞 벽면에 같은 모양의 물체가 붙어 있었다. 모양만 같은 게 아니라 벽에 투명 테이프로 붙여놓은 방식까지 똑같다.

'근데 내 방에서 왜 저게 보이는 거지?'

문득 소스라치며 주위를 둘러보는 순간 현기증이 밀려

들었다. 이런 비슷한 현기증을 최근에 여러 차례 경험했다. 의식이 뭔가에 사로잡혀 있다가 한순간 풀려난 것처럼 어지럼증이 밀려오고 어딘지도 모르는 아득한 심연에서 갑자기 현실로 돌아오는 듯한 위화감.

정신이 돌아왔을 때 나는 태블릿 펜슬을 손에 쥔 채 멍하니 책상에 앉아 있었다. 바로 직전에 뭘 했는지 아무런 기억이 나지 않았다. 그런데도 책상 위 태블릿에는 <빙의> 에피소드 3화가 완성되어 있었다.

'내가 이걸 다 그렸다고?'

그림을 그린 기억은 있는데 이 많은 장면을 어떻게 그렸는지 구체적인 기억은 없었다.

'대체 몇 시간이나 그린 거야?'

휴대폰 시간을 확인하던 난 눈을 의심했다. 휴대폰 시간이 맞다면 내가 404호 집에 들어온 후 이틀이 지나 있었다. 말도 안 된다고 부정하는 순간 날 비웃는 것처럼 방 구석에 내가 시켜 먹은 것으로 보이는 일회용 음식 그릇들이 시야에 들어왔다.

더불어 정체를 알 수 없는 기억의 조각들이 부서진 파편처럼 머릿속을 부유했다. 시야에서 사라진 매미표본도 그중 하나였다.

놀랍게도 내가 403호 도어록 비밀번호를 누르고 문을 여는 모습이 그 기억 사이에 들어 있었다. 비록 앞뒤가 잘린 단편적인 기억이지만 기억 속 내가 403호의 진득한 어둠 속으로 걸어 들어가고 있었다.

'내가 403호를 왜 들어가? 403호 비밀번호도 모르는데……'

순간 내가 누르던 403호 도어록의 비밀번호가 섬광처럼 떠올랐다. 그 번호가 정말 403호 비밀번호가 맞는지 알 수 없지만 내가 403호 도어록의 번호를 누른 느낌이 손끝에 선명하게 남아 있다. 알 수 없는 전율이 목을 옥죄며 올라왔다.

그때 휴대폰 진동음이 울렸다. 나는 화들짝 놀라 휴대폰을 봤다. 미영이었다.

"어, 미영아."

내가 뭐라 말을 할 사이도 없이 미영이 다짜고짜 말을 토해냈다.

—방금 우진 씨가 보라는 웹툰 봤어.

"웹툰? 무슨 웹툰?"

—기억 안 나? 아침에 우진 씨가 카톡으로 웹툰 커뮤니티에 올라온 웹툰이 있는데 보라면서 링크까지 보내줬잖아. 제목이 '표절'인 웹툰 말야.

"표절?"

—뭐야? 반응이 왜 그래? 설마 기억 안 나는 거야?

당연히 기억이 없다. 내가 커뮤니티를 들어가 다른 웹툰을 찾아본 기억도 없고, 미영에게 그런 웹툰을 보라고 전화나 카톡을 보낸 기억은 더더욱 없다. 그런데 왠지 기억이 안 난다고 하면 안 될 것 같았다.

"무슨 일인지 말해봐."

—처음엔 우진 씨가 커뮤니티에 올라온 웹툰을 왜 보라고 했는지 의아했어. 근데 보니까 거기 올라온 웹툰이 우진 씨 이번 신작을 완전 표절했더라고. 어떻게 했는지 모르겠지만 우진 씨가 보여준 신작 웹툰 초반 장면을 그대로 베낀 것 같아. 지하실 장면 말야. 그리고…… 이후 이야기는 마치 우진 씨 얘기를 하는 것 같았어. 거기 여주인공이 사는 집이 번영빌란데 빌라 모습도 지금 우진 씨네 빌라랑 완전 똑같아. 심지어 여주인공이 사는 집이 403호야. 403호면 얼마 전 자살한 여자가 살던 집이잖아.

미영이 흥분해서 목소리를 높여갔다.

—진짜 악의적인 건 404호 남자가 403호 여자의 <빙의>라는 작품을 훔쳐서 자기 작품인 것처럼 웹툰으로 그린다는 거야. 심지어 그 남자 이름도 심우진이고 생긴 것도 우진 씨랑 똑같아. 이건 그냥 표절이 아니라 누군가 우진 씨한테 원한 가진 사람이 망신 주려고 작정한 것 같아. 이 정도면 저작권법 위반에 명예훼손으로 고소해야 하는 거 아냐?

웹툰 초반 장면에 대해 들을 때만 해도 발표도 하지 않은 내 웹툰을 어떻게 보고 표절했을까 정도의 의문만 들었다. 그런데 뒤에 이어지는 <빙의> 표절 이야기를 듣는 순간 심장이 얼어붙는 것 같았다.

　잘못 들은 게 아니라면 웹툰 <표절>의 내용은 우진이라는 남주인공이 403호 여자의 <빙의>라는 작품을 훔쳐서 자기 작품인 것처럼 웹툰으로 그린다는 것이다. 미영의 말을 듣고도 도무지 믿어지지 않았다. 아무리 논리적으로 생각하려 해도 그건 불가능한 일이다. 누군가 내 옆에서 내가 저지른 범죄를 처음부터 끝까지 지켜본 게 아니라면.

　미영은 그런 내 마음과 상관없이 웹툰 <표절> 얘기를 쉼 없이 늘어놓았다.

　—아직 연재도 하지 않은 우진 씨 작품을 어떻게 표절했는지 이해가 안 돼. 플랫폼 말고 다른 사람한테 보여준 적 없지? 혹시 주위에 원한 가질 만한 사람 없어? 아, 그리고 그림체도 우진 씨 그림하고 너무 비슷해. 아니, 우진 씨가 그린 것처럼 보여서 너무 짜증 났어.

　"그 웹툰, 사람들이 많이 봤어?"

　—응, 지금 인기 엄청 좋아. 댓글 보면 다들 플랫폼에 연재하면 대박 나겠다면서 응원하고 난리야. 근데 몇몇 댓글은 이거 실화인 것 같다고, 작가가 자기 작품 표절한 작가 저격하는 내용 같다고 음모론까지 나오고 있어. 빨리 신고하지 않으면…….

　"내가 보고 결정할 테니까 넌 아무것도 하지 말고 내가 연락할 때까지 기다려. 알았지?"

　나는 미영에게 당부한 후 전화를 끊었다. 혹시나 해서

휴대폰을 보니 미영에게 링크를 걸어 보낸 카톡이 정말로 있었다. 미영에게 이상한 웹툰이 있는데 들어가서 확인해달라는 내용이다. 그런데 난 그런 카톡을 보낸 기억이 없다.

하지만 지금은 그런 걸 따질 여력조차 없었다. 그것 말고도 논리적으로 설명되지 않는 일들이 지금 내 주위에서 빈번히 일어나고 있으니까.

나는 미지의 괴물을 대면하는 심정으로 링크를 타고 사이트에 들어갔다. 사이트는 인기순으로 검색하면 조회수가 내림차순으로 노출되는 구조다. <표절>이라는 제목의 웹툰은 사이트 첫 페이지 맨 위에 올라 있었다. 미영의 말처럼 조회수도 상당했고 댓글도 이미 40개를 넘었다.

나는 웹툰을 보기 전 댓글부터 확인했다. 미영의 말처럼 초반은 웹툰의 내용이 재미있다는 댓글이 주를 이뤘다. 그런데 중간에 한 독자가 작가가 표절 작가를 저격하려고 그린 웹툰 같다는 의혹을 제기하면서 이후 댓글들의 방향은 대부분 음모론으로 기울었다.

—내가 볼 때도 이거 실화 같음. 작가가 표절 작가한테 경고하기 위해 그린 웹툰 같음. 난 네가 한 짓 알고 있으니까 그만둬라…… 뭐 그런?

—심우진 작가. 어디서 들어본 이름 같지 않음? 현역 웹툰 작가 아닌가? 혹시 아는 독자 있으면 알려줘.

—표절하는 작가는 진짜 영혼을 훔치는 거다. 만약 이

게 실화라면 절대 용서하면 안 됨. 반드시 찾아내서 웹툰 계에서 퇴출해야 함.

웹툰을 보기 위해 천천히 스크롤을 내리는데 심장이 두근거렸다. 오프닝에 정인 엄마가 굿을 하는 장면과 지하실 장면이 나왔다. 어떻게 했는지 모르겠지만 미영의 말처럼 초반부는 내가 그린 <빙의> 원고를 아예 '복붙'해서 올려놓은 것 같았다.

나는 혼란스러운 기분으로 스크롤을 계속 내렸다. 웹툰 <빙의>와 내용이 달라지는 지점은 정인이 성인이 된 이후다.

역시 미영의 말처럼 진짜 번영빌라 전경이 나왔고 한 남자가 404호 자신의 집 앞에서 도어록 비밀번호를 누르는 모습이 등장했다. 놀랍게도 그림 속 남자의 얼굴이 나와 똑같았다.

스크롤을 내리고 다음 그림을 보던 난 하마터면 소리를 지를 뻔했다. 남자가 도어록 문을 열고 404호로 들어가려는 순간 옆집 403호의 문이 열리더니 목이 긴 여자의 머리가 안에서 미끄러져 나오는 그림이었다. 부스스한 머리카락으로 얼굴을 가린 403호 여자는 영락없는 수희였다. 그것도 내게 컴퓨터를 봐달라고 말을 걸어올 때의 바로 그 얼굴이다.

그 얼굴을 웹툰으로 보는 순간 숨이 쉬어지지 않았다. 입에서는 헉헉거리는 신음이 흘러나왔다. 마음 같아서는 당장이라도 창을 닫고 이 방에서 도망치고 싶었다. 되살아난 수희가 벽 너머에서 말을 걸어올 것 같은 공포에 심장이 오그라들었다.

그럼에도 불구하고 난 계속 스크롤을 내렸다. 이후에 무슨 내용이 이어지는지 궁금해서 견딜 수가 없었다. 스크롤을 내리는 동안에도 심장은 아플 정도로 쿵쿵 뛰었다.

이후 그림들은 더욱 충격이었다. 내가 수희 방에 들어가 컴퓨터의 마우스 드라이버를 업데이트하는 모습, 피곤을 이기지 못하고 잠든 수희 모습, 극본 <빙의>를 읽고 원격조종 프로그램을 작동시키는 내 모습까지. 심지어는 수희 방 벽에 붙어 있던 매미표본까지도 모두 웹툰 장면에 묘사되어 있었다.

나는 반쯤 입을 벌린 채 넋 나간 사람처럼 눈앞의 웹툰을 바라봤다. 아무에게도 말하지 않았던 나의 추악한 과거가, 웹툰이 되어 올라와 있었다.

나는 반사적으로 방을 둘러보다가 고개를 흔들었다. 이건 단순히 몰래카메라 설치로 가능한 일이 아니다. 아니, 그 누구도 이런 그림을 그릴 수는 없다.

스크롤을 계속 내렸다. 웹툰 속 심우진이 404호에서 원격조종 프로그램으로 수희의 컴퓨터에서 공모전 폴더를 삭제하는 장면이 나왔다. 그런 심우진의 뒤쪽으로 검은 기운이 뭉치는 장면이 묘사되어 있었다.

'저건 뭐지?'

모든 게 그날의 일과 판박이처럼 일치하는데 유일하게 그 장면만 달랐다. 웹툰 속 기운의 덩어리가 등 뒤에서 심우진이 하는 모든 걸 지켜보고 있었다. 스크롤을 내리자 검은 기운이 원혼으로 변해가는 모습이 연결 컷으로 이어졌다.

먼저 얼굴이 축축하게 젖은 머리카락으로 덮여갔다. 그 머리카락 사이로 원혼의 허연 동공이 보였다. 원혼은 파란 바탕에 하얀 물방울무늬 원피스를 입고 있었다. 4층 복도 중간에서 내게 억울하다고 울부짖던 그 원혼이었다. 놀랍게도 그 원혼이 웹툰 속에서 내 모든 범죄를 지켜보고 있었다.

나는 뒤를 돌아봤다. 웹툰 속 원혼이 있는 위치라고 추정되는 지점을 뚫어지게 바라봤다. 스탠드 불빛이 닿지 않는 어두운 구석이다. 원혼은 보이지 않지만 오늘따라 방 안 어둠이 유난히 짙게 느껴졌다. 그 어둠 너머에서 지금도 원혼이 날 지켜보고 있을지 모른다는 생각이 머리를 떠나지 않았다.

난 다시 휴대폰으로 시선을 돌리고 스크롤을 내렸다. 심우진의 뒤에 있던 원혼이 웹툰 속에서 스윽 움직였다. 원혼의 절반이 벽을 통과해 403호로 넘어가는 그림이 이어졌다. 404호 내 방에서는 원혼의 하반신만 보였다.

스크롤을 내리자 403호로 상반신이 넘어가 있는 원혼 그림이 나왔다. 원혼이 수희에게 속삭였다.

“우진이가 네 노트북에 있던 <빙의> 극본 훔쳐 갔어. 우진이가 지금 네가 어떻게 하고 있는지 알려고 벽에 얼굴을 붙이고 있어.”

순간 연상작용처럼 벽 너머에서 사라진 극본을 내가 가져갔다며 울부짖던 수희의 목소리가 머릿속에서 공명하며 되살아났다.

“우진아…… 흐흐흐흑……. 내 극본…… 돌려줘…… 으흐흐흑…….”

당시 수희는 마치 벽 너머의 내가 보이는 것처럼 울부짖었다.

“으흐흐흑…… 우진아…… 내 전화 받아……. 어서…… 우진아…… 으흐흐흑……. 심우진! 너 지금 벽 보며 내 소리 듣고 있는 거 다 알아! 어서 전화 받아! 받으라고! 꺄아아아악!!”

나는 공포와 죄책감에 토악질이 올라오는 걸 억눌렀다. 블랙의 화면이 이어지다가 불쑥 목을 매달고 죽은 수희의 자살 장면이 나왔다. 올가미에 목이 걸려 축 늘어진 수희와 그런 수희를 올려다보는 내가 그림 한 컷에 표현되어 있었다.

웹툰 속에서 죽은 줄 알았던 수희의 눈이 갑자기 희번덕거리며 몸이 크게 요동쳤다. 이번에도 기억과 다른 장면이 그림 속에 있었다. 수희의 몸에서 검은 기운이 흘러나와 심우진의 몸을 휘감는 장면이다.

난 눈을 휘둥그레 뜨고 그 장면을 노려봤다. 검은 기운이 심우진의 눈과 코와 입을 통해 육신으로 스며 들어가는 모습이 웹툰에 길게 묘사되어 있었다.

‘저게 뭐지? 저런 게 내 안으로 들어왔다고?’

심우진이 괴로운 듯 몸을 웅크렸다. 난 당시 몸부림치는 수희를 보다가 차가운 냉기를 뒤집어쓰고 정신을 잃었다. 나는 그때 무슨 일이 일어났는지 궁금해 서둘러 스크롤을 내렸다. 난 어느새 내 기억보다 웹툰의 내용을 더 신뢰하고 있었다.

웹툰은 어떠한 설명도 없이 ‘2주 후’라는 자막을 보여 줬다.

‘2주 후?’

수희가 자살하고 2주 후라면 내가 이곳 404호로 다시 돌아온 며칠 전이다. 빠르게 스크롤을 내리자 403호 수희의 집 앞에서 도어록의 비밀번호를 누르는 심우진이 보였다. 내 머릿속에서 단편적으로 떠오르던 그 기억이었다. 내 머릿속에만 있던 나도 알지 못하는 기억을 웹툰으로 보고 있었다.

심우진이 도어록을 열자 403호에서 검은 어둠이 밀려 나오고 길게 블랙의 컷들이 이어진다. 블랙이 끝나자 음산한 분위기의 403호가 나타난다. 텅 빈 403호 구석 자리에 의자와 책상이 놓여 있고 책상 위에 누군가 앉아 있다. 그리고 그의 앞에는 태블릿이 놓여 있다. 그 그림이 웹툰 <표절>의 마지막 컷이었다.

난 숨조차 내쉬지 못한 채 웹툰 <표절>의 마지막 그림을 뚫어지게 바라봤다. 그림만 봐서는 어둠에 반쯤 가려진 뒷모습의 누군가가 남자라는 정도만 알 수 있다. 그런데 앞의 내용에서 심우진이 403호의 비밀번호를 누르고 들어갔으니 아마도 저기 앉은 누군가는 심우진, 즉 나 자신일 것이다.

내가 앉은 책상 바로 앞 벽면에 작은 얼룩 같은 게 보였다. 웹툰상으로는 작은 점처럼 보였지만 난 그 점이 뭔지 알고 있다. 웹툰을 그리다가 고개를 들 때마다 보이던, 투명 테이프로 벽에 붙여놓은 매미의 표본. 난 더 참지 못하고 발작적으로 화면을 닫은 후 웹툰을 올린 사람의 아이디를 확인했다.

suhee403.

'누군가 말도 안 되는 장난을 치고 있어. 이런 일은 있을 수가 없어! 불가능하다고!'

난 방구석에 웅크린 채 이 불가사의한 일을 설명할 수 있는 단서를 찾기 위해 안간힘을 썼다. 만약 웹툰 <표절>의 내용이 사실이라면 난 알지도 못하는 수희네 집 비밀번호를 누르고 403호에 들어갔고 수희의 책상에 앉아 웹툰을 그렸다는 말이 된다. 터무니없다고 부정하고 싶은데 내면에서 그런 날 부정하는 음성이 들려왔다.

'지난 며칠 동안 내가 뭘 했는지 아무런 기억이 없어.

이유는 알 수 없지만 정말 웹툰 <표절>의 심우진처럼 며칠 동안 계속 403호를 들락거리며 수희의 책상에 앉아 그림을 그렸을 수도 있는 거잖아.'

이젠 내 기억에 그 어떤 확신도 서지 않았다. 고민 끝에 서랍을 열고 예전에 유튜브를 하려고 사두었던 카메라를 꺼내 밖으로 나갔다. 복도에 있던 원혼도 지금은 보이지 않았다. 이곳을 떠난 건지, 내 눈에만 보이지 않는 건지.

403호 앞에 서서 도어록으로 손을 뻗었다. 기억 속에 들어 있던 비밀번호를 하나씩 천천히 눌렀다. 이 비밀번호가 틀렸다면 웹툰의 내용도 부정할 수 있다. 그래야만 한다고 되뇌며 마지막 비밀번호를 누르는 순간 록이 풀렸다.

삐리릭~

문이 열린 안쪽에서 축축한 어둠과 서늘한 공기가 밀려 나왔다.

403호.

수희가 살던 집이고 내가 극본을 훔쳤고 그로 인해 수희가 목숨을 끊은 공간이다. 웹툰 <표절>에 의하면 수희는 귀신을 볼 수 있었다. 그녀는 귀신으로부터 내가 저지른 범죄를 모두 듣고 난 후에 자살했다. 어쩌면 수희의 영혼이 403호에서 날 기다리고 있을지도 모른다.

그래도 난 403호에 들어가야만 한다. 그래야만 웹툰 <표절>에 나오던 마지막 그림의 의미와 지금 내게 벌어지고 있는 일이 뭔지 알 수 있다.

난 숨을 삼킨 채 안으로 발을 들이밀었다. 차갑고 축축한 공기가 목에 감겨왔다. 어둠 속에 뭐가 있을지, 불을 켜면 뭐가 보일지 몰라 두려웠다. 불을 켜자 어둠이 밀려나고 웹툰 〈표절〉에서 봤던 것과 똑같은 풍경이 눈앞에 펼쳐졌다. 아무것도 없는 휑한 공간에 책상과 의자만 덩그러니 구석에 놓여 있었다.

다행인지 아닌지 수희의 원혼은 보이지 않았다. 어쩌면 내 눈에만 보이지 않는 것일 수도 있다. 나는 책상으로 다가가 웹툰 〈표절〉의 마지막 장면처럼 의자를 빼서 앉았다. 눈앞에 곤충표본이 보였다. 웹툰을 그리며 고개를 들 때마다 보이던 바로 그 곤충표본이다.

'정말로 내가 여기 앉아서 웹툰을 그렸다는 말인가?'

내가 기억하지 못하는 많은 기억이 지금도 내 머릿속을 떠다니고 있다. 웹툰 〈빙의〉를 빨리 그릴 욕심에 애써 무시하고 지나쳐왔던 여러 불가사의한 일들. 이제는 더 이상 그것들을 무시하고 넘어갈 수 없다. 지난 며칠 동안 내가 어떻게 살았는지 알아야만 했다.

난 403호에 불을 켜놓은 상태로 수희의 책상과 의자가 잘 보이도록 카메라를 장착한 후 녹화 버튼을 눌렀다.

◇◇◇◇◇

빠앙~~~

날카로운 자동차 경적에 정신이 번쩍 들었다. 익숙한 어지럼증이 찾아왔고 몸의 모든 감각에서 이물감이 느껴졌다. 의식이 아주 아득한 심연에 머물러 있다가 갑자기 현실로 돌아온 느낌이다. 주위를 돌아보니 놀랍게도 나는 도로 한가운데 서 있었다. 눈앞에는 1.5톤 트럭이 서 있었고 40대 남성이 운전석에서 날 노려보고 있었다.

내가 왜 여기 있는지, 여기가 어딘지 전혀 기억이 나지 않았다. 기억이 이어지는 시간은 번영빌라 403호에 들어가 카메라를 설치한 지점까지다. 403호에서 이곳으로 순간이동이라도 한 기분이 들었다.

빠아아앙~~~

이전보다 더 크고 날카로운 경적이 날아들었다. 난 그제야 옆으로 비켜섰고 트럭이 짜증스러운 엔진음을 내며 빠르게 스치듯 지나갔다. 주위를 아무리 둘러봐도 처음 보는 장소다. 낡은 빌라들이 다닥다닥 붙어 있는 변두리 주택가. 앞을 보니 인적이 뜸한 이면도로를 따라 땅거미가 어둑하게 밀려오고 있었다.

주머니를 뒤지는데 휴대폰이 잡히지 않았다. 집에 놓고 나온 건지 잃어버린 건지. 휴대폰이 없으니 뭘 어떻게 해야 할지 모르겠고 머릿속이 더욱 막막해졌다. 어린 시절 길을 잃었을 때 느꼈던 아득한 불안이 스멀스멀 기어 올라오는 기분이다.

'난 분명히 403호에서 카메라를 설치하고 있었는데.'

기억은 딱 그 지점에서 끊겼다. 한밤중에 자다가 일어나 돌아다니는 거라면 몽유병이라고 위안이라도 할 텐데, 지금은 그 어떤 설명도 통하지 않았다. 주택가 이면도로를 따라 무작정 걷다 보니 대로가 나왔다. 대로변에 은평구청 방향이라고 도로 표지판이 보였다.

'은평구라고?'

은평구는 상일동인 우리 집에서 적어도 한 시간 이상 떨어진 지역이다. 다시 또 대로변을 따라 한참을 내려가자 지하철역이 나왔다. 다행히 주머니에 지갑이 들어 있었다. 지하철 역사로 들어서는데 사람들이 나를 힐끔거리며 바라봤다.

'왜 그러지? 뭐가 묻었나?'

옷매무새를 살펴봤지만 딱히 이상한 점은 보이지 않았다. 평소라면 무시하고 그대로 지나쳤을 텐데 지금은 왠지 목에 걸린 가시처럼 남들의 시선이 신경 쓰였다. 내가 왜 이곳에 있는지 기억이 없었기 때문이다. 지하철 화장실로 들어가 거울에 내 모습을 비췄다.

'저게 뭐야?'

목 언저리에 핏빛의 손자국이 선명하게 남아 있었다. 내가 왜 그 붉은색을 핏빛이라고 생각했는지는 알 수 없지만 그건 틀림없는 핏자국이다. 화장실 안에 다른 사람이 없는 건 정말 다행이다. 누군가 있었다면 난 그 자리에 얼어붙었을 것이고, 누군가는 화장실을 빠져나가 경찰에 신고했을 것이다.

난 물을 틀어 허겁지겁 목 주위의 핏자국들을 닦아냈다. 세면대에 금방 붉은색의 물이, 이전에는 누군가의 몸속에 있었을 붉은 피가 물감이 번지듯 풀어졌다. 난 한 점의 핏자국도 남기지 않기 위해 목과 손을 씻고 또 씻었다. 옷이 축축하게 젖었고 심장이 격렬하게 뛰었다. 혹시라도 누가 들어올까 봐 입구 쪽을 힐끗거리는 모습도 영락없이 범죄자를 연상시켰다.

'아니야, 그럴 리가 없어.'

난 떠오르는 잡념을 떨치며 화장실을 빠져나왔다. 온갖 기이한 상상이 머릿속에 떠올랐다 사라졌다. 불안과 공포로 사람들과 눈을 마주칠 수조차 없었다. 지하철을 타고 집으로 돌아오는 객차 안에서 단절된 기억을 찾으려 안간힘을 썼지만 기억에 커다란 구멍이 뚫려 있었다.

상일역에서 내려 에스컬레이터로 이동하는데 어두운 구석 간이의자에 웅크리고 있는 남자가 시야에 들어왔다. 남자의 뭔가가 내 시선을 붙잡았다. 40대로 보이는 남자는 목이 비현실적일 정도로 심하게 꺾여 부러진 것처럼 보였다. 덕분에 남자의 머리는 옆으로 기울다 못해 어깨에 거의 달라붙은 것처럼 보였다.

남자가 어떤 기척을 느꼈는지 날 향해 몸을 휙 돌렸다. 목이 움직이지 않으니 날 보려면 몸 전체를 돌려야만 했다. 몸을 돌리면서 드러난 남자의 얼굴 반쪽이 둔기에 맞은 것처럼 움푹하게 들어가 있었다. 게다가 남자의 몸은 반투명했고 몸의 경계가 흐릿했다.

남자가 귀신이라고 느끼는 순간 현기증과 함께 의식이 멀어졌다.

"헉!"

내가 다시 정신이 든 건 404호 내 집이었다. 조금 전의 일이 실제로 일어난 일인지 꿈을 꾼 건지 분간이 되지 않았다.

방 안 어딘가에서 카톡 알림음이 울렸다. 휴대폰은 잃어버린 게 아니라 집 안에 있었다. 휴대폰을 보니 미영한테서 온 부재중 전화와 카톡이 여러 개 남겨져 있었다.

─전화도 안 받고 카톡도 안 보고 무슨 일 있는 거야? 그 웹툰 <표절> 또 올라왔어.

나는 웹툰 <표절>이 수희의 극본을 훔치는 내 모습을 보여주면서 끝날 줄 알았다.

'근데 2화가 올라왔다고?'

바로 사이트로 들어갔다. 웹툰 <표절> 2화가 이미 높은 조회수를 기록하며 사이트 맨 위쪽 상단에 올라와 있었다. <표절> 2화를 클릭해서 들어간 나는 눈을 의심했다.

번영빌라 403호에서 심우진이 카메라를 설치하는 장면이 첫 번째 그림이었다. 웹툰 <표절>은 내가 수희의 극본을 훔친 것에서 끝나지 않고 이후 내 일상을 계속 웹툰으로 그려서 올릴 작정인 모양이었다.

나는 보고 있던 웹툰 창을 닫고 집을 나섰다. 403호에 설치해둔 카메라가 떠오른 것이다. 카메라에 뭐든 녹화된 내용이 들어 있을 것이란 확신이 들었다. 403호로 들어가자 텅 빈 책상을 비추고 있는 카메라가 보였다. 내가 설치해둔 모습 그대로였다.

나는 카메라에 녹화된 영상을 재생했다. 영상이 재생되자 텅 빈 책상이 화면에 나왔다. 빠르게 영상을 넘기자 익숙한 뒷모습이 카메라 앵글 속으로 들어왔다.

기억에 없는 내가 수희 책상에 앉아 마치 넋 나간 사람처럼 태블릿으로 웹툰을 그리기 시작했다. 화면 속 내가 태블릿에 그리고 있는 웹툰은 <표절> 2화였다.

난 휴대폰으로 웹툰 <표절> 2화를 보기 시작했다. 웹툰 속 심우진이 403호에 카메라를 설치한 후 밖으로 나와 지하철을 타고 어딘가로 향했다.

심우진이 지하철을 내려 '은평구청' 이정표를 지나 낡은 빌라들이 다닥다닥 붙은 주택가로 접어드는 그림이 나오자 나는 나도 모르게 숨을 삼켰다. 내 머릿속에서 단절됐던 바로 그 기억이 <표절> 2화에 그림으로 드러나 있었다.

웹툰 속 심우진은 한 주택으로 다가가 그 집의 도어록 비밀번호를 누르고 안으로 들어갔다. 거실에서 여자와 술을 마시고 있던 30대 남자가 심우진을 보고 놀라 소리쳤다.

"너 뭐야? 누군데 남의 집에 함부로 들어온 거야?"

웹툰 속 남자의 얼굴을 보는 순간 사라졌던 기억이 거짓말처럼 떠올랐다. 나는 남자를 만나기 위해 은평구에 갔다. 웹툰의 그림과 내 머릿속에 떠오른 실제 기억이 처음으로 일치하며 이어졌다. 심우진, 아니 웹툰 속 내가 남자를 향해 물었다. 기억 속 내 목소리는 여자다.

"내가 누군지 모르겠어?"

웹툰 속 남자가 가만히 날 보더니 화들짝 놀라며 뒤로 물러났다.

"미, 민지 엄마……?"

남자와 함께 있던 여자가 어이없다는 듯 말했다.

"당신 미쳤어? 민지 엄마라니? 저 사람 남자야!"

민지라는 이름을 듣는 순간 누구의 것인지 모를 분노와 억울한 감정이 솟구쳐 올라왔다.

스크롤을 내리자 내 모습이 번영빌라 복도 중간에 있던 원혼으로 변했다. 웹툰 속에서 물방울무늬의 파란색 원피스를 입은 원혼이 남자를 마주 보고 있었다. 원혼이 남자에게 소리를 질렀다.

"보험료 타려고 일부러 사고 낸 거지? 나와 민지를 죽이려고!!!"

남자가 온몸을 사시나무처럼 떨었다. 여자의 기억이 마치 내 기억처럼 떠올랐다. 남자와 여자는 부부였고 그들에겐 일곱 살 된 딸 민지가 있었다. 셋은 지방에 다녀오던 중 남자가 운전하던 차가 빗길에 미끄러지며 나무를 들이받았다. 공교롭게도 여자가 탄 조수석 쪽으로 나무가 충돌했고 여자와 민지가 현장에서 사망했다.

공포에 질린 남자가 부들부들 떨면서 말했다.

"믿어줘, 민지 엄마. 일부러 그랬던 건 아니었어. 그때 차가 미끄러지는데…… 나도 모르게 핸들을 당신 쪽으로 꺾었던 것 같아. 내, 내가 잘못했어. 정말 미안해."

남자 옆에 있던 여자가 황당해하며 나와 남자를 번갈아 바라봤다.

"악마 같은 놈! 일부러 그런 게 아니라고? 네가 이 집에서 저년이랑 낄낄대며 지내는 걸 내가 원혼이 되어 계속 지켜봤는데 어디서 거짓말이야? 넌 처음부터 계획적으로 사고를 낸 거야. 민지와 날 없앤 후 보험금을 타서 저년하고 살기 위해!!!"

원혼이 팔을 치켜들자 남자의 앞에 있던 과일 깎던 칼이 허공으로 둥실 떠올랐다. 그제야 남자와 함께 있던 여자가 비명을 질렀다. 여자는 칼이 허공으로 떠오르는 걸 보고 비로소 남자의 말을 믿은 것 같았다. 겁에 질린 여자가 두 손으로 싹싹 빌며 바닥에 머리를 조아렸다.

"자, 잘못했어요. 난 아무것도 몰라요. 으흐흐흑……."

"사, 살려줘, 민지 엄마. 제발 용서해줘……. 그간의 정을 생각해서라도 제발……."

“정? 너한테 남아 있는 내 감정은 원한밖에 없어.”

원혼이 팔을 휘젓자 허공에 떠 있던 칼이 화살처럼 날아가 남자의 몸을 마구 찌르기 시작했다. 남자가 고통으로 몸부림을 쳤고 엎드린 여자는 공포에 사로잡혀 비명조차 지르지 못했다. 온몸이 피투성이가 된 남자의 숨이 넘어가기 직전 원혼이 남자의 얼굴 가까이 다가가 속삭였다.

“넌 틀림없이 지옥으로 갈 거야.”

남자는 팔을 들어 원혼, 아니 내 목을 붙잡고 부들부들 떨다가 숨을 거뒀다. 남자의 육신에서 영혼이 빠져나왔다.

그러자 <빙의> 에피소드 3화에 나왔던 이지현의 남친처럼 허공에 검은 블랙홀이 생겨났다. 남자의 영혼이 비명과 함께 블랙홀로 빨려 들어가 사라졌다. 원혼이 엎드려 벌벌 떠는 여자를 내려보다가 발길을 돌려 집을 나섰다.

원혼은 그 집을 나와 넋 나간 사람처럼 걸었다. 웹툰 속 원혼이 연기처럼 육신을 빠져나간 후에야 난 홍은동 길거리에서 겨우 정신을 차릴 수 있었다. 내 앞에는 신경질적으로 경적을 울리는 트럭이 있었다. 이후의 웹툰은 내 기억 속 내용과 일치했다. 웹툰 속 심우진도 지하철에서 정신을 잃었다가 404호에서 깨어났다.

난 반쯤 넋이 나간 채로 403호를 나왔다. 그런 날 누군가 불러세웠다.

“심우진 씨?”

소리가 난 곳으로 고개를 돌리자 50대쯤 되어 보이는 여자가 날 빤히 보고 있었다. 어딘지 모르게 여자의 얼굴이 낯익었다.

'아는 사람인데 누구더라? 어디서 봤더라?'

여자는 마치 탐색하는 것처럼 미간을 좁힌 채 날 뚫어지게 응시했다.

"누구……시죠?"

질문을 꺼내는 순간 여자를 어디서 봤는지 생각났다.

여자가 물었다.

"나…… 알지?"

여자의 물음에 대답할 말이 떠오르지 않았다. 안다고도, 모른다고도 할 수가 없었다. 내가 아는 눈앞의 여자는 현실이 아닌 웹툰 속에 존재하던 캐릭터니까. 웹툰 <빙의>에 나오는 선녀보살이 서늘한 음성으로 말했다.

"난 우리 정인이가 왜 죽었는지 알고 있어."

선녀보살과 정인은 둘 다 웹툰 <빙의>에 나오는 캐릭터다. <빙의> 오프닝 장면에서 굿을 하며 펄쩍펄쩍 뛰던 정인 엄마가 선녀보살이었다. 내가 얼빠진 사람처럼 중얼거렸다.

"선녀보살과 정인은…… 내 웹툰에 나오는…….”

선녀보살이 서늘한 음성으로 말했다.

"웹툰 <빙의>가 실화를 바탕으로 그려진 작품이란 생각은 안 해봤을까? 정인은 우리 수희의 어릴 때 이름이야. 안정인."

그제야 선녀보살의 얼굴 위로 수희의 얼굴이 겹쳐 보였다. 수희가 선녀보살처럼 짙은 화장을 했다면 둘은 같은 사람이라고 해도 믿을 만큼 이목구비가 놀랄 만큼 닮았다. 누가 봐도 엄마와 딸의 얼굴이었다.

'웹툰 <빙의>에 나오는 정인이 수희의 어린 시절 이름이라니. <빙의>에 나오는 이야기가 수희의 실제 이야기라니. 그렇다면 지하실에서 벌어지는 악귀와의 싸움도 전부 수희가 어린 시절 실제로 겪은 일이라는 얘기가 아닌가?'

나는 나도 모르게 목을 움츠렸다. 지금 눈앞에 있는 선녀보살, 아니 수희 엄마의 차가운 눈빛이 날카로운 칼날처럼 날아와 꽂혔다. 수희 엄마가 감정을 억누르며 말을 이어갔다.

"네가 그린 웹툰 <빙의>와 웹툰 <표절>을 봤어. 정확하게 말하면 두 웹툰 모두 우리 수희와 네가 함께 그린 작품이지만."

난 선녀보살이 무슨 말을 하는지 이해할 수 없었다.

"내가 널 찾아온 건 네가 우리 수희를 죽인 것과 다름없다는 걸 밝히자는 게 아니야. 네가 수희의 극본을 훔쳐서 수희가 목숨을 끊은 그 순간부터 넌 이미 지은 죄에 대한 벌을 받기 시작했으니까."

선녀보살은 내가 이해할 수 없는 얘기를 차분하게 이

어갔다.

"<빙의> 첫 화 지하실 장면을 보면 내 안에 있던 악귀가 어린 수희한테 옮아갔지? 그 악귀가 몸에 들어오면 원혼한테 쉽게 빙의되는 몸으로 변해. 그래서 수희도 그렇게 된 거야. 죽은 자를 받아들이고 그들의 한을 풀어줘야만 하는 저주받은 운명을 살게 된 거지. 수희는 그렇게 평생 죽은 자들의 뒤치다꺼리를 하며 고통스러운 삶을 살았어."

그런 수희의 유일한 꿈은 자신이 겪은 일을 드라마로 만들어 사람들에게 보여주는 것이었다고 했다.

"너한테 극본을 빼앗겨 꿈을 잃은 수희는 악귀를 데리고 자살을 시도했어. 빙의된 악귀는 몸주가 죽을 때 빠져나가지 못하면 함께 소멸되거든. 근데 그 순간에 네가 403호로 들어온 거야. 마지막 숨을 견디며 버티던 악귀는 마침 들어온 너한테로 옮아갔어. 그리고 그 악귀와 함께 수희의 영혼 역시 네 안으로 빨려 들어갔고."

선녀보살이 살짝 떨리는 목소리로 말했다.

"오늘이 수희의 49재야. 네 안에 있던 수희의 영혼은 조금 전 저승으로 넘어갔어. 이제 너한테는 그 악귀만 남아서……"

내 얼굴을 살피던 선녀보살이 문득 말끝을 흐렸다. 마치 내 얼굴에서 뭔가를 본 것처럼 그녀가 미간을 찡그렸다. 그런 선녀보살의 반응에 마음이 더욱 불안해졌다.

"왜…… 왜 그러세요?"

선녀보살이 하려던 말을 삼키며 저주를 내리듯 차갑게 말했다.

"너도 이제 악귀를 품은 지 49일이 됐으니 앞으로는 영들이 더 잘 보이고 한이 맺힌 원혼들이 더욱 쉽게 네 몸을 차지하게 될 거야."

선녀보살은 지난 며칠 내게 일어났던 불가사의한 일들과 앞으로 일어날 일들에 대해서도 자세히 설명해줬다. 마치 그걸 설명해줘야만 내가 온전히 형벌을 받는 것이라고 믿는 사람처럼.

선녀보살은 내가 극본 <빙의>를 읽을 때 저절로 떠오른 영상은 내 안에 있던 수희의 기억이며 수희의 원혼이 내 육신을 지배해서 웹툰 <빙의>의 1,2화를 그린 것이라고 했다. 또한 <빙의> 3화에 나오는 이지현은 과거 수희에게 빙의되었던 원혼이라고 했다.

403호에서는 수희가 내 육신을 이용해 웹툰 <표절>을 그렸다고 했다. 그로 인해 내 기억이 단절되고 내가 기억하지 못하는 여러 일들이 일어났다고 했다. 말하자면 수희와 다른 귀신이 내게 빙의해 그린 그림이 <빙의>와 <표절>이라는 것이다.

그녀의 표정엔 날 원망하면서도 수희가 고통에서 벗어났다는, 저주를 내게 되돌려줬다는 안도감이 동시에 드러났다.

"수희한테 있던 저주가 이젠 네게로 옮아갔어. 이제 곧 네 안에 있는 또 다른 원혼의 한도 풀어줘야 할 거야."

선녀보살이 돌아서기 직전 흐릿한 미소를 머금고 남긴 그 마지막 말이 머릿속에서 폭풍처럼 메아리쳤다.

'또 다른 원혼의 한을 풀어줘야 한다고? 그럼 내 안에 또 다른 원혼이 이미 들어와 있다는 소린가?'

선녀보살이 잠깐 날 돌아보더니 이내 엘리베이터 안으로 사라졌다. 내가 뭔가에 홀린 것 같은 찜찜한 기분으로 돌아서는데 복도 중간에 몸 경계가 흐릿한 존재가 서 있었다. 머리가 과도하게 꺾여서 어깨에 거의 달라붙은, 지하철에서 봤던 그 남자의 영혼이었다. 남자의 영혼이 나와 눈이 마주치자 기이하게 입꼬리를 올리며 말했다.

"나한테 돈을 빌려 갔는데 그거 갚기 싫어서 망치로 내 머리를 부순 놈이 있어. 그놈한테 내가 겪은 고통을 몇 배로 돌려주고 싶은데 네 몸이 필요해."

"아, 아냐. 싫어! 가까이 오지 마! 으악!!!"

내가 돌아서는데 남자의 영혼이 확 달려들었다. 순간 차가운 냉기가 전신을 덮쳤다. 이어서 누군가의 무시무시한 살의와 분노의 감정이 밀물처럼 내 안으로 밀려들었다. 그때 휴대폰이 울렸다. 미영이었다. 통화 버튼을 누르고 미영에게 도움을 청하려는 순간 의식이 빠르게 멀어졌다. 휴대폰에서 들려오던 미영의 목소리도 점점 아득해졌다.

─우진 씨, 왜 그래? 무슨 일이야? 왜 말을 안 해? 우진
씨!!!

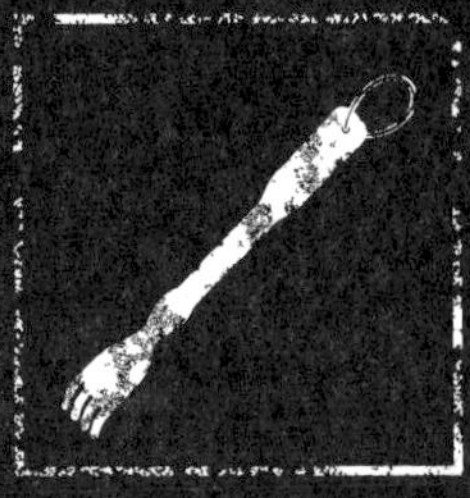

이계전기 연재 중단을 요청합니다

홍지운

나의 용사로서의 모험은 이제 끝이 났다. 더 이상 성검을 쥘 이유도 없고 거대마신과 맞서 싸울 필요도 없다. 무엇보다 그 두렵기 짝이 없는 마왕도 이 세상에서 사라졌다.

"용사여, 이제 돌아가겠느냐."

"예, 전하."

나는 고개를 끄덕이며 왕좌에 앉아 있는 옌다 왕에게 대답했다. 옌다 왕은 기쁜 표정으로 왕좌에서 내려와 내게 마지막 악수를 건넸다. 나는 게임에서나 볼 법한 화려한 궁전의 한가운데에서 수많은 사람들의 환호와 갈채를 받았다.

나, 이태양은 대한민국의 평범한 열일곱 살 고등학생이었다. 그러나 이게 웬걸. 어느 날 횡단보도를 건너던 중 트럭에 치여 정신을 잃은 뒤, 이세계-칼드레아 대륙에서 깨어나고 말았다.

흔히 말하는 '이세계 전생'을 해버린 것이다.

나는 이세계 전생을 한 뒤, 칼드레아 대륙에서 용사로 추대되었다. 이곳의 전설로 이세계에서 온 인간은 초월적인 마력을 얻는다나 뭐라나. 그래서 아주 흔한 이세계 전생물다운 모험을 대략 5년 정도 한 뒤, 나는 마왕을 봉마병에 봉인한 뒤 인류와 마족 사이의 전쟁을 종결하는 데 성공했다.

아무튼 하란 대로 잘한 셈이다.

나는 용사로서 모든 과업을 마쳤기에, 마왕이 간직하고 있던 차원검을 써서 내가 원래 살던 세계, 대한민국으로 돌아가기로 결정했다. 옌다 왕을 비롯한 인류의 대표자들도 나의 결정을 존중해주었고 말이다.

"용사여, 그대는 이 세계에 와 마왕과 비등한 마력을 얻었다. 그리고 그 마력은 그대의 고향으로 돌아가더라도 유지될 것이다. 그대는 그곳에 가서 무엇을 하려 하는가?"

옌다 왕은 나를 보며 이제까지 생각지도 못했던 질문을 던졌다.

"글쎄요, 생각해본 적이 없는데요."

사실이었다. 모험이 끝났으니 돌아가기로 결정을 했다만, 돌아가면 무엇을 할 것인지는 생각하지 못했다. 그저 가족들을 다시 보고 지구 문명의 맛있는 음식을 먹겠다는 기대 외에는 깊이 고민하지 않은 문제다.

하지만 괜찮다. 어쨌든 나는 용사이지 않은가. 그것도 막대한 마력을 가진. 무슨 일이든 잘할 수 있는 게 당연했다.

"아마 뭐가 되었든, 아주 멋진 일을 할 겁니다."

나는 웃으며 그렇게 답했다.

"태양! 태양! 일 다 끝났어?"

"어."

"그럼 집에 가?"

"응."

나는 파룩에게 고개를 끄덕여주었다. 그러고서는 목장
갑을 벗은 뒤 땀을 닦았다. 내가 마지막으로 내린 택배 상
자들이 컨베이어 벨트에 올라 줄을 지어 흘러가는 모습
을 바라보니 한숨이 나온다.

그렇다. 용사로 지내다 대한민국으로 돌아온 지 어느
덧 2년째. 나는 상하차 아르바이트를 하면서 지내고 있
다. 현대 유통업의 최전선에서 맹활약 중이라고나 할까.
비록 이 일이 일반적으로 아주 멋진 일로 분류되는 일이
아니기는 하지만 맹활약은 맹활약이다.

파룩은 입이 찢어질 정도로 크게 미소를 지으면서 나
를 향해 엄지손가락을 세워 보였다. '따봉, 따봉' 하면서
말이다. 지난번 소장이 알려준 유행어라면서 일을 마칠
때마다 저 손동작을 한다.

"집은 어느 집에 가? 큰 집? 작은 집?"

"작은 집."

"왜 큰 집에 안 가? 큰 집 가."

여기서 파룩이 말한 큰 집은 감옥을 은유한 것은 아니다. 나더러 아버지와 어머니 그리고 동생이 있는 본가로 돌아갈 것이냐는 질문이다. 파룩은 어디 외국에서 온 친구인데, 한국어 실력이 도통 늘지 않는다.

나는 고개를 저으면서 대꾸했다.

"큰 집 불편해. 작은 집 편해."

파룩의 표정이 어두워진다. 하여간 얼굴 근육을 한껏 양껏 골고루 잘 쓰는 친구다.

나는 칼드레아 대륙에서 돌아오기는 했지만 원래 살던 세계에, 나의 고향인 대한민국에 적응하지 못했다. 내가 칼드레아 대륙에서 보낸 5년 동안 대한민국도 5년의 시간이 지나 있었다. 그리고 그 5년 사이 이 땅에는 너무나도 많은 일이 있었다.

무엇보다 진로 탐색에 있어 가장 중요한 시기인 고등학교 시절을 통째로 날린 것은 나의 귀환 후 적응에 크나큰 문제가 되었다. 5년간 모험을 하다 돌아온 내 머리에 수학 방정식이나 영어 문법 같은 것들은 도무지 들어오지를 않았다. 나는 마왕을 물리친 영웅으로서 고국에 돌아왔지만, 내게 주어진 직함은 그저 고교 중퇴자에 불과했다.

부모님과의 관계도 문제였다. 내가 사라지고 아버지와 어머니는 나를 찾아달라며 경찰에 신고하고 탐정에게 의뢰하며 온라인에 내 행방을 수소문하는 카드 뉴스를 올리고 거리로 나가 전단지를 나눠주었다. 그러는 동안 상당량의 재산을 탕진하셨다. 하나뿐인 아들을 찾은 것에 감격스러워한 부모님이었지만, 실종되었던 5년에 대해 아무런 말도 하지 않는 나를 난감해하셨다. 나는 어쩌면 부모님께 짐 같은 존재가 아닐까. 나는 도무지 부모님과 좋은 관계를 이어갈 자신이 없다.

동생도 마찬가지다. 한창 사춘기라 부모님의 관심과 오빠의 구박이 필요했던 시기를 누구도 없는 집 안에서 홀로 보내야만 했다. 이 녀석이 나를 원망하지 않는 것만으로도 대견한 일이다.

"태양. 에이스. 일 잘해. 쫄지 마. 에이스야. 안 쫄아."

파룩은 짧은 어휘력에서도 최선을 다해 나를 위로한다. 그래, 나는 상하차의 에이스다. 어쨌든 칼드레아 대륙에서 5년이라는 세월 동안 모험을 하면서 체력과 마력은 극한까지 단련한 몸이니, 산을 반으로 가르고 강을 거꾸로 뒤엎을 내 힘으로 고작 박스 몇 개 나르는 것은 내겐 공기놀이처럼 간단한 일이다.

21세기 대한민국 현대사회에서 나의 검술과 마법을 쓸 일은 아무래도 찾아보기 어려웠다. 스포츠 선수라도 해볼까 잠깐 고민했지만, 다른 사람이 쓰지도 못하는 마력으로 육체를 강화한 내가 공정해야 할 스포츠 무대에 뛰어드는 것은 도핑보다도 더 악질스러운 일이라는 판단에 그냥 관뒀다.

대신 상하차와 택배 아르바이트는 제법 괜찮은 선택지였다. 내 몸은 그 정도 노동으로는 닳지 않는다. 나는 빙산마신이 주먹을 내려치는 것도 막아냈고 일주일 동안 잠도 자지 않고서 무한미궁을 돌파한 바 있는 몸이다. 나는 지치지 않고 일할 곳이 필요했고, 그곳에서 나 하나의 일감이 떨어질 일은 없었다.

"고마워, 파룩. 내일 보자고."

"태양. 에이스. 내일 봐."

파룩은 버스 정류장을 향해 걸어가는 내내 손을 크게 흔들면서 나를 독려했다. 좋은 친구다. 아니, 갑작스레 대한민국이라고 하는 현실에 떨어진 나에게 파룩은 유일무이한 친구일지도 모르겠다.

"용사님, 돌아오셨습니까?"

"어, 왔다."

나는 나만의―아니, 나와 성검만의 반지하방으로 돌아왔다. 나는 성검의 인사에 적당히 대답한 뒤, 그 녀석을 들어다 나의 등을 긁었다.

"용사님, 그만 좀 긁으십시오. 저 긍지 높은 성검입니다."

"성검이고 나발이고. 간지러우면 긁는 거지."

성검은 불쾌하다는 듯 작게 신음을 흘렸지만, 알 게 뭐

가. 마물의 뼈를 부수고 살을 갈라 피를 마시던 시절보다
는 내 등의 때나 벗겨내는 게 더 건전한 일이다.

성검은 정령수의 뿌리를 다듬어서 만든 칼드레아 대륙
최고의 무기이자 자아를 가진 마법검이다. 자유자재로
그 형상을 바꿀 수 있는 성검은 이제는 효자손의 모양을
하고 있다. 어쨌든 가스 검침원이 내 방에 들어와서 살상
용 병기를 마주하고 경악하는 일은 겪고 싶지 않았기 때
문에, 나는 이 녀석에게 효자손의 형태를 하고 있으라 명
령했던 것이다.

나는 성검으로 등을 좀 긁다 말고서 침대에 누워 휴대
폰을 꺼냈다. 내가 이세계에 전생했던 5년 동안 너무나도
많은 만화가 나왔고 영화가 개봉했다. 이 세상에 봐야 할
밀린 콘텐츠들이 끝도 없이 남아 있다. 한시라도 빨리 누
워서 하나하나 다 봐주지 않으면 안 된다.

나는 침대에 놓여 있던 과자 봉지까지 까면서 편하게
퇴근 후의 여유를 만끽했다. 내 생활의 높은 만족도는 바
로 출퇴근이 빠르다는 점에서 나온다. 다른 사람들이 대
중교통을 이용하거나 차를 타서 그 출퇴근의 지옥 같은
러시아워를 견뎌야 하는 반면, 나는 비행마법을 써서 5분
정도 날아다니기만 하면 가고 싶은 곳에 어디든 바로 도
착할 수 있다. 지금의 내 생활에서도 이것만은 제법 마음
에 드는 부분이다.

상하차와 택배 아르바이트를 하며 번 돈은 대부분 부

모님에게 보내고 있다. 나는 이 작은 자취방의 월세와 휴대폰 요금 그리고 OTT 구독료만 있으면 얼마든지 풍족하게 살 수 있으니, 이게 맞다. 가끔 치킨을 시켜다 맥주를 한잔 마시기만 해도 이미 나는 하고 싶은 거 다 하고 지내는 셈이다.

나는 편하게 누워 끝없이 이어지는 스크롤을 내리면서 화면을 바라보았다. 스크린에 비치는 것은 만화일 때도 있었고 영화일 때도 있었으며 아무것도 아닌 검게 꺼진 화면이 반사하는 나의 지친 표정일 때도 있었다.

마지막 하나만 빼면 다 제법 재미있었다.

"용사여, 그대는 아는가? 우리가 가진 특별한 힘이 어떻게 주어진 것인지에 대해서."

"너는 마왕이고 나는 용사지, 그것만 알면 충분해."

나는 뿔이 이마에 하나, 옆에 둘 돋아난 붉은 머리의 여성과 그 여성 앞에서 성검을 들고 맞서는 나 자신의 모습을 보고 있었다.

붉은 머리의 여성은 넝마주이를 뒤집어쓴 주제에도 기품과 기백을 숨기지 못하고 있었다. 그 앞에 선 나의 옛 모습은 긴장과 두려움으로 조금 떨고 있었다.

대단한 건 아니고, 대한민국으로 귀환한 이후에 항상 꾸는 꿈이다. 나와 마왕이 최종 결전을 벌이던 당시의 꿈.

"그대는 마왕에 대해 어느 정도나 알고 있는고? 용사란 어떤 존재인지에 대해서는 고민해보았고?"

그때 나와 마왕이 봉인을 해제한 거대마신들의 숫자는 3:3으로 동등한 상황이었다. 이는 인류와 마족이 사철마신, 독혈마신, 용암마신, 빙산마신, 창검마신, 수정마신까지 총 여섯 기의 거대마신을 모두 해방해 서로 맞서게 된 최악의 상황이기도 했다. 자신의 속성에 해당하는 공격은 모두 흡수해 자양분으로 삼는 여섯 기의 거대마신이 전장에 다 나선다면 어느 진영이건 크나큰 피해를 입을 것이 자명했다.

결국 나는 누구에게도 밝히지 않은 채, 몰래 전장에서 이탈해 마왕이 있는 곳으로 찾아갔다. 제3차 마신전쟁을 일으킬 바에야, 차라리 용사와 마왕의 1:1 일기토로 모든 것을 해결하는 편이 양 진영 모두를 위한 일이라 판단했기 때문이다. 마왕 역시 나의 뜻에 동의했기에, 우리는 이름도 붙여지지 않은 협곡에서 만나 서로를 마주 보았다.

"짐은 마왕으로 선택받았다. 그저 짐의 종족이, 그대가 감히 아인종이라 부르는 짐의 혈연들이 이곳 세계에서 가장 비루하고 보잘것없는 대우를 받고 있기에 그들을 대표하고 그들과 같이 버려진 자들의 의지를 한데 모으기 위해."

"그것이 전쟁을 정당화하지는 않아."

"골계스럽구나. 너희들의 침략과 수탈은 올바른 통치

행위고, 그에 대한 저항은 바르지 않다는 것이냐?"

나는 고개를 저으면서 마왕이 나를 현혹하지 못하도록 집중했다. 하지만 마왕은 다시금 나에게 말을 걸었다.

"그리고 그대 역시 용사로 선택받았지. 다만 이곳 세계에서 가장 약한 자의 목소리가 아닌, 외부의 존재로서 이곳 세계를 관찰하고 판단을 내릴 제3자로서 말이다."

"금시초문이군."

"몰랐는가? 그대 주변의 연합군 인사들은 영악하기도 하군. 그것이 이곳 세계의 법칙이다. 가장 낮은 곳에서 태어난 이와 가장 먼 곳에서 찾아온 이에게 이곳 세계의 균형을 맞출 특별한 힘을 쥐어주는 것. 그것이 마왕과 용사의 작동 원리이니라."

"하지만 그 법칙이 여섯 기의 거대마신을 막아내지는 못하겠지."

마왕의 이야기는 흥미로웠지만, 당시는 그런 재미난 역사 공부 시간이 필요한 때는 아니었다. 여섯 기의 거대마신이 정면에서 충돌하는 파국이 코앞에 다가온 상황이었으니까.

"검을 들어라. 우리에게 남은 것은 이것뿐이니까."

나는 마왕에게 그렇게 말했지만, 마왕은 여전히 투쟁의 의지보다는 혐오의 감정을 담아 나를 노려보고 있었다.

"짐과 그대는 이야기를 나눌 수도 있었지."

"내가 너에게 할 말은 하나다. 검을 들어라."

마왕은 손을 들었다. 그 손에서 붉은 불길이 칼날의 형태를 띠고서 솟아올랐다. 나의 성검 역시 나의 마력을 주입받자 넘쳐흐르는 마력이 공기 중에 산란하여 푸른 빛을 띠기 시작했다.

나와 마왕은 서로를 향해 자신의 절초를 선보였다. 그리고 가슴팍의 격통과 뜨거운 피의 분출이 느껴지는 그 순간, 나의 꿈은 끝이 났다.

나는 다시 나의 반지하 자취방의 침대 위에서 눈을 떴다. 기분 나쁜, 아주 기분 나쁜 악몽이었다. 몇 년째 떨쳐 내지 못하기까지 한.

"태양이, 오늘은 치킨 먹고 가."

"그래도 돼요?"

"어. 눈이 퀭한 게, 또 잠도 못 잤구만. 밥이라도 어떻게 잘 먹여서 보내야지. 마지막 배달만 돌리고 바로 와. 닭 튀겨 놓을게."

기름 찌든 냄새가 가게의 역사와 인기를 입증하는 것만 같은 낡은 치킨집. 그곳에서 풍채 좋고 목소리도 큰 데다 수염까지 성성 난 쌈바치킨 사장님이 웃으면서 내게 포장된 치킨을 건네며 이렇게 말했다. 오늘의 마지막 배달이다.

오늘은 금요일. 배달부를 하는 날이다. 금요일은 상하차를 나가지 않는다. '불금'이라 배달 일이 많기도 하거니와, 매일같이 상하차만 하다 보니 좀 질리기도 했기 때문이다.

배달부를 하게 된 계기는 어디까지나 우연이었다. 몇 달 전에 바로 이 가게, 쌈바치킨에서 뒤늦게 치킨을 먹던 중에 사장님이 라이더가 잡히지 않는다고 볼멘소리를 하는 것을 듣고, 내가 바람 좀 쐴 겸 잠깐 다녀와주겠다고 하면서 아예 이 일을 시작한 것이다.

덕분일까? 쌈바치킨 사장님은 금요일에 내가 배달을 얼추 마칠 시간이 되면 이렇게 서비스로 닭 한 마리를 튀겨 같이 나눠 먹고는 한다.

나는 하늘을 밟아가며 오토바이라면 족히 15분은 걸릴 거리를 단숨에 다녀왔다. 치킨, 식으면 안 되니까.

이제 내 인생의 낙이라고는 금요일에 닭을 튀겨다 소스를 버무려 먹는 일뿐이니까.

나는 자연스레 쌈바치킨 사장님이 앉아 계신 테이블 맞은편에 앉았다. 사장님은 그새 치킨을 튀겨 놓고 맥주 한 잔을 기울이며 태블릿으로 웹툰을 보고 계셨다.

"푸하, 푸하하! 태양이, 나 이거 보면서 먹어도 돼?"

"그러세요. 뭐 보시면서 드시는 게 하루이틀도 아니고."

"아, 그래도 앞에 사람이 있으면 같이 대화하면서 먹는 게 맞는데…… 이거 진짜 재밌다니까?"

나는 사장님의 호들갑을 그러려니 하고 넘겨버렸다. 사장님과 내가 친하게 된 이유 중에는 우리 둘 다 만화를 좋아한다는 공통점도 있었다. 하지만 나는 사장님과 달리 웹툰을 좋아하지 않는다. 더욱이 쌈바치킨 사장님이 추천한 웹툰 중에 재밌게 본 작품은 많지 않았다.

"푸히힉! 푸히!"

내가 조용히 휴대폰으로 웹서핑을 하면서 치킨을 먹는 사이, 사장님은 계속 낄낄거리면서 웹툰 스크롤을 내리고 있었다.

그리고 그 조작은, 어느 순간 완전히 정지했다. 엄청난 폭소와 함께. 나에게 태블릿을 건네며.

"태양아, 태양아! 이것 봐! 이거! 푸하하! 이거 너랑 똑같이 생겼다, 이 캐릭터!"

나는 도대체 사장님이 뭘 보시고 이러나 싶어 의아해하면서 적당히 장단이나 맞춰줄 셈으로 태블릿을 받아들었다. 그리고 그 태블릿 화면 안에는, 그래.

그래. 나를 아주 악의적으로 묘사하면 분명 이렇게 그렸겠다 싶은 그림이 그려져 있었다.

"어때? 똑같지?"

나는 대답도 하지 않고서 말없이 태블릿 화면을 노려보기만 했다. 아니, 그래도 이건 너무 못생겼잖아? 눈은 흐리멍텅한 게 변태처럼 그려놨고 콧구멍은 엄지손가락으로 후벼판 것처럼 큰 데다 입술도 무슨 떡볶이 두 개를 겹쳐놓은 것처럼 퉁퉁 불어 보였다.

"모르겠는데요."

"아, 기분 상했어? 뭐 어때. 그래도 나중에 꼭 봐. 이거
진짜 재밌어. 제목은 <이계전기>야."

"<이계전기>라고요?"

나는 이세계 전생 유경험자로서 그 제목을 그만 피식
비웃고 말았다. 어디 진짜 앞에서 가짜가 까분담?

하지만 나의 냉소는 사장님의 다음 한마디로 그만 무
너지고 말았다.

"어, 열일곱 살의 고등학생이 트럭에 치여 이세계로 전
생해 용사가 되어 칼드레아 대륙이라는 판타지 세계를
모험하는 내용이야."

"……무슨 대륙이요?"

"칼드레아 대륙! 그래서 주인공은 여섯 기의 거대마신
을 해방해 인류와 마족과의 싸움에서 우위를 점하고 마
왕을 무찌르려고 하는데, 엄청 바보 같고 또 워낙 엉뚱해
서 하는 일마다 아주 엉망이 돼. 그냥 코미디야, 코미디!"

정작 듣는 나는 웃음기가 싹 사라졌다만.

"<이계전기> 사인회 곧 시작합니다! 줄 서 계신 분들
간격 너무 띄우지 말고 이제 좁혀주세요!"

서점 직원의 안내가 가게 안을 메운다. 그 앞에 줄을 선
팬들이 기분 좋은 표정으로, 기대감에 차서 사인을 받을
종이나 태블릿 그리고 책을 꺼내기 시작했다.

　그리고 그 팬들 사이에 조금 위화감이 드는 재질의 사람이 서 있었다. 배달부 차림에 모자를 깊게 눌러쓴 20대 중반의 남자가 효자손으로—모양을 바꾼 성검으로— 등을 긁으면서 무뚝뚝하게 팬들의 대열 사이에 턱, 하니 서 있었으니까.

　그래, 그 이상한 남자는 나다. 내 이야기다. 나는 지금 서울의 대형 서점 이벤트 홀에 줄을 서서 <이계전기> 작가의 사인회가 시작되기를 기다리고 있다.

　<이계전기>의 인기는 내가 예상한 이상이었다. 도무지 주간 연재라고는 상상하기 어려울 정도의 고퀄리티 작화. 생생하게 살아 움직이는 세계관. 실감 나게 담아내는 국가 간 정쟁과 인물 사이의 갈등. 오랜만에 등장한 판타지 대하물이 이렇게까지 완성도가 높으니, 인기가 낮으려야 낮을 수가 없었다.

　그렇다. 나는 쌈바치킨 사장님과 술자리를 마친 즉시, 집으로 한달음에 달려가 <이계전기>를 정주행했다.

　나는 미지의 괴물을 대면하는 심정으로 링크를 타고 사이트에 들어갔다. 사이트는 인기순으로 검색하면 조회수가 내림차순으로 노출되는 구조다. <이계전기>라는 제목의 웹툰은 사이트 첫 페이지 맨 위에 올라 있었다. 사장님의 말씀처럼 조회수도 상당했고 댓글도 이미 400개를 넘었다.

　천천히 스크롤을 내리자 용사를 이계로 소환하기 위

한 의식이 진행되는 내용이 나왔다. 어떻게 했는지 모르 겠지만 사장님의 말씀처럼 초반부는 내가 여섯 기의 거 대마신을 해방하기 위해 모험했던 여정을 그대로 따와서 올려놓은 것 같았다.

나는 혼란스러운 기분으로 스크롤을 계속 내렸다. 웹 툰 <이계전기>와 내 모험이 다르게 묘사되는 지점이 하 나 있었다.

역시 사장님의 말씀처럼 진짜 칼드레아 대륙의 전경이 나왔고 한 남자가 소환되는 모습이 등장했다. 놀랍게도 그림 속 남자의 얼굴이 나와 똑같았다. 아니, 나와 똑같지 만 똑같지가 않았다. 그래도 80점은 넘을 내 얼굴을 누군 가가 작정하고 못생기게 그린다면 나올 법한 그런 얼굴 이었을 뿐.

그 외는 똑같았다. 완전히 똑같았다. <이계전기>의 도 입부터 진행되는 사건의 순서는 물론이거니와, 등장인물 들의 이름이나 지위 그리고 행동들 모두가 내가 이세계 에서 겪은 모험과 완전히 동일했다.

고등학생이 트럭에 치여 이계로 갔다? 오케이. 이곳 세 계의 선택받은 존재라며 커다란 마력을 받았다? 오케이. 덕분에 용사로 추대되어서 인류와 마족 사이의 전쟁에 투입되었다? 오케이. 전쟁에서 승기를 잡기 위해 칼드레 아 대륙 곳곳에 봉인된 고대의 병기 거대마신들을 수색 하고 다녔다? 오케이. 모든 내용이 다 동일했다. 다만 그 모험이 용기와 우정 그리고 투쟁이 아니라 냉소와 조롱 그리고 비아냥으로 가득한 착각물에 '자뻑 코미디'로 점철되어 있었을 뿐. 아무에게도 말하지 않았던 나의 과거가, 개그 웹툰이 되어 올라와 있었다.

나는 <이계전기>를 읽다가 나 자신의 기억과 존재를 의심하기까지 했다. 혹시 나는 내가 이세계에 갔다 지구로 귀환한 용사라고 믿기 시작한 정신질환 환자인 것은 아닐까? 나는 그저 고등학교 학창 시절에 좌절하고 가족과의 관계가 파탄이 나 현실 도피적인 망상을 하다 그 망상에 속아 난 사람은 아닐까?

그런 의심 속에서 <이계전기>에 달 악플을 길게 작성하다, 나는 아예 작가가 누구인지 직접 내 두 눈으로 확인하기로 결심했다. 그렇다면 더 이상의 의심도 없고 악플도 달지 않고 끝낼 수 있으니까. 내가 아무리 예전의 영광으로부터 멀어졌어도 아무 웹툰에나 악플까지 달고 다닐 정도로 추락하지는 않았다.

"용사님, 이곳은 냉방이 너무 과하군요. 혹시 제가 마법으로 체온을 조금 더 덥혀드릴까요?"

"됐어. 그것보다 지금 여기에 사람들 많으니까 말하지 마. 옆에서 보면 나는 지금 효자손한테 속삭이는 사람이야. 대한민국에서 환영받지 못하는 종류의 사람이라고."

나는 이를 악물고 속삭이듯이 성검을 꾸짖었다. 어쨌든 TPO라는 것이 있지 않은가?

누가 뭐래도 나에게는 나 스스로를 믿을 증거들이 있었다. 효자손으로 분장한 성검은 나의 명령에 따라 모습을 자유자재로 바꾸었고, 내가 찍은 영상에도 그 모습은 고스란히 담겨 있었다. 나는 여전히 마법을 써서 하늘을 날 수 있었고 성검을 휘둘러 구름을 가를 수 있었다. 내가 미친 사람인지 아닌지 계속해서 고민해봤지만 어쨌든 나는 내가 맞았다.

"작가님 입장하십니다!"

다시 한번 서점 직원의 안내가 있었다. 아, 드디어! 나는 긴장 속에서 이벤트 홀 뒤편 대기실에서 나올 <이계전기>의 작가를 보기 위해 목을 쭉 빼고 기다렸다.

도대체 작가의 정체는 누구지? 나와 같은 전생자인가? 아니면 나의 모험을 어떠한 계기로 접하게 된 누군가가 있나?

도무지 진정이 되지 않았다.

"마왕이다!"

"마왕님이다!"

"와, 고퀄…… 완전 고퀄 코스프레야!"

나는 앞 열에서 수군거리는 이야기를 듣고 잠깐 발꿈치를 들어 대기실 앞에서 나오는 작가가 누구인지를 확인했다.

사람들의 말이 맞았다.

뿔이 이마에 하나, 옆에 둘 돋아난…… 붉은 머리의 여성. 내가 기억하는 그대로의, 넝마주이가 아닌 모던한 스타일의 캐주얼한 정장을 입고 있는 것 외에는 내 악몽 속 모습 그대로의 마왕 본인. 천만마족의 군주이자 여섯 거대마신의 지배자 그리고 칼드레아 대륙의 정복자인 마왕. 그가 바로 <이계전기>의 작가였다.

"용사님, 마왕이 맞습니다! 저 압도적인 마력…… 착각할 수가 없는 수준입니다!"

효자손으로 변신한 성검이 나에게 속삭이듯 말했다. 나는 말없이 고개를 끄덕여 성검에게 동의했다. 그래, 성검의 말이 맞다. 피부를 면도칼로 긁어내리는 것만 같은 강렬한 압박감. 착각할 수가 없는 마력이다.

나는 눈을 부비고서 <이계전기>의 작가를 다시 바라보았다. 차분한 슬랙스에 자연스럽게 흐르는 재킷 자락, 약간의 광택이 도는 블라우스 소재, 귓불에 걸린 작은 실버 링……. '작가답다'는 말이 나올 수밖에 없는, 별다른 아이템은 없이도 시선을 확실히 모을 스타일의 차림새였지만 저 붉은 머리와 이마에 달린 뿔은 도무지 매칭이 되지 않아 위화감으로 가득했다.

"여러분, 안녕하세요! <이계전기>의 작가, 아오암입니다!"

마이크를 쥔 마왕이 해맑게 팬들을 향해 인사하는 모습을 본 그 순간, 나는 바람마법으로 몸을 가볍게 하고는 재빠르게 팬들 사이를 지나쳐 서점 밖으로 빠져나갔다.

"수고하셨습니다. 다음에 뵈어요!"

노을이 지는 사이, 나는 허공에 서서 사인회를 마치고 서점 밖으로 나오는 아오암 작가, 즉 마왕을 지켜보았다.

아오암. 자모 단위로 거꾸로 쓰면 마오앙. 마왕. 이걸 바로 눈치챘어야만 하는데. 바보같이 그냥 넘겨버렸다.

나는 사인회가 끝날 때까지 기다렸다 마왕을 미행하기로 했다. 도대체 무슨 음모를 꾸미고 있기에 이렇게 당당하게 자기의 과거를 웹툰으로 그려 밝히고, 또 사인회까지 나온다는 말인가?

마왕은 머리에 난 뿔을 숨기지도 않은 채, 그 모습 그대로 터벅터벅 걸어서 버스 정류장으로 갔다. 하여간 이상한 놈이다.

나는 인식저해마법으로 나의 기척과 모습을 숨긴 다음, 하늘을 날아 마왕이 탄 버스의 뒤를 쭉 따라갔다. 버스는 종로를 지나 신촌 쪽으로 향했다.

"마왕이 왜 대중교통을 타고 이동하는지 모르겠군요. 여전히 초월적인 마력을 보유한 것으로 보입니다만……."

"미친놈의 생각을 어떻게 알겠어? 일단 따라가자. 마왕이 혼자 지구로 온 게 아니라면, 다음 마도대전의 배경은 서울이 될 거야."

마왕은 신촌역에서 조금 지난 정류장에서 내린 뒤, 바로 앞의 헌책방으로 들어갔다. 마왕의 아지트인가? 사람들의 발길이 드문 헌책방을 아지트로 삼았다면, 그래, 제법 나쁘지 않은 선택지다. 나 역시 허공에서 내려와 마왕을 뒤따라 헌책방으로 들어갔다.

나는 서가 사이에 숨어 마왕이 무슨 짓을 저지르려는지를 조심스레 지켜보았다. 책에 저주를 걸어놓으려는 것일까? 사악한 마도서를 헌책방에 숨겨놓아 시중에 유통시키려는 것일까?

마왕은 양손에 책을 네다섯 권씩 들고서는 유연함과 균형감각을 과시하며 매대로 갔다. 책을 결제한 다음에는 어디선가 에코백을 꺼내 구매한 책들을 집어넣고서 헌책방을 나섰다.

"아무것도 안 하고 그저 책을 사기만 하다니……. 수상한 일이야."

"용사님, 제가 칼드레아 대륙 출신이라 잘 몰라서 그러는데 21세기 대한민국에서 책을 사는 사람은 수상한 사람인가요?"

"스마트폰이 대중화된 세상에 아직까지 책을 읽는 사람이면 당연한 수상한 사람이지. 상식이잖아. 너도 이곳에서 살게 된 지 몇 년째인데 이제 그 정도는 알아야지……. 쉿, 저 자식 나간다. 따라가자."

이후, 마왕은 신촌을 활보하며 쇼핑을 이어나갔다. 마트에 들러서 마실 것과 식자재를 샀고 잡화점에 가서 자질구레한 물품들을 구했으며 잠깐 카페에 들러서는 아이스아메리카노 1리터짜리 산 다음 골목길을 타고 오르기 시작했다. 무슨 짐을 보따리 장사라도 하는 사람처럼 한 가득 들고 다녔지만, 마왕에게 그 정도 무게는 별것 아니었을 것이다.

나는 그렇게 아무렇지도 않게 하루를 보내는 마왕을 보며 소름이 돋았다. 마왕은 칼드레아 대륙의 악몽이었다. 일리나 장군이 기리안 산맥의 강철 요새에서 농성할 때 산을 무너뜨려 그 안의 사람들을 단숨에 산 채로 매장시켰던 인물이다. 마왕이 지나간 도시 주변의 강물이 시체들의 피로 인해 붉게 물들 정도였으며, 덕분에 첫 전쟁이 일어난 해에는 그 시체들을 뜯어먹고 자라난 치어들로 인해 바다의 어부들이 올해는 놀라울 정도의 풍어라며 기쁨 반, 두려움 반이 되었던 것으로도 악명이 높다.

마왕이 마지막으로 도착한 곳은 신촌 뒷골목의 한 옥탑방이었다. 마왕은 옥탑방에 도착하자마자 냉장고에 식자재를 정리해 놓고는, 밖으로 나와 옥상에 놓인 평상에 앉아 수박을 잘라 먹기 시작했다.

나는 인식저해마법을 쓴 채 마왕이 수박을 우적우적 씹어 먹으며 노을을 지켜보는 모습을 바라보았다. 도대체 저놈은 여기서 뭘 하고 싶은 거지?

그때 누군가가 나의 어깨를 두드렸다.

"으, 으아악!"

"용사님, 적입니다! 상당한 마력을 가진 영체입니다!"

나와 성검은 갑작스레 뒤에서 어깨를 두드릴 정도로

누군가가 접근했다는 사실에 기겁을 하고 말았다. 아니, 내가 아무리 방심하고 있었다고는 해도 이렇게까지 기척을 숨긴 채 바로 뒤까지 다가왔다고?

나는 허공을 발로 차 재빨리 5미터 뒤로 물러나 나에게 말을 건 누군가를 바라보았다. 무릎까지 오는 장발의 귀신. 지박령이었다.

나는 빠르게 성검에 마력을 주입해 푸른 빛을 산란시켰다. 그리고 그 순간,

"엇…… 헙!"

"용사님!"

옥탑방 앞 평상 위에 앉아 있던 마왕이 염동력으로 나를 붙잡아 움직이지 못하게 막아섰다.

"여, 오랜만이구나."

쿵.

마왕은 나를 옥상 바닥으로 내동댕이쳤다. 자욱한 흙먼지가 일고 나는 갑작스러운 충격에도 다시 성검을 제대로 쥔 채 덤블링을 한 다음 자세를 고쳐 섰다.

"마와아아아앙!"

"용사아아아아!"

마왕의 손에서 붉은 불길이 칼날의 형태를 띠고서 솟아올랐다. 지난번 결전에서는 내가 전신을 마력으로 강화하는 바람에 성검에 집중할 마력이 부족해서 밀렸었다. 나는 그때의 싸움을 교훈 삼아 성검에 보다 더 큰 마

력을 주입했다.

하지만 이조차 오산이었다. 당시 싸움에서 교훈을 얻은 사람은 나 하나만이 아니었다. 마왕은 다리에 마력을 강화해서 그 결투 때보다도 훨씬 빠른 속도로 내게 접근했으니까.

펑!

퍼퍼펑!

마왕의 불꽃과 나의 성검이 부딪혀 날카로운 파열음을 냈다. 모르는 사람이 보았다면 손과 칼이 부딪혀서 나는 소리라고는 상상하지 못할 정도의 커다란 파열음을.

"용사님! 지난번처럼 거리를 잡고 마력을 방출하는 전략으로 싸우는 편이 유리할 것입니다!"

"바보야, 그때는 아무도 없는 협곡에서 싸웠으니까 주변 피해를 생각하지 않고 마구잡이로 마력을 방출할 수 있었던 거고, 지금은 사람들이 우글우글 모여 사는 도심 한복판인데, 내가 그럴 수가 있겠냐?"

나는 성검의 조언을 거절하며 쏘아붙였다. 하지만 내 목소리가 너무 컸나 걱정스럽기도 했다. 만약 마왕이 들었다면 내게 있어서 신촌의 모든 인구는 마왕의 손아귀에 들어온 인질이라는 사실을 깨닫게 되는 것이었으니까.

펑!

하지만 내 우려와 달리 마왕은 이번에도 다시금 나에게 가까이 근접해서 불꽃을 휘둘렀다. 근접전이 취향인 것일까? 아니면 일국의 왕다운 기품으로 무고한 시민들에게는 피해를 입히지 않겠다는 것일까?

나는 가볍게 성검으로 마왕의 불길을 쳐낸 다음, 다시 뒤로 물러나 거리를 두었다.

내가 쳐낸 불길은 챙그랑, 하고 옥상에 놓여 있던 장독대의 장독 몇 개를 깨버리고 말았다. 이런. 괜한 부수적인 피해를 내고 말았나 보다.

그러나 그때.

"아, 진짜! 저거 주인 할머니 장독대인데! 아…… 짐은 이제 파멸이로다. 종언이로다, 망했도다!"

마왕이 좌절감이 담긴 절규를 내지르며 장독대 앞으로 달려가 상태를 확인하고는 바닥에 털썩 주저앉고 만 것이었다.

"이게 다 용사, 그대 때문이다!"

괜히 아무 잘못도 없는 나에게 삿대질을 하고 또 저주하면서 말이다.

장독대가 깨지면서 나는 잠시 성검을 거두었다. 마왕이 장독대로 가 깨진 독이 몇 개인지 세보는 사이에 공격하는 것은 그다지 용자답지 않은 일 같았기 때문이다.

마왕은 흘러나온 내용물을 마법으로 간단히 정리하고는 또 투덜거렸다.

"하…… 이거 시골에서 직접 들고 오신 거라고 했는데. 용사여, 그대는 수복마법을 쓸 수 있던가?"

"나는 아닌데, 성검이……."

"와서 쓰거라."

마왕은 턱끝으로 난장판이 되었다가 간신히 정리된 장독대를 가리켰다. 나는 머쓱한 기분 속에서 장독대로 다가가 성검을 시켜 부서진 독을 수리했다.

마왕은 장독대로 다가가 성검의 수복마법이 잘 발현되었는지를 살피고 또 살폈다. 하여간 좀스럽다.

"금이 좀 남은 것 같은데……."

"제 마법으로는 그 정도까지가 한계입니다."

"어쩔 수 없지. 용사여, 일단 평상에 가 앉아라. 그리고 도영 작가, 미안하지만 냉장고에서 음료수를 가져다주면 좋겠네."

마왕은 나와 성검을 놀라게 했던 지박령을 불러 평상 위에 놓여 있던 쟁반을 건넸다. 지박령은 별일 아니라는 듯이 쟁반을 받아 옥탑방 안 부엌으로 향했다.

나와 성검은 넋이 나가서 마왕이 이끄는 대로 평상에 앉아 지박령이 과일과 음료수를 갖고 나오기를 기다렸다.

"잠깐 이야기나 하지."

나와 마왕은 옥상에 놓인 평상 위에 책상다리를 하고 앉아 잠시간 서로를 노려보았다. 노을은 이제 거의 다 내려, 맞은편 하늘에서는 달이 옅게 빛을 내기 시작하고 있었다.

"황윤평은! 물러가라! 물러가라!"

"신촌 거리! 지켜내자! 지켜내자!"

"재개발이! 웬 말이냐! 신촌 거리! 시민 거리!"

그러던 와중, 옥탑방 건물 아래에서는 무분별하게 진행 중인 신촌 재개발에 항의하는 시위대가 큰 목소리로 구호를 외치면서 행진하기 시작했다.

나와 마왕이 얼마나 조용히 서로를 노려보고만 있었는지, 아래에서 시위하는 사람들의 목소리가 다 들려 경기도에 사는 내가 신촌 재개발 반대 위원회 사람들의 주장이 무엇인지 이해할 정도였다. 아마 황윤평이라는 국회의원이 젠트리피케이션으로 쇠락한 신촌 거리를 재개발해서, 본질적으로는 또 한 번의 젠트리피케이션으로 활력을 불어넣겠다는 식으로 정책을 강행하는 모양이었다.

밀어버리겠다는 지역이 신촌의 외국인들이 주로 모여 사는 밀집 지역이기 때문일까? 길가에서 들려오는 구호 소리에는 외국어와 독특한 억양의 한국어가 뒤섞여 있었다.

시위대의 구호 소리가 조금씩 멀어지고, 해가 완전히 저물어 옥상에 밤이 찾아왔다.

나는 마왕을 바라보았다. 여전한 얼굴이다. 붉은 머리, 매서운 눈매, 날카로운 이빨이 가끔 드러나는 작은 입술. 마왕도 껄렁거리는 표정으로 나를 바라보았다.

"마왕."

"왜."

"너는 어떻게…… 아니, 왜 이곳으로 온 거냐?"

마왕은 피식, 코웃음을 쳤다. 얘는 지금 이게 웃기나? 아까까지 서로 죽자고 칼질을 해댄 사이에 웃음이 나오나?

"그야 그대를 보러 왔지."

마왕은 장난기 가득한 얼굴로 웃으면서 그렇게 말했다. 나는 발끈해서 평상 위에 놓여 있던 성검을 향해 손을 뻗쳤다.

"잠깐! 동작 그만!"

그리고 그 순간, 나와 마왕 사이의 긴장이 누군가의 고함으로 중단되고 말았다.

"작가님! 지금 마감은 하고 노닥거리고 계시는 거겠죠? 오늘까지 주시기로 한 원고, 아직 클라우드에 안 올라왔던데 이건 업데이트 오류일 뿐이겠죠? 그럼에도 불구하고 작가님이 평상 위에 앉아 탄산수를 마시고 계신 모습은 제가 환상을 보고 있는 것일 뿐이겠지요?"

누군가가, 아마 마왕의 편집자가 마왕을 보러 온 것이다.

마왕의 편집자는 성큼성큼 걸어와 마왕과 내가 앉은 평상 위에 떡하니 걸터앉았다. 편집자는 대충 쪽 진 머리에 두꺼운 뿔테 안경을 쓰고 있는, 연두색 티셔츠 위에 크롭된 흰색 셔츠를 걸치고, 주머니가 큼직한 와이드 팬츠를 입고 있는 모습이 편해 보이면서도 꾸밀 데는 또 꾸민 듯한 모습이었다.

"작가님! 오늘 사인회 마치고 바로 원고 보내주실 수 있다고 하셨었지요!"

"……예."

"그런데 왜 아직까지 업데이트가 안 되었나요?"

"아, 그게…… 후보정이 조금 남아서…….."

"후보정을 하셔야 하는데 왜 지금 여기에 앉아 계시나요?"

"그건, 그게…… 어……."

마왕이 이렇게 당황하는 모습은 정말 처음이다. 옌다 왕과 연합군 모두가 이 모습을 봤어야만 하는데.

하지만 나의 이러한 감상도 잠시, 편집자는 바로 다음 타깃으로 자신의 목표를 옮겼다.

"그리고 함께 앉아 계신 이분은 누구신가요? 죄송합니다. 초면에 실례를 저질렀네요. 안녕하세요, 반갑습니다. 아오암 작가님의 작품 편집을 맡고 있는 기획 PD, 안영은이라고 합니다."

역시 마왕의 편집자였다. 마왕은 편집자의 노도와 같은 질문 세례에 그만 풀이 죽어 입을 꾹 다물고만 있었다. 편집자는 그런 마왕의 모습에는 아무런 신경도 쓰지 않고서 프로페셔널하게 주머니에서 명함을 꺼내 나에게 건네주었다. 나도 평상에서 무릎을 꿇는 식으로 고쳐 앉아 공손히 명함을 받았다.

"그래서, 실례지만 아오암 작가님과는 어떤 관계이신지……."

"그건, 그게…… 어……."

나 역시 마왕처럼 입이 접착제를 바른 것처럼 딱 붙어 말이 떨어지지 않았다. 솔직하게 말해야 하나? 솔직한 것이 착한 어린이가 되는 길이 맞던가?

"저는 그게, 그…… 용……?"

'사'라는 글자가 내 입에서 뛰쳐나오기 직전, 마왕이 부랴부랴 급하게 무어라고 외쳐버렸다.

"어시스턴트!"

"……네?"

"어시스턴트입니다! 그 왜, 전에, 안 PD님이 그러셨잖아요. 저 마감 지각하는 거 더 이상 안 된다고. 어시스턴트 필요하다고."

"아…… 분명 그랬었죠."

"하지만 제가 작업 공정이 너무 독자적이어서 어시스턴트를 쓰기 어렵다고 그랬잖아요? 세상에서 둘도 없는 저만의 방식이라고요. 그죠? 그랬는데, 어, 이 친구가, 네, 제 친구인데, 이 친구가 저랑 작업하는 방식이 비슷하거든요. 정말 세상에서 저처럼 작업하는 사람은 둘도 없다고 생각했는데 얘만큼은 저 같아서, 그래서, 제가 일단 데리고 왔어요."

뭐라고?

미쳤나?

"미쳤냐? 내가 무슨 만화 어시스턴트야!"

"만화가 아니고 웹툰이니라."

"만화고 웹툰이고 자시고!"

안영은 PD가 미심쩍은 눈으로 나와 마왕을 번갈아 보고는 마감 시간에 대한 확답을 받아 떠난 뒤, 나는 마왕을 향해 소리쳤다. 갑자기 자기가 그리는 만화, 아니 웹툰의 어시스턴트를 하라니! 그것도 내가 무슨 못생긴 바보가 되어서 헛소리만 떠드는 것으로 왜곡된 작품의 어시스턴트를 하라니, 이게 무슨 망발이란 말인가?

"페이는 짜지 않게 주겠노라."

"거, 한국 적응 빠르네. 도대체 얼마나 현대사회 물이 든 거야?"

마왕은 내게 윙크를 하며 말했다.

"만반잘부!"

"그게 뭔데?"

"홀리몰리과카몰리."

마왕은 입맛을 다시면서 다시 말을 이어나가기 시작했다.

"그대는 짐이 어이하여 이곳에 왔느냐고 물었지만, 별 대단한 이유가 있는 것은 아니니라. 그저 나를 쓰러뜨린 용자라는 자가 나고 자란 세계는 어떠한 곳인지 알아보고 싶었을 뿐."

"그러면 조용히 알아보고 가면 되지, 왜 이 난리를 치냐고!"

나는 휴대폰으로 <이계전기>에서 나를 모델로 한 용사가 정수리에 몽둥이를 맞고 콧물을 뿜어내는 장면을 보여주면서 외쳤다. 그래, 정수리 맞은 적 있다. 콧물 뿜은 적도 있다. 근데 그걸 이렇게 그릴 필요는 없지 않은가.

"그거야 용사, 그대를 찾아 이야기를 나누기 위해서였지. 이 지구라는 행성은 무척이나 넓고 대륙도 여섯 곳이나 되니 그대를 찾을 방편이 떠오르지가 않더군. 하지만 짐은 깨달았다네. 짐이 그대를 찾을 수 없다면, 짐이 그대를 찾아오게 하면 되는 게 아니겠는가?"

나는 어처구니가 없었다. 이걸 지금 말이라고 하는 건가? 나를 모델로 해 못생기고 우습게 생긴 바보 용사의 모험담을 그려서 그걸 보고 화가 난 내가 자기를 찾아오기를 바랐다고? 도대체 무슨 마왕이 그래?

"됐고. 연재 끝내."

"음?"

"음은 무슨, <이계전기> 연재 중단을 요청한다고. 야, 너 나를 찾아내려고 웹툰을 연재했다며. 그럼 이제 내가 너 찾아왔으니까, 웹툰 연재 끝내. 나를 모델로 이렇게 거짓부렁으로 가득 찬 역사 왜곡 만화 좀 그만 그려!"

"그대로서는 애석한 일이겠으나 짐의 작가 생활에 있어 휴재란 없다네. 마감 지각은 가끔 하더라도 말이다. 무엇보다 짐에게는 창작자로서 자유와 인권이 있지 않겠는가?"

"너 여기 사람도 아니잖아! 네가 무슨 인권 타령이냐?"

"안타깝지만 인권이라는 건 그렇게 작동하지 않는다네. 이민자에게 권리가 제한될 수는 있어도 최소한의 인권은 지켜져야 하는 법이지. 애초에 그대부터가 칼드레아 대륙 출신의 사람이 아니었으나 짐과 맞서 싸우지 않았던가?"

"그거야 정의를 위해서였고!"

마왕은 내 외침을 듣더니 의뭉스레 웃는다.

"그래서? 이번에도 정의롭게 짐을 죽여볼 테냐?"

나는 고개를 저었다.

"네가 먼저 누군가를 공격하지 않으면 내가 널 공격할 이유는 없어. 내가 널 죽여봤자 잘나가는 웹툰 작가를 스토킹해 죽은 안티 팬이 될 뿐인데, 무슨 의미가 있겠어?"

마왕은 호탕하게 웃기 시작했다. 그럴 줄 알았다는 표정이다. 어휴, 저걸 진짜 확 칠 수도 없고.

"웃지만 말고 일단 대답부터 해. 나는 분명 널 봉마병에 봉인했는데 어떻게 풀려난 거지? 칼드레아 대륙 사람들은 어떻게 된 거야? 연합군은? 다시 전쟁이 시작되었나?"

"우선, 짐은 봉마병에 봉인된 적이 없다. 그대가 봉마병에 짐을 봉인했다고 착각하게 만들었을 뿐."

"……뭐?"

"어차피 연합군은 용사와 거대마신 외에는 오합지졸이었지. 대륙의 왕들은 전쟁의 공을 용사에게 주고 싶지는 않은 주제에 거대마신은 독점하고 싶어 안달이 난 상황이었고. 그렇다면 짐이 용사에게 봉인된 척을 하고, 왕들의 꾀임에 속아 넘어간 용사가 원래 세계로 추방되듯 복귀하면 각 지역의 왕들이 거대마신의 소유권을 주장하느라 분열될 테고, 그때 짐이 다시 나타나면 아주 간단히 연합군을 제압할 수 있으리라는 계산이었지."

나는 어처구니가 없었다. 이 모든 게 작전이었다고? 내가 목숨을 걸고 임한 최종 결전이, 마왕에게는 그저 연극이었을 뿐이라고?

"다음으로는 거대마신을 모두 봉마병에 담은 다음 짐 또한 이곳으로 왔느니라. 왕들은 용사도 원래 세계로 돌아가 없고 거대마신의 조종권마저 부활한 마왕에게 박탈당한 상황에 짐의 위치와 상황을 특정하기 전까지는 섣불리 전쟁을 일으키지 못할 테지. 그러니 칼드레아 대륙은 당분간 조용한 긴장 상태가 지속될 것이니라."

합리적인 추론이다. 어디까지나 마왕에게 다른 술수가 없을 때의 이야기지만 말이다.

"그래서 네 목적은 뭔데? 세계 정복? 지구까지 포함한?"

마왕은 재밌다는 듯 웃어넘겼다.

"글쎄다. 그야말로 어리석은 생각이구나. 칼드레아 대륙에서 그대가 사라짐으로써 짐은 자연스레 비대칭전력이 되었지. 하지만 비대칭전력을 가진 것만으로는 전쟁에서 승리할 수도, 안정적 통치를 이어나갈 수도 없느니라. 짐의 세력이 부재한 지구에서는 더더욱 그러해. 지구의 군대는 짐을 죽일 수는 없겠지만 짐 또한 이 넓은 땅과 수많은 인구가 짐의 말을 따르게 할 방법은 없구나. 있더라도 쓰고 싶지도 않고."

"그래서?"

"웹툰을 열심히 그려야지! 당장의 목표는 요일별 랭킹 베스트 3 안에 들어가는 것이니라."

그때 옥상 위로 시원한 바람이 불자 마왕의 붉은 머릿결은 일렁이는 모닥불처럼 흩날렸다. 나는 마왕의 (어울리지 않는 분야에서의) 야망과 (이상할 정도로의) 패기가 담긴 선언을 듣고 잠시 넋을 잃었다.

"짐의 패도에 용사, 그대의 힘이 필요하구나. 그러니 용사여, 짐의 어시스턴트가 되어라. 그렇다면 최저시급의 절반을 주지."

나는 이 뻔뻔하기 짝이 없는 계약 조건에 어이가 없었다.

"나, 돈이 부족해서 이렇게 살고 있는 거 아니다. 먹고 사는 데 전혀 부담 없어. 오히려 나 사라진 동안 애쓰신 부모님한테도 꼬박꼬박 용돈 보내드리면서 살고 있고. 그런데 고작 절반을 주겠다고?"

“수습 기간 지나면 최저시급 맞춰주마.”

마왕, 이렇게까지 사악한 존재였던가. 내가 어이가 없다는 듯이 바라보자 마왕은 다시 한번 그 의뭉스러운 미소를 지었다.

“농담이다. 시세에는 맞춰줄 테니 염려 말거라. 사람을 쓸 때는 값을 후려치는 게 아니라 더해줘야 하는 법이지 않겠느냐. 애초에 제값에 딱 맞춰 부려먹는 것도 마왕다운 처신이 또 아니니…… 대신 추가 보너스를 주도록 하마.”

마왕은 아까 무너졌던 장독대로 다가가 다행히 깨지지 않은 장독에서 병 몇 개를 꺼냈다. 그리고 그 병은…… 무척이나 친숙한 디자인이었다. 병 전체에 마법 주문이 각인된 디자인.

“……봉마병?”

“맞다. 짐이 칼드레아 대륙에서 가지고 온, 총 여섯 기의 거대마신이 봉인된 봉마병들이지. 만약 그대가 짐을 도와 웹툰을 그리지 않으면 한 달에 하나씩 이 봉마병의 봉인을 풀겠노라!”

마왕, 이렇게까지 사악한 데다 영악한 존재였던가.

“반대로 원고를 도와주면 연재가 완료된 후 봉마병을 그대에게 맡기마. 어떠한가, 이 정도면 세계의 절반을 주는 것보다 더 큰 보상이지 않느냐?”

"태양, 무슨 일 있어? 술 먹어? 난 술 안 먹어. 나 새벽에 여자친구 출근 데려가야 해. 노 알코올. 노 술. 안 돼야."

마왕으로부터 황당무계한 제안을 받은 다음 날, 나는 저녁에 상하차 일을 마치고서 지친 파룩을 자취방에서 끄집어내 쌈바치킨으로 갔다. 나는 가끔 이렇게 파룩을 끌고 나와 '치킨 동무'로 삼고는 했다.

쌈바치킨 안은 10년 넘게 한 자리에서 자리를 지키고 살아남은 치킨집의 연륜이 느껴진다. 군데군데 패어 있는 낡은 테이블, 대충 꽂아놓은 휴지, 낙서로 가득한 벽, 그리고 그 벽지에 밴 기름 찌든 내. 전장에서 살아남은 자만이 가질 수 있는 훈장 같은 흉터들이다.

"안다니까. 콜라 시켜줄 테니까 그거 마시면 되잖아."

"여자친구 전화해야 해. 전화는 꼭 할 거야."

"그래라."

나는 파룩의 여자친구를 몇 번 본 적도 있다. 파룩은 한국으로 일을 하러 왔으면서 그사이 알차게 한국인 여자친구도 사귀었다. 파룩이 아직 한국어가 어색해서 그렇지, 일이나 사람을 대하는 태도를 보면 어디 누구 못 사귈 인간이 아니기는 하다.

곧 양념 반, 후라이드 반이 튀겨져서 테이블 위에 올랐다. 감자튀김에 노가리까지, 부러 푸짐하게 시켜놓은 상황에 테이블이 안주로 가득 찼다. 나는 맥주잔을, 파룩은 콜라잔을 들고서 잔을 부딪쳤다.

“짠!”

파룩은 나와 잔을 부딪치고서는 호쾌하게 콜라잔을 단숨에 비운다. 예전에 일하던 건축회사 회식 자리에서 ‘한국은 첫 잔을 마실 때는 꼭 원샷을 하는 것이 술자리에서의 매너다’라는 상식을 배웠다고 한다. 나는 굳이 콜라를 마실 때까지 그럴 필요는 없다고 알려주었지만, 파룩은 파룩대로 원샷에 재미를 들린 모양이다.

나는 닭을 씹으면서 마왕이 건넨 제안을 생각했다. 도대체 그 녀석은 뭐가 문제일까? 용사도 떠나고 여섯 기의 거대마신도 봉인된 칼드레아 대륙을 평정하고 세력도를 마족 중심으로 완전히 개편할 수 있는 찬스를 왜 버리고 이곳으로 온 것일까?

웹툰 순위에 오르겠다고? 그게 도대체 무슨 의미가 있지? 그리고 왜 그 과정에 내가 필요하지? 나의 질문에 마왕은 말을 돌렸다. 언젠가 여섯 기의 거대마신을 전부 건네주게 되면, 그때 모든 것을 다 말해주겠다면서.

도대체 무슨 생각인 것인지.

“파룩.”

“응, 태양.”

“너는 여자친구가 의도를 알 수 없는 질문…… 영문을 모를 질문을 할 때는 어떻게 하나?”

“엥?”

“아니, 너는 한국말이 아직 어색하잖아. 영어는 조금 하고 여자친구랑 영어로 소통한다고 할 때도 있다고 했고. 그렇게 언어의 장벽만이 아니더라도 문화의 차이도 있을 테고……. 하여간 매번 말이 다 잘 통하지는 않잖아?"

파룩은 나의 질문을 듣고서 의도를 알 수 없다는 표정을 지었다. 영문도 모르겠다는 표정이었다.

하지만 내가 진지하게 질문을 하고 있다는 느낌을 받았는지, 파룩도 파룩대로 열심히 고민해서 대답을 해주었다.

"계속 생각해야지. 계속 관찰하고. 계속 고민하고."

"그러면 답이 나와?"

나의 질문에 파룩은 빵 터져서 웃었다. 얘 왜 이래.

"태양."

"응?"

"생각하고 관찰하고 고민하는 것부터가 답이야."

무슨 문제풀이가 적히지 않은 답안지는 오답 처리하는 수학교사 같은 말을 한담?

파룩은 닭다리를 뜯으면서 나를 바라보았다. 파룩을 '치킨 동무'로 삼은 이유 중 하나다. 나는 닭다리보다 닭날개파고, 파룩은 닭날개보다 닭다리파다. 그리고 나는 닭가슴을 좋아하는데 파룩은 닭모가지를 좋아한다. 제법 괜찮은 배분이다.

"나 당분간 일 안 나가도 괜찮겠어? 아주 빠지진 않고, 아마 일주일에 절반 정도만 나갈 듯"

그 순간, 파룩의 눈이 가늘어졌다. 이 친구는 표정 변화가 빠르고 또 크다. 뭔가 웃긴 모양이다.

"태양, 애인 생겼어?"

웃는 얼굴에 치킨무를 던질 수도 없고.

"아니, 일이 생겼어."

"그래? 하고 싶은 일?"

"그런 것 같지는 않아."

"해야 하는 일?"

"아마도, 응."

파룩은 입에 물고 있던 닭다리를 아주 알뜰하게 살을 발라 먹었다. 그러고는 빈 잔에 다시 콜라를 따르고는 가볍게 입가심을 한 뒤에 이렇게 말했다.

"태양, 나 고향 가면 장사할 거야. 장사 밑천 벌려고 온 거야."

"그랬냐?"

"응, 태양도 그렇게 해. 다른 일 해. 평생 상하차? 못해, 못해. 몸 아파서 아니야. 하기 싫어서 아니야. 하고 싶은 게 있어서야. 하고 싶은 거 하려고, 하고 싶은 거 알려고 쉬는 시간에 상하차하는 거야."

파룩은 내가 일을 그만두는 게 싫지는 않은 모양이었다. 나는 파룩의 격려에 조금 기운을 받았다.

"태양, 에이스. 최고. 에이스 없어? 일 어려워. 일 못해. 하지만 괜찮아. 에이스가 있어야만 돌아가는 업장 나빠.

그런 업장 오래 못 가. 에이스는 다른 데 가서 다른 에이스 해.”

파룩은 다시 콜라잔을 채워 내 앞에 들어 보였다. 그래, 잔과 잔을 부딪치는 건배는 어느 나라 어느 문화권에서나 있는 예절이지.

“짠.”

나는 파룩과 잔을 부딪쳤다.

그래, 이제는 용사로 복귀해야 할 시간이다.

“자, 여기가 작업실이자 숙소다. 짐의 침실은 안쪽 방인데, 오전에는 깨우지 말거라.”

“왜?”

“어침(御寢)을 방해한 자에게 내리는 형벌은 사형이니까.”

“감히 용사님에게 그렇게 말을 하다니!”

마왕은 태연히 성검의—여전히 효자손의 모습을 하고 있는— 참견을 무시하고서 작업 공간을 안내했다. 저주스러운 첫 출근, 마왕의 작업실 안내가 시작된 것이다.

파룩과 한잔을 마신 다음 날, 나는 마왕에게 톡을 보냈다. 어시스턴트를 하겠다고. 그리고 점심이 한참 지난 무렵, 마왕은 이전에 왔던 옥탑방으로 다시 오라고 답장을 했다. <이계전기> 한정판 이모티콘 중에서도 용사가 앞니를 활짝 드러내고 웃는 이모티콘까지 첨부해서.

도대체 이런 상품은 또 언제 만든 거야? 내가 모델인데 초상권에 문제 있는 거 아니야? 의문이 들었지만, 이 얼굴이 내 얼굴임을 법적으로 인정받으면 인정받는 대로 불쾌할 것 같아서 소송은 하지 않기로 했다.

나는 성검—효자손으로 등을 벅벅 긁으면서 마왕의 안내를 따라 작업실을 한 바퀴 둘러보았다. 신촌에서 구한 것치고는 제법 공간도 크고 지내기도 쾌적했다.

옥탑방에 마련된 작업실은 정말 생활보다는 작업에만 특화된 공간이었다. 가운데에는 사무용의 커다란 테이블이 셋이나 놓여 있었고, 각 테이블마다 대형 모니터와 태블릿이 달린 최신형 컴퓨터가 배치되어 있었다.

"그대는 컴퓨터가 없으니 작업실로 와야겠지. 안 PD의 말로는 요즘은 다들 재택근무라 하는데, 그대나 짐이나 시대에 뒤떨어진 인물이구나. 도영 작가에게 또 빚을 져야겠네."

아니, 너는 차원이 다르잖아. 나는 대꾸하려다 말을 삼켰다.

작업실의 한쪽 벽은 만화책과 작법서로 가득 채워져 있었다. 나는 마왕의 안내를 한 귀로 흘려들으면서 서가에 꽂힌 만화책들을 살펴보았다.

그런데…… 그 만화책들의 리스트가 상당히 괜찮았다. 4, 50년 전의 고전 명작부터 트렌드를 제시했던 소년만

화에 압도적인 화력으로 전 세계에 매니악한 팬덤을 가
진 SF 걸작까지, 1, 2년 만화를 좋아한 사람의 서가가 아
니었다.

나는 그중에서 한 권을 꺼내 보았다. 원래 세계로 귀환
한 뒤로는 전자책만 읽다 보니, 이런 실물 책이 반가웠던
것이다. '너는 너밖에 될 수 없으니까. 더는 도망치지 마.
너야말로 이쪽으로 와라!'와 같은 대사를 읽으면서 추억
에 잠깐 잠길 뻔했다.

"아, 소개해야지. 이 작업실과 서가는 사실 도영 작가의
것들이다. 도영 작가는 이 옥탑방의 거주자로 마감을 하
다 과로로 쓰러져 사망해 지박령이 된 자인데, 짐이 지구
로 왔을 때 이 도영 작가의 안내를 받아 함께 살게 되었
느니라."

긴 머리의 지박령이 나에게 음침한 기운을 뿜으며 손
을 흔들었다. 아마 저 지박령은 아직 육성으로 말을 할 정
도로 귀신 생활이 익숙하지는 않은 모양이었다. 나는 도
영 작가라 불린 유령의 얼굴을 알아보았다. 전날에 내가
마왕을 염탐할 때 나를 발견했던 그 지박령이다.

"안녕하세요."

나도 어색하게나마 인사를 했다. 마왕은 기분 좋게 웃
으면서 도영 씨의 소개를 이어나갔다.

"용사를 찾아내기 위해 용사가 주인공인 웹툰을 그려
보라는 조언을 준 것도 바로 이 도영 작가였지. 하여간 홀

룡한 인물이다.”

이 인간이 범인이었군. 나는 이미 죽었음에도 원혼에 사로잡혀 성불하지 못한 도영 씨를 원한 담은 눈길로 보지 않기 위해서 노력했다.

“도영 작가는 <이계전기>의 수석 어시스턴트이기도 하다. 짐이 초안을 잡고 콘티를 짜면 도영 작가가 옆에서 많이 봐주고는 하지. 후보정이나 식자 작업도 대부분 다 부탁하고 있다.”

어쩐지 마왕이 한국 생활에 익숙한 수준을 넘어 어떻게 웹툰 작가로 데뷔까지 한 것인가, 주민등록이나 은행 통장은 어떻게 개설해서 지낼 수 있었던 것인가 의문이 들었는데, 이런 조력자가 있었던 덕분일까? 어떤 의미에서는 마왕보다도 도영 씨가 더 대단한 사람 같다는 생각마저 든다.

“그러면 나는 무슨 일을 하면 되지? 난 만화책은 많이 봤어도 만화를 그릴 줄은 몰라. 웹툰은 거의 모르고. 내가 너의 어시스턴트로 일한다고 해도 아주 기초적인 작업밖에 도와주지 못할 텐데.”

“아, 그건 염려치 않아도 좋으니라.”

“뭐?”

“이렇게 하면 되지 않느냐.”

마왕은 손끝에 마력을 끌어모으기 시작했다. 그리고 작업실에서 가장 큰 벽면, 아무것도 놓여 있지 않은 곳을 향해 마력을 쏘아내었다. 옅은 붉은 빛이 벽을 물들이면서 영상을 투사하기 시작했다.

그리고 그렇게 투사된 영상에는, 내가 가재를 먹으려다 집게발에 입술을 물려 비명을 지르는 모습이 비치고 있었다.

"투사마법이지. 기억마법과 병행해 상상해낸 이미지를 투사하고, 그 투사한 이미지를 사진으로 찍은 뒤 컴퓨터로 보정 및 편집하기만 하면 간단하게 원고를 완성할 수 있다."

나는 어이가 없었다. 그래, 그래서 <이계전기>가 주간 연재로는 상상할 수도 없을 정도로 퀄리티 높은 작화로 완성될 수 있었던 것이군. 성벽이고 군대고 다 마왕의 기억 속에 생생하게 자료로 남아 있으니, 이를 투사마법으로 불러내 옮기기만 하면 그만인 것이다.

"다만 원고 속도는 점점 늦어지고 있느니라. 기억하지 못하는 장면을 그려야 하거나 콘티를 짜는 데는 마법의 도움을 받을 수가 없으니 말이다. 짐이 용사, 그대의 어시스턴트를 필요로 하는 이유도 그래서다. 짐이 기억하지 못하는 장면을 그대의 투사마법과 기억마법으로 그려내면, 작업 속도를 훨씬 더 높일 수 있지 않겠느냐? 무엇보다 그대나 도영 작가 외에 다른 사람들에게는 짐이 마법을 쓸 수 있다는 사실을 밝힐 수 없으니 일을 맡기기가 쉽지 않고 말이다."

정말…… 정말 실용적인 이유였다.

그로부터 일주일 정도, 나는 오후가 되면 마왕의 작업실로 가서 어시스턴트 작업을 했다. 작업은 어렵지 않았다. 기억마법으로 등장인물을 떠올리고 투사마법으로 떠올린 등장인물의 모습을 상상으로 조금 변화시켜 벽에 비춘 뒤 사진 찍기를 반복하기만 하면 그만이니까.

그렇게 찍은 이미지를 컴퓨터에 업로드를 하고 펜선을 입힌 뒤 필터로 색을 보정하면 간단하게 한 컷이 완성된다. 대충 한 컷을 만드는 데 5분이면 충분하다. 그 한 컷에 성벽이 나오건, 수만 명의 군중이 나오건, 드래곤과 거대괴수의 결전이 나오건 무조건 5분이다. 그러니 <이계전기>는 작화의 장점을 최대한 살리고 다른 작품과의 차별화를 이루기 위해 웅장하고 화려한, 스펙터클한 장면을 한가득 집어넣은 것이었다.

물론 여기에 후보정과 식자 그리고 편집 작업이 더해지기는 해야 한다. 하지만 이는 어디까지나 일괄로 처리할 수 있는 영역이고, 웹툰 작업을 하다 지박령이 된 도영 씨가 너무나도 잘 해주기 때문에 염려할 일이 아니다. 그러면 일주일에 총 70컷을 작업해야 하니, 일주일에 350분 정도면 한 화가 뚝딱 마련되는 셈이다.

"콘티가…… 콘티가 안 나오는구나……"

지금처럼 마왕이 다음 화 내용을 떠올리지 못하는 상황만 아니라면 말이다.

효자손—성검으로 허벅지를 긁고 있던 나는 저 멀리서 바닥에 뒹굴면서 탄식하고 있는 마왕을 바라보며 시큰둥하게 질문했다.

"저번 화 내용이 뭐였지?"

내가 질문을 마치는 그 즉시, 섬찟할 정도로 악의 가득한 마력이 작업실 안을 메운다. 나는 마왕이 보내는 압박에 소름이 돋고 머리끝이 곤두서기 시작했다.

"용사님, 마왕의 분노가 흘러넘치고 있습니다……!"

성검은 나의 명령이 있지도 않음에도 효자손에서 날카로운 검의 형태로 스스로의 모습을 바꾸었다.

"그대는 작업에 집중하지 않는구나! 바로 그대가 광저족의 수비 장군과 맞서 싸우면서 용암마신 해방 쟁탈전을 벌였던 에피소드이지 않느냐!"

나는 손바닥을 들어 보이며 항전의 의사가 없음을, 그리고 내가 작업에 집중하지 못했음을 시인했다. 성검도 다시 효자손의 모습으로 되돌렸다. 마왕은 곧장 마력의 방출을 멈추었으나, 저릿저릿한 감각은 아직 남아 있었다.

"내가 어시스턴트를 하기는 하지만 작품의 콘티를 공유받진 않았잖아. 그냥 누구 얼굴을 떠올리라고 어떤 표정을 짓게 하라거나, 무슨 지역의 풍경을 떠올려보라거나, 그런 정도의 지시만 반복하고 있는걸."

"연재분이 올라오면 좀 봐라!"

"유료 결제할 돈이라도 주든가."

당연히 돈이 부족한 건 아니다. 마왕의 어시스턴트를 하며 상하차를 일주일에 절반만 나가게 되었지만 그것만으로도 생활비와 부모님에게 보낼 용돈은 충분히 나온다. 하지만 마왕의 작품에 용사인 내가 돈을 쓰는 것은…… 어딘가 좀 싫어서 그렇다.

나는 투사마법으로 내 기억 속에서 광저족을 대표하는 무인(武人), 수비 장군의 모습들을 벽면에 그려나갔다. 이렇게 보니 당시의 추억이 떠오르는군.

"수비 장군이라. 적이지만 존경스러운 호걸이었지. 몇 번이고 검을 맞댔지만 적의보다는 존중으로 싸운 상대다."

"그러한가? 광저족은 수비 장군이 그대에게 패배해 용암마신이 해방된 이후 전열이 무너지는 바람에 그들의 영토였던 평야 지대를 연합군에게 완전히 강탈당해 난민이 되고 말았지."

마왕은 여전히 바닥에서 뒹굴거리면서 내가 알지 못했던, 마족들 시점에서의 이야기를 들려주었다.

"수비 장군들의 일가도 마찬가지지. 패배에 대한 책임을 묻는 힐난을 견디지 못해 영지와 재산을 몰수당한 채 쫓겨나고 말았으니까."

나는 은연중에 힐난을 섞는 마왕에게 짜증이 났다.

"나도, 수비 장군도 우리가 어쩔 수 없이 그 자리에 섰다는 것을 이해하고 있었어. 서로 전사로서 존중을 잊지 않았고."

"그랬나?"

"전쟁이었잖아."

마왕은 바닥에서 몸을 일으켜 앉은 채로 나를 바라보았다. 하지만 그 눈은 방금까지의 분노나 악의가 아닌 다른 감정을 담고 있었다.

"그랬을까?"

"그랬냐니?"

"그게 과연 전쟁이기는 했을까?"

나는 그 질문에 답하지 못했다. 마왕도 다시 바닥에 누운 뒤 다음 화 전개와 콘티를 고민했다.

결국 그 에피소드의 마감은 아슬아슬하게 마칠 수 있었다. 마지막의 마지막까지 기억마법과 투사마법을 난사해, 오랜만에 마력의 고갈을 느낄 정도였다. 이쯤 되니 마왕이 나를 어시스턴트로 원했던 이유를 알 것도 같았다.

마왕이 콘티를 짜며 고민했던 지점은 수비 장군이 용사와 정정당당하게 맞서기 위해 용암마신의 봉마병을 손에 쥐고서도 용사가 당도하기를 기다리는 장면이었다. 결과적으로 보면 이는 수비 장군의 전략적이지 못한 선택으로 연합군에게 거대마신을 한 기 빼앗기게 한 실책

중의 실책이었으니까.

"마왕, 너는 왜 이 장면을 고민한 거야? 수비 장군이 호구라고 비판받을까 봐 그랬어? 너희 마왕군 입장에서는 배신자로 보일 수도 있기야 하겠지만, 장르적으로도 클리셰로도 납득이 가는 전개였어."

나의 이 질문에 마왕은 미간을 찌푸리며 이렇게 답했다.

"수비 장군은 짐의 부하고, 수비 장군의 실책은 짐의 실책이니라. 다만 짐은 연합군 입장에서 수비 장군에 대해 어떻게 접근했는지가 궁금했느니라. 콘티 안에도 그 내용을 담아내지 못하면 수비 장군의 이해하지 못할 선택에 개연성을 더할 수가 없다 판단했고. 허나 아쉽게도 그대의 기억에는 당시 갓 용사가 되어 기술을 갈고닦는 내용밖에 없더군."

"그야…… 그게 내 임무였으니까."

마왕은 뿔 사이로 붉은 머리를 헝클이며 답답함을 푼 다음, 원고를 탈고하기 전까지 내비치지 않았던 속내를 밝혔다.

"당시 마왕군 내에서는 수비 장군이 연합군의 심리전, 선전전에 넘어간 것이 아닌가 의심하고 있었다."

"그게 무슨 소리야?"

"연합군이 소문을 퍼뜨린 정황에 대한 제보가 있었다. 수비 장군이 용사에게 겁을 먹었다, 마족들은 비열하다, 그래서 용사와의 싸움을 피하기 위해 비겁하게 용암마신을 바로 개방해서 용사를 공격할 것이다, 상대방인 용사는 고작해야 스물도 되지 않은 어린아이거늘 마족이나 할 법한 사악한 전략을 쓸 것이다…… 그렇게 해서 수비 장군이 용암마신을 해방하지 못하도록 유도했다는 이야기지."

그 말을 듣고 나니 나도 당시의 기억이 떠올랐다. 전략 회의에서 몇몇 장군들이 그렇게 발언했던 사실이 분명 있기는 했다. 하지만 그 이야기들은 어디까지나 회의에서 으레 적군을 깔보고 무시하며 사기를 돋우는 그런 대화에 가까웠다.

"하지만 그게 잘못된 것은 아니잖아?"

"그렇지. 군인의 판단은 그 군인이 책임져야 하는 것이니까. 연합군이 선전전을 걸었건 아니건, 그에 대한 결과는 다른 누구도 아닌 수비 장군이 책임질 문제다. 다만."

"다만?"

마왕은 한숨을 쉬며 이렇게 답했다.

"연합군은, 왕국의 인간들은 항상 우리들을 '아인종'이니 '마족'이니 하는 식으로 배제해왔다. 아인종은 영악하다, 마족은 비열하다, 이들은 긍지가 없다. 그 때문에 우리들은…… 특히 수비 장군은 그러한 평가에 저항하고자 더 정정당당하고 더 솔직하게 행동하려고 했지. 아주 강박적으로. 그리고 이 구도가 그 전쟁의 첫 싸움을 결정지었다. 짐은 그 이야기를 어떻게 담아낼 수 있을까 고민했지만, 아직은 어렵구나.”

나는 마왕의 이야기를 듣고 조금 생각이 복잡해졌다.

“마왕, 너는 내가 밉지도 않아? 나는 연합군의 선두에 서서 너희들과 싸운 사람이잖아.”

마왕은 피식 웃었다.

“그럼 그대는 짐이 왜 여기에 왔다고 생각하는 게냐?”

마왕은 나의 질문에 대답하지 않았다. 그저 반문하기만 했다. 나는 다시 고민에 잠겼다.

이후로는 작업이 쭉쭉 진행되었다. 나는 여전히 그림을 전혀 그리지 못하지만 상관없었다. 마왕이 제출한 콘티를 본 뒤, 나는 투사마법과 기억마법으로 주요 등장인물의 다양한 복장을 묘사했다. 아무래도 마왕은 연합군의 주요 인물들의 군복 차림만 봤으니, 나의 기억이 제법 도움되는 모양이었다. 이렇게 내가 일종의 모델링을 마치면 지박령 도영 씨가 웹툰에 어울리는 구도와 자세로 투사를 하도록 지시했고, 이를 따르면 후보정을 마쳐 하나의 컷을 완성시켰다. 일사천리였다.

하지만 나의 어시스트는, 내 도움은 연합군 등장인물들의 외적인 모습을 재현하는 일 이상으로 내적인 성정을 설명하는 일에서 더 효과적이었다. 마왕은 나 포함 연합군의 일원들을 적으로만 보았으니, 그 인물들이 가족이나 동료들 사이에서 어떻게 행동하고 사고하는지를 알지 못했기 때문이다.

"그대가 기억하기에 옌다 왕은 어떤 인물이었느냐?"

이를테면 이런 식이었다. 마왕이 콘티를 짜느라 골머리를 쥐어짜다 뜬금없이 당시 사건에 핵을 쥐었던 인물에 대한 나의 생각을 물어보면, 나는 그에 대해서 쭉 설명을 해주는 식이었다.

나는 투사마법으로 연합군에서 준비한 거대마신 전용 무구들의 모습을 비추다가 바닥에서 뒹굴거리면서 콘티를 구상하는 마왕을 바라보았다. 붉은색 머리칼이 작은 러그처럼 바닥을 길게도 덮고 있다.

지금 마왕이 나에게 질문한 옌다 왕은 칼드레아 대륙의 인류가 지배하는 다섯 국가인 옌다, 바라우, 시만, 자크암, 리모네르의 왕 중 가장 젊은 왕이었다. 마왕이 남긴 차원검을 통해 지구로 돌아오려는 나를 마지막에 배웅했던 인물이기도 하다.

"연합군 측의 평가를 알려주기 전에 마왕군 측의 평가를 듣고 싶다. 뭐 마왕, 네가 그린 옌다 왕의 이 못생김을 보면 너의 평가가 어떠한지 짐작이 가지 않는 건 아닌데……."

마왕은 나를 비롯해 연합국의 주요 인사들의 얼굴을 정말 엉망진창으로 그려댔다. 정통 판타지 대하 서사물에서 갑자기 나만 등장하면 분위기가 망☆가타로가 되었으니…… 나한테 싸움에서 좀 밀렸다고 나를 이렇게 못생기게 그리기나 하고, 하여간 마왕이라는 놈이 좀생이다.

"혐오스러운 인물이지. 옌다 왕이야말로 우리를 아인종 혹은 마족이라 분류하며 그에 대한 악의적인 마타도어를 일삼은 인물이니까."

"마타도어? 그게 뭔데?"

"……그대 세계의 말이다. 흑색선전이란 말이다. 근거 없는 악의적인 비방으로 무질서를 초래하는 것."

"너는 그걸 어떻게 다 아냐?"

"책을 읽었지. 그대는 귀중한 학습의 기회를 용사로 지내느라 다 탕진하고 말았구나. 안타깝게도. 지금이라도 공부를 좀 하게나."

마왕은 나를 한심하다는 눈으로 바라보았다. 아니, 내가 자기랑 싸우느라 공부를 못하게 된 걸 왜 나를 탓하는 건지. 사람 억울하게.

나는 무안함을 감출 겸 내 입장에서의 옌다 왕에 대한 평가를 이어나갔다.

"옌다 왕이라. 뭐, 이상한 사람이다 싶기는 했어. 다 같이 모인 회의 자리에서 혼자 우다다 말을 쏟아내고, 갑자기 다른 사람이 한 이야기에 말도 안 되는 트집을 잡아 우기기 시작하고, 결론을 내릴 때는 누구도 동의하지 않았는데 자기가 논리적으로 상대방들을 다 혁파했으니 자기 말을 따라야 하는 것 아니냐고 우기기도 하고……."

마왕은 자리에서 일어나 고쳐 앉더니, 휴대폰을 꺼내

내가 하는 이야기를 받아 적기 시작했다. 마왕이 보기에 내가 제법 들어줄 만한 이야기를 하고 있나 보다.

"연회장에서 갑자기 나더러 자기 절친이라고 소개하는데 놀라기는 했지. 마왕 토벌도 마쳤으니 조용히 지구로 돌아오려고 했는데 요란하게 환송회를 열겠다고 하고……. 아무래도 내가 차원검을 쓴 다음에 회수할 사람도 필요해서 어쩔 수 없이 그에게 보고했는데, 영 개운치 않았지."

마왕은 옌다 왕에 대한 나의 평가를 듣더니 피식거리며 웃기 시작했다.

"옌다 왕은 연합군 중에서 가장 그대를 시기하고 질투하던 이였지. 짐과의 싸움에서 연합군이 수세에 몰린 그 상황부터가 옌다 왕의 전략이 연전연패로 이어지던 탓이 아니겠는가?"

"옌다 왕은 마왕이 사특하고 간사해서 자기가 진 거라고 하던데."

"사특하고 간사하다라. 기쁘구나. 적장에게는 그만한 찬사가 없지. 허나 짐의 행보는 어디까지나 군사 전략 개론에 입거했을 뿐 대단한 전략은 아니었다. 후대의 군사 이론가들은 그 대전은 어디까지나 옌다 왕이 어리석고 무능해서 진 거라고 평가하겠지. 사실 당대의 군사전문가들 상당수도 그렇게 보았느니라."

마왕은 투사마법과 기억마법을 섞어 다시금 벽에 옌다 왕의 얼굴을 투사하기 시작했다. 이전보다도 더 못생기고 한심하게, 콧구멍은 탐욕으로 벌름거리고 입은 불안으로 떨고 이는 방심으로 감추지 못한, 그런 얼굴로.

"옌다 왕은 한시라도 빨리 그대를 본국으로 쫓아내고 거대마신들을 독점해 다시금 칼드레아 대륙의 통일 전쟁을 일으키려고 한 전범이다. 그랬던 그가 그대의 환송식을 얼마나 주관하고 싶었겠느냐?"

나는 자리에서 일어나 마왕이 벽면에 투사한 옌다 왕의 얼굴을 찬찬히 뜯어보았다. 참으로 살뜰히도 못생기게 그린 그림이다. 그리고 그림 옆에는 투사마법으로 말풍선을 그려 "마족만 쫓아내면 다 된다고!"라고 외치는 대사까지 집어넣었다. 어떤 면에서는 감탄까지 나온다. 실제로 옌다 왕이 사석에서 자주 하던 말인데, 어디서 들었지? 하지만 나는 그 감탄을 잠시 감추고, 내 진정한 야망을 달성할 작전을 짰다.

"어, 잘 그렸네."

"그렇지?"

마왕의 의기양양한 표정.

"하지만 생각해보라구……. 용사와 마왕의 싸움인데 이렇게 사람들을 찌질하게 그려도 되나? 뱃살에 주름에 콧구멍에 침 흘리고. 이런 거 적당히 하고 본격적인 액션으로 바로 넘어가는 게 순위 올리기에도 좋지 않겠어?"

제발 나 좀 잘생기게 그려줘.

나는 그 말을 하지 않기 위해 최대한 돌리고 돌리고 돌려서 나의 숨겨진 속내를 아주 살짝 내비쳤다.

"그대를 잘생기게 그려줄 생각은 없노라. 아주 조금이라도."

실패했다.

"아, 만화가 뭐 이래! 데포르메가 있어야지! 그림의 각 요소가 기호화가 되고 단순화를 시킴으로써 보다 감정과 동세가 과장되어서 이야기가 더 선명하게 전달되어야 한다고!"

"정 원하면 그러한 방법으로 더 못생기게 만들어줄 의향은 있다만…… 하지만 그대의 창작론에는 동의하기 어렵군. 기존 만화 창작 문법과 현행 웹툰 시장의 수요가 과연 일치하는가 하면 이미 수치적으로 그러하지 않다는 결론이 나지 않았는가?"

"그렇다고 기존에 완성된 이론과 작법을 무시하고 '들어가도 되는 거야? 지금 웹툰 시장에서 비평은 개입하지 못하고 있을 뿐 필요가 없는 것이 아니야. 일부 독자들이 자기들이 쉽게 알아볼 수 있는 몇몇 지표, 그림의 디테일이나 배경의 섬세함처럼 작품의 핵심이 아니거나 혹은 핵심을 해치기도 하는 요소들에 집착해서 작가들이 그저 그림을 '쌔비파도록' 유도하고 있을 뿐이라고. 이게 예술이냐? 차력쇼지!"

"애초에 <이계전기>가 높게 평가를 받게 된 것부터가 짐의 투사마법과 기억마법을 통해 데포르메가 강하지 않은, 현실적이고 상세한 그림체 덕분이라는 것을 그대도 모르지 않을 텐데?”

“그게 잘못된 거라고, 그게! 흐름이 끊기잖아, 흐름이. 이야기에는 긴장과 이완의 조율이 필요한데, 모든 컷에 전력을 퍼부으면 전체적인 흐름이 생겨나지를 않는다고!”

“무엄하구나. 짐의 작법을 그대가 평가하느냐? 단행본이라고 하는 책의 규격에서는 그대의 주장이 옳을지 모른다. 허나 웹툰이라고 하는 매체의 본질은 스마트폰이라고 하는 모바일 디바이스에 얼마나 친화적인가에 있다. 그리고 모바일 디바이스로 한 화 분량의 이야기 구조를 볼 때, 전체적인 그림의 퀄리티는 그 자체로 컷에 대한 집중도를 끌어올린다. 독자들이 작품에서 디테일을 요구하는 것은 그 자체로 논리적이지 아니한가!”

이런 식으로 서로 논쟁을 벌이느라 작업이 잠깐 중단되는 경우는 있었지만, 어쨌든 대부분의 경우 작업은 쭉쭉 진행된 편이었다.

“아, 좀 그만하고 작업 좀 하자!”

“허, 이것 봐라. 웃기네.”

“무엇인고?”

나는 마왕에게 내 휴대폰을 건네주었다. 휴대폰의 스크린 안에는 대형 유머 게시판에서 <이계전기> 지난 에피소드의 엔다 왕이 "마족만 쫓아내면 다 된다고!"라고 외치며 우스꽝스러운 표정으로 변명하는 장면이 크롭되어 짤방, 밈이 되어 게시물로 올라와 있었다.

그리고 그 아래에는 다른 방식의 변주도 있었다. 특히 호응이 높은 것은 국회의원 황윤평을 비판하기 위해 누군가가 편집한 짤방으로, 황윤평이 "질문자만 내보내면 다 된다고!"라고 외치고 있었다.

"이 그림은 지난 공중파 토론회에서 국회의원 황윤평이 객석의 질문자에 대한 대답을 제대로 하지 못하고 일반 질문자는 다 내보내라고 떼를 쓰던 순간을 풍자하는 그림이구나. 재치 있군."

마왕은 나에게 휴대폰을 돌려주며 그렇게 말하고는 다시 서가를 둘러보기 시작했다.

"도대체 이세계에서 온 마왕이면서 한국 국회의원이 토론회에서 무슨 발언을 했는지 어떻게 아는 건지. 넌 그런 걸 언제 다 보고 그랬냐?"

"짐 역시 이 도시의 이민자이자 이웃으로서 지역 현안에 대해 주목할 의무가 있지 않겠나? 그대야말로 이곳 세계로 복귀한 지 얼마 되지 않은 입장인 만큼 좀 더 시사 문제에 관심 가질 필요가 있네."

나는 툴툴거리면서 마왕의 뒤를 따라 서점의 인파 사이를 헤쳐 나갔다. 마왕은 가끔 발걸음을 멈추고서 역사나 과학 그리고 사회과학 도서들을 훑어보다 바구니에 집어넣고는 했다.

"이곳에 와서 즐거운 점은 읽을 책이 넘쳐흐른다는 점이구나. 특히 인문학 쪽이 흥미로워. 마법이 없는 세계에서의 종교와 철학은 이런 방향으로 발전하는구나 싶어 질리지가 않네."

그렇다. 나는 마왕과 서점을 돌아다니면서 <이계전기>를 만들 때 필요한 자료들을 구매하러 왔다. 하지만 자료 구매라는 것은 어디까지나 핑계. 마왕이 사고 싶은 책들을 한짐 나르기 위한 일꾼으로 불려 나온 것에 불과하다.

나는 양손으로 마왕에게 건네받은 책 무더기를 한아름 안아 들고서 그의 뒤를 졸졸 따라다녀야만 했다.

"짐의 세계에서 본디 용사라 함은 원래 외부의 존재로서 그 세계를 관찰하고 판단을 내릴 제3자여야 했지. 그렇기 때문에 이러한 인문학적 지식을 바탕으로 신선한 가치관을 전수해주는 역할 또한 요구되거늘……. 아무래도 그대는 검은 잘 쓰더라도 그런 부분에서는 용사다운 역할을 제대로 수행하지 못했구나."

마왕은 쓰게 웃으면서 나를 질책했다. 당시 나는 고등학생이었는데 도대체 무얼 기대했단 말인가? 무엇보다 마왕의 용사관은 내가 연합군에서 들은 것과는 완전히 달랐다.

"하지만 연합군에서는 나에게 그러한 요청을 한 사람이 누구도 없었는걸? 옌다 왕은 물론이거니와 귀족 혹은 신관들 모두 그랬어. 나는 외부에서 온 존재니까 가급적이면 중립을 지켜야만 한다고. 이곳 세계에 소속된 사람들의 생각과 판단을 존중할 필요가 있다고.”

어느새 마왕은 계산대 앞까지 왔다. 마왕은 나에게 책 무더기를 건네받은 다음, 계산대에 서른 권가량의 책을 올려다 놓았다. 점원이 삑삑 바코드를 찍는 사이에도 마왕은 입을 멈추지 않았다.

“존중할 필요가 있다는 점은 동의하나, 그 존중할 대상의 기준이 너무나도 자의적이지 않더냐? 그대는 중립이었던 적이 없다. 연합군의 최전선에 서서 우리와 맞서 싸우지 않았더냐? 그렇지 않더라도 애초에 중립이라는 개념 자체가 허상에 가깝지. 나이도 어린 그대를 탓하는 것은 아니니 괘념치 말거라.”

“56만 9천1백 원입니다.”

“카드로 계산하겠습니다. 자, 이 봉투에 든 것은 그대가 읽으면 좋을 개론서니라.”

“엥? 나 읽으라고?”

“그래. 짐의 어시스턴트를 한다면 최소한의 상식 정도는 있어야 하지 않겠느냐? 그럼 서점에 온 목표는 다 마쳤으니 잠시 옆에 앉아서 차나 마시자꾸나.”

나는 군말 없이 책 봉투를 또 양손에 여럿 쥐고서 마찬가지로 책을 한가득 들고 있는 마왕의 뒤를 따라 매대 바로 옆의 카페로 이동했다. 마왕이 커피를 주문하는 사이,

나는 마왕이 구입한 책들의 표지를 훑어보면서 시간을 때웠다.

"여기, 그대 몫의 커피도 가지고 왔다. 마왕이자 고용주인 짐을 부려 먹다니, 그대도 제법 하는구나."

마왕은 내 앞에 앉아 음료를 들이켜며 농담을 던졌다. 나는 마왕이 자리에 앉기를 기다린 다음, 방금 대화를 하다 떠오른 의문에 대해 질문했다.

"마왕, 물어볼 게 있어. 지난 최종 결전 때 말인데……."

"그래, 무어가 궁금하느냐?"

"너는 마왕과 용사가 세계의 선택으로 정해진다고 했지? 그 세계에서 세력이 약한 종족 중 선택받은 이와 그 세계 바깥에서 선택받은 이에게 다른 누구보다도 강력한 마력이 주어진다고."

"그러했지."

나는 잠시 컵을 들어 커피를 들이켰다. 쓴맛이 입안을 감돌다가 식도를 타고 내려간다.

"연합군에서는 너더러 이곳 세계의 오점이라고 했어. 세상의 마력이 비정상적으로 누군가 한 명에게 집중되어 불균형이 생기고, 균형을 되찾기 위해서 외부의 존재인 내가 소환된 것이라고. 그래서 내가 용사로서 마왕을 없애야만 한다고도 했지."

마왕도 커피잔을 들어 한 모금 마시더니 빙긋 웃었다. 커피가 쓰지도 않나?

"그대가 보기에 짐이 그러해 보이는가?"

나는 조금 고민하다가 고개를 저어 보였다. 마왕은 그 정도 대답에 만족한 것만 같았다.

"짐과 그대가 서로 견제하기 위한 존재라는 주장까지는 동의한다. 짐이 그대를 쫓아 이곳으로 온 것도 칼드레아 대륙에 용사라는 반대쪽 무게추 없이 마왕만이 존재하는 상황은 오히려 더 정국을 불안하게 만드리라 생각했다 하지 않았더냐."

마왕은 테이블 옆에 놓인 책 봉투들을 발로 툭 건드리면서 말을 이어나갔다.

"결국 짐의 세계의 가장 큰 문제는 누군가에게는 마력이 주어지고 누군가에게는 주어지지 않는 불균형에서 온다. 그대가 살고 있는 이 지구는 마법이 부재하고 육체적인 한계 또한 분명하기에 공동체 내부의 협동과 조직화를 통해 문명을 발달시킬 필요가 분명했지. 정치 체계도 민중에게 권한이 주어진 다음 그 권한을 대표성을 가진 이들에게 위임하는 형식으로 이뤄지고. 하지만 짐의 세계는 짐이나 그대처럼 타인에 비해 보다 강한 마력을 가진 이의 성정과 판단에 너무 많은 것을 의지하고는 만다. 마력이라고 하는 불균형하고 불안정적인 재원을 바탕으로 문명을 쌓으려니 어쩔 수 없는 노릇이겠지. 물론 그대의 세계도 자본의 불균형에 의해서 여러 가지 문제가 일어나고 있는 것 같다만."

마왕은 다시 한번 커피잔을 들이켜고는 나를 바라보았다. 이제야 알아차린 사실인데, 마왕의 눈동자는 황금빛이었다. 왜 이제까지 몰랐던 것일까?

"짐이 궁금한 것은 그대가 왜 이곳으로 돌아왔느냐다. 그대는 짐의 세계에서 명예와 권력 그리고 부를 한 손에 거머쥘 수 있었다. 물론 옌다 왕처럼 아닌 척 그대를 시기하고 훼방 놓던 이도 있겠으나…… 지구에서보다는 편히 지낼 수 있었을 터였다. 그런데 왜 그 모든 것을 버리고 이곳으로 돌아왔지?"

나는 아무런 대답도 하지 않고서 커피잔의 얼음이 녹아 미끄러지는 모습을 바라보기만 했다. 마왕은 참을성 있게 나의 침묵을 함께 지켜주었다.

커피잔에 맺힌 물방울이 바닥에 원을 그릴 무렵에야 나는 대답을 떠올릴 수 있었다.

"아마 그곳에서는 조금 외로웠던 것 같아."

마왕은 내 대답이 의외라는 듯 눈을 크게 떴다가 다시 질문했다.

"여기서는 외롭지 않고?"

나는 다시 커피를 들이켰다. 얼음이 녹아 연해졌음에도 불구하고 여전히 쓴맛이 입안을 감돈다.

"별반 다른 것 같지는 않네."

"도영 씨, 저 왔습니다."

검은 머리의 지박령이 무뚝뚝한 표정으로 나를 반겼다. 나는 효자손―성검을 옆구리에 찬 채 작업실로 들어갔다.

"사 오라고 하신 과자가 이거죠?"

나는 편의점에서 잔뜩 집어온 과자 더미를 TV 앞 테이블에 죽 늘어놓았다. 오늘은 다 같이 개인 스트리밍 방송을 보기로 한 날이다. 어디서건 볼 수 있는 방송을 굳이 함께 모여서 보기로 한 이유는 간단하다. 마왕의 작업실에 있는 커다란 TV로 보고 싶었기 때문이다.

도영 씨는 능숙하게 리모컨을 조작해 TV로 애플리케이션을 작동했다. 일반적인 지박령은 물건을 쥐기는커녕 알아볼 수 있는 형상을 취하는 것조차 어렵다. 하지만 도영 씨는 마왕의 막대한 마력과 연결되어 있어, 일상생활을 영위하는 것을 넘어 자기만의 웹툰 작업까지 진행하는 중이다.

"용사님, 이제 나옵니다!"

내 옆구리에 데롱데롱 달려 있던 효자손―성검이 나를 재촉한다. 나는 과자 봉지를 연 다음에 감자칩을 하나 입에 집어넣고서는 TV를 바라보았다. 그리고 그 TV 속에는, 거참, 웹툰 리뷰 전문 채널의 운영자가 마왕과의 인터뷰를 진행하고 있었다.

"마왕이 개인 방송에 나와 자기가 그린 웹툰에 대한 인터뷰를 하고 있다니."

이번에는 탄산음료를 하나 꺼내 마시며 소회를 밝혔다.

"이 세상도 말세구만."

나의 비아냥이 들리지도 않을 테니, 화면 속 마왕은 운영자의 질문에 웃으면서 대답하고 있었다. 붉은 머리에 세 방향으로 난 뿔 그리고 황금빛 눈동자가 비치고 있지만 다들 오늘도 아오암 작가가 코스프레를 잘하고 왔구나 생각하고 말 뿐이었다.

—아오암 작가님, 현재 <이계전기>는 한창 마왕군과 연합군 사이의 갈등이 진행 중인데요. 두 세력 사이에서는 빙산마신, 용암마신, 사철마신, 독혈마신까지 총 네 마신과 관련된 작전이 진행되었습니다. 다음 전개는 어떻게 구상하고 계신가요?

—수정마신과 창검마신이 다음 대립의 열쇠로 나올 예정입니다.

—지난 에피소드는 은연중에 신촌에서 진행 중인 젠트리피케이션에 대한 비판적인 주제의식이 담겨 있었다는 평가였는데요. 이번에도 시사적인 내용이 담겨 있을까요?

—딱히 의식적으로 주제를 담으려고 하는 편은 아니에요. 하지만 제가 일상적으로 지켜보고 경험했던 일들은 크건 작건 사회문제와 연결될 수밖에 없고, 그러다 보니 자연스럽게 시사적인 내용이 담기게 되는 것이지요.

우우. 우우우. 나는 마왕이 당당하게 거짓말을 하는 모습을 보고 야유했다. 나는 마왕이 각 챕터마다 어떤 주제

를 담을 것인지 항상 고민하고 서점에서 그와 관련된 사
회문제를 다룬 책을 몇십만 원씩 구매하는 걸 직접 보지
않았던가?

도영 씨는 마왕의 동거인이자 웹툰 스승이라서인지 야
유를 던지는 나를 매서운 눈으로 노려보았다. 아니면 그
저 지박령이어서 표정이 원래 안 좋은 상태로 나를 바라
본 것일지도 모르겠지만.

―자, 다음으로는 이 밈에 대해서도 이야기를 해볼까
요? 옌다 왕의 절규! 요즘 SNS나 유머 게시판에서 온갖
종류의 방식으로 패러디가 되어서 돌아다니고 있지요!

운영자는 지난번에 내가 마왕에게 보여주었던 컷과 패
러디들을 화면에 띄웠다. 옌다 왕이 "마족만 쫓아내면 다
된다고!"라고 외치며 우스꽝스러운 표정으로 변명하는
장면 이야기다. 그중에는 당연히 황윤평 의원이 이상한
표정을 짓는 짤방도 포함되어 있었다.

―<이계전기>는 사실적이고 디테일한 묘사로도 평가
가 높은데요. 특히 이렇게 악역 캐릭터들의 얼굴을 섬세
하게 망가뜨리는 장면들이 큰 인기입니다. 이런 장면을
연출하시는 이유가 있을까요?

―아무래도 비판받아 마땅한 인물들이니까요. 깊이 있
고 입체감 있는 악역이라면 모를까, 이렇게 한심하고 어
리석은 악역들은 괜한 무게감을 주는 것보다 우스꽝스럽
게 풍자하고 놀리는 편이 효과적이에요. 이렇게 하면 악

역은 친숙하고 놀릴 수 있는 존재가 되지요. 이는 해결할 수 있는 존재로 여겨지게 되는 것이기도 해요.

나는 내 얼굴을 못생기게 그린 웹툰 작가가 나를 왜 이렇게까지 못생기게 그려야 하는지에 대한 일장 연설을 들으면서 내가 도대체 뭘 하고 있는가에 대한 회의가 들었다. 저게 진짜.

어쨌든 <이계전기> 연재는 순항 중이다. 담당자인 안영은 PD도 작품의 프로모션을 적극적으로 넣고 있는 데다, 황윤평 의원을 풍자한 짤방이 뉴스까지 타는 바람에 이슈몰이가 잘 되어 점점 인기가 오르고 있다. 하지만 역시 기본적으로 작품의 완성도가 높은 덕이 가장 클 것이다.

―역시 최악의 캐릭터는 용사죠. 힘 좀 세다고 의무교육을 갓 마친 미성숙한 고등학생에게 칼을 쥐어 준 다음 사람을 죽이라고 하면 이렇게 되는 겁니다. 절대로 하면 안 될 일이에요.

나는 푸하하 웃으면서 손뼉을 쳤다. 지박령 도영 씨도, 효자손이 된 성검도 피식 새어 나오는 웃음을 멈추지 못했다. 마왕이 모처럼 맞는 말을 했다. 그래, 용사는 소년병이 맞지.

똑똑.
똑똑똑.

창밖에서 무슨 소리가 나 눈이 떠졌다.

지금은 아직 밤. 그것도 달이 뜬 각도로 보아 아주 깊은 밤. 그런데 내 자취방은 반지하라 달이 보이지 않을 텐데 왜지? 아, 그렇군. 마왕의 작업실 옥탑방 소파에서 마왕이 나오는 라이브 인터뷰 영상을 보다 잠들었군.

나는 창밖의 소리를 확인하고자 몸을 일으켜 바깥을 바라보았다. 그곳에는 붉어야 할 머리칼이 푸른 달빛을 받아 보랏빛을 반사하고 있는 마왕이 허공에 뜬 채 창문을 두드리고 있었다. 나는 하품을 하며 창문을 열고 마왕을 안으로 들여보냈다.

"뭐야, 지금 왔어?"

"그러하다. 안영은 PD가 인터뷰 반응이 좋다면서 뒤풀이를 하자고 했노라. 법카로!"

마왕은 웃으면서 내게 자랑했다. 한때 남부의 금광을 독점했던 마왕답지 않은 소박한 과시다.

마왕한테서는 은은하게 술 향기가 났다. 아무래도 몇 잔 꺾은 모양이다. 다행인지 불행인지, 나나 마왕은 마력만큼이나 독에 대한 내성조차 강력해서 별다른 취기는 보이지 않았지만 말이다.

"안영은 PD의 말로는 이번에 <이계전기>에 대한 긴 비평이 일간지에 실리고 반응이 좋아 인터뷰까지 제안을 받았다는구나. 기쁘지 아니하느냐."

"잘됐네, 마왕."

"당연한 일이지. 하지만 그런 빈말로는 모자라다. 용자여, 일어나거라. 축배를 들자꾸나!"

마왕은 내게 병 하나를 들어 보이며 말했다. 그리고 그 병은…… 세상에나.

"야, 그 병은 봉마병이잖아? 거기에 거대마신들을 봉인했다고 하지 않았어?"

"그러하다. 이 병은 그중에서도 독혈마신을 봉인한 병이지. 어떠한가. 그대와 짐은 방대한 마력으로 어지간한 독은 다 해독하지만, 독혈마신의 독이라면 그대와 짐조차 취할 수 있지 않겠느냐?"

세상에나. 인삼주나 매실주 그리고 뱀술 같은 담금주 이야기는 들어봤지만 독혈마신을 담가 만든 술이라니. 마왕다운 스케일이라면 마왕답다고 할 수 있는 이야기다.

"잠시만 봉마병을 해제해서 독혈마신에게 술을 받아내자꾸나. 어떠한가?"

나는 봉마병을 술병처럼 흔들고 있는 마왕을 바라보았다. 이번에도 크게 입을 벌려 숨을 쉬었다. 다만 이번은 하품이 아닌 한숨이었다. 그래, 저 주정뱅이가 신촌 한복판에 봉마병 속 거대마신을 해방하지 않도록 감시할 사람이 하나는 필요하겠지. 나는 마왕을 따라 허공을 날아 옥탑방의 창문 밖으로 나갔다.

마왕과 나는 오래도록 밤하늘을 걸었다. 독혈마신처럼 크고 강력한 존재를, 그것도 숨결조차 독안개가 되어 주변을 중독시키는 괴수를 개방하려면 어지간히 큰 구름 위는 되어야 할 터였다. 하지만 어딘가 서두르고 싶은 기분도 아닌지라, 마왕과 나는 느릿느릿, 가끔 구름 사이로 비치는 달빛을 맞으면서 하늘 위로 걸어갔다.

사람들이 상상하는 것과 달리 하늘 위를 나는 일은 그렇게 신나지 않는다. 지표면에서 멀어질수록 바람도 거칠고 온도도 낮다. 자칫하면 바닥에 추락할지도 모른다는 위기감이 자유롭게 하늘 위를 거니는 해방감보다 더 크다. 하지만 마왕은 자전거를 타고 언덕길을 내려갈 때 두 손을 놓는 어린아이들처럼 신이 나서 밤하늘을 헤쳐 올라갔다. 어쩌면 그 뒤를 쫓는 나 역시 그랬을지도.

서울의 하늘은 올라가면 올라갈수록 더 많은 빛이 보인다. 위로는 광해에 지워졌던 별빛이, 아래로는 도심의 불빛들이 보이면서 제법 봐줄 만한 풍경이 되는 것이다.

마왕은 적당한 구름을 골라 그 위에 올라탔다. 올라탔다고는 해도 그 위를 날고 있는 것이지만. 다음으로는 봉마병의 마개를 열어 독혈마신을 해방했다.

독혈마신은 이름 그대로 피조차 검푸른 독이 끓는 마신이다. 17미터 정도 될 육중한 거체는 낭포가 곳곳에 자라난 부패한 고깃덩어리를 철근과 쇠사슬로 억지로 기워 놓은 모양에 곳곳에서 암녹색의 끈적한 점성을 한 독액을 흘리고 있어 강한 위압감을 주었다. 등뼈는 칼날처럼 솟구쳤고 두껍고 큼지막한 손발톱은 군데군데가 깨져 있어 스치기만 해도 살갗이 찢길 것이 분명했다.

마왕이 뒷주머니에서 크리스탈 잔 두 개를 꺼내서 독혈마신의 충혈된 눈가에 대자, 독혈마신은 눈을 깜빡이며 눈물을 흘렸다. 잔을 다 채운 뒤 마왕은 커다란 통까지 소환해서 남은 눈물을 받은 뒤, 다시 봉마병에 독혈마신을 봉인하였다. 독린지(毒鱗地)의 지배자가 고작 눈물을 흘리기 위해 봉인에서 풀려날 줄은 당사자도 상상해본 적 없는 일일 터였다.

마왕은 나에게 잔을 건넸다. 나는 천천히 잔을 기울여 그 안에 든 눈물을 맛보았다. 독혈마신의 눈물은 감미롭지만 치명적인 독주(毒酒)로 악명이 높다. 그 한 모금을 입안에 머금으니 꿀에 절인 백도 한 궤짝을 농축시킨 것과 같이 달콤한 향이 부드럽게 혀를 감싼다. 하지만 입안에 머물던 강렬한 꽃향기는 곧 금속성의 쓴쓸함으로 바뀌고, 어지간한 독에는 전부 면역인 나의 혀에 얼얼한 마비감이 스며든다.

나는 그 차가운 눈물을 삼켜보았다. 이번에는 녹인 쇳물을 삼키는 것처럼 찐득하게 타오르는 열기가 식도와 위장을 타고 불길처럼 몸속을 채운다. 그래, 이런 것이 취기라는 것이겠지.

"그래서, 진짜로 여기는 왜 온 거야?"

그리고 나는 취기의 도움을 받아 처음에 묻고 다시 꺼내지 못했던 질문을 던졌다. 마왕은 이번에도 피식 웃고는 가볍게 대답했다.

"이미 말했지 않나. 그대를 보러 왔다고."

나는 다시 한번 잔을 기울였다. 독만이 줄 수 있는 열기가 몸속을 감돌기 시작한다. 마왕은 내 침묵이 마음에 들지 않았는지 이야기를 조금 더 이어나가기 시작했다.

"대륙에 남아 있었다면…… 그래, 아무래도 쓸쓸했을 것이다. 오로지 나 홀로 강대했을 테니."

"재밌군. 모든 절대권력의 독재야말로 왕들의 꿈 아니야?"

마왕은 쓰게 웃고는 대답했다.

"아니, 그건 모든 왕의 악몽이다. 절대권력의 독재를 자신의 꿈이라고 착각한 이들은 그를 실현해냈을 때야말로 비로소 그것이 꿈이 아닌 악몽임을 깨닫게 되지."

마왕도 잔을 기울여 독주를 벌컥 들이켰다. 아무래도 저 친구도 쌓인 게 이래저래 많은 게 맞다니까.

"만약 그대가…… 그래. 그대가 다른 이들보다 더 압도적으로 우위에 있고 싶다고 해보지. 그렇다면 아주 간단한 방법이 하나 있느니라."

"뭔데?"

"이미 성인이 된 그대가 다솜유치원 해바라기반으로 전학을 가 해바라기반의 원아들과 경쟁을 하는 것이다. 그렇게 하면 그대는 다른 동급생들보다 산수도 잘하고 맞춤법도 잘 맞추고 그림도 잘 그릴 것이다. 하다못해 해바라기반 전원이 그대에게 덤벼들더라도 그대는 한 대도 맞지 않고서 해바라기반 학생들을 쓰러뜨릴 수 있을 테지."

"아주 끔찍한데……."

마왕은 슬며시 웃었다.

"그래, 그것이 절대권력의 독재가 이루어진 순간이다. 강력한 권력으로 누군가의 어떠한 반론도 용인하지 못하는 상태는, 그래……. 어리석은 이들이 그를 동경할 수 있으나, 실상 이뤄진 순간은 그저 꼴불견에 불과하다."

그 이야기가 이해가 가지 않는 것은 아니었다. 나 역시 지구로 돌아와서 남들보다 강한 마력을 갖고서…… 그저 그렇게 지내고만 있을 뿐이었으니.

"어리석은 자만이 압도적인 권력을 쥐고 약자들을 깔아뭉개기를 기도한다. 현명한 자는 자신과 대등한 자들 사이에서 노력과 협력 그리고 논의를 통해 나와 다른 이들 모두의 발전을 도모하고."

"잘나셨다, 그래."

나는 그 이야기를 들은 뒤에 또 꼬리를 물듯 의문이 이어졌다.

"그러면, 네가 지구로 온 이유가 그거야? 너와 대등한 힘을 가진 나와 노력하고 협력해서 우리 모두의 발전을 도모하게?"

마왕은 큭큭거리며 웃다가 다시 독주를 들이켜는 것으로 대화를 잠시 멈추었다. 마왕은 자신의 선택에 대해 설명할 단어들을 조금 더 고르고 싶은 모양이었다.

"그렇지. 그대와 짐 사이에는 아직 결판이 나지 않지 않았느냐."

"뭐. 붙게?"

내가 대꾸하자 마왕은 아주 배가 터져라 웃기 시작했다.

나는 잠깐 그 청량한 웃음에 귀를 기울였다. 구름 위 하늘에서는 누가 들을 것을 생각하지 않고 마음껏 웃을 수 있어 좋았다. 마왕은 웃다가 눈물이 났는지 눈가를 훔치면서 이야기를 이어나갔다.

"그것도 나쁘지 않은 방법이기는 하지. 하지만 결판이라는 놈은 얄궂게도 승패만으로는 정해지지 않는 법이다."

"그럼 어떻게 나는데?"

"결론이 날 때까지 이야기를 하는 방법밖에 없더군. 그리고 짐이 보기에 웹툰은 제법 좋은 대화 수단이더구나."

마왕은 기분 좋게 잔을 비운 다음, 옆에 놓인 통에서 독혈마신의 눈물을 퍼냈다. 그런 다음에는 나에게도 질문을 던졌다.

"짐은 그대가 왜 짐과 함께하는지가 궁금하구나."

나는 잔을 빙글빙글 돌리다 대답했다.

"봉마병 때문이지."

"봉마병을 갖고 가고 싶다면 짐에게 검으로 도전해서

가져가는 방법도 있었을 텐데? 짐이 어떻게 약속을 지킬 줄 알고?"

나는 미간을 찌푸리다 대답했다.

"모르지."

"모르겠나?"

"믿는 거지, 뭐."

마왕과 나는 아무런 말도 하지 않은 채, 그저 구름 위에 누워 커다란 달빛을 바라보며 끊임없이 술잔을 기울였다. 언제까지고 그러할 수 있는 것처럼.

나는 술잔을 끝까지 들어 마지막 한 방울까지 삼키려고 했다. 더 이상 남은 술은 없다. 하품이 나오는 것을 보니 어지간히 취한 모양이다. 마왕과 나는 알딸딸하게 취한 채 더 이상의 술도 없이 그저 허공에 떠 있기만 했다.

"거대마신들에게는 이렇게 다양한 활용법이 있는데도 말이다."

마왕은 여전히 마신전쟁에 대한 아쉬움에서 헤어나오지 못하는 모양이다. 그다운 모습이다.

"다른 마신들은 어떻게 쓸 수 있을 것 같은데?"

"빙산마신이라면 식자재 관리와 냉방에 쓸 수 있겠지. 용암마신이라면 발전소로 쓸 수 있을 테고. 하다못해 그 거대한 크기와 압도적인 힘을 활용해 건설업이라도 할 수 있지 않겠느냐?”

마왕도 방금 전의 나처럼 잔을 끝까지 들어 마지막 한 방울이 남지 않았기를 기도했다. 마왕에게도 남은 술은 없었다.

“아쉬우나 축배는 여기까지 들기로 하지. 제법 술이 과했구나.”

“그러자.”

“잠깐. 안영은 PD한테 톡이 왔다. 이것만 확인하고 가도록 하지. 여기까지 전파가 닿다니, 기술도 좋군. 아니면 오히려 구름 위라서 더 전파가 잘 통하나? 음······?”

마왕의 얼굴에 은은한 불쾌함이 떠올랐다. 술에 취한 탓은 아닌 느낌이다. 도대체 무슨 상황이지?

마왕은 미간을 찌푸리며 나에게 휴대폰을 가볍게 던졌다. 나는 간단하게 휴대폰을 건네받아 안영은 PD가 보낸 톡을 읽었다.

“당분간 덧글을 보지 말라고? 이게 무슨 소리야?”

“모르겠구나. 작가가 독자들의 피드백을 피하라니, 납득하기가 어려운 조언이거늘.”

마왕과 나는 취기가 오른 상태에서 더 긴 이야기를 하기 어려웠다. 그래서 우리는 일단 자리를 파하기로 한 뒤, 각자의 집으로 돌아갔다. 모처럼의 술자리가 어색하게 끝이 난 셈이다. 하지만 크게 아쉽지는 않았다. 술자리는 조만간 다시 잡으면 되니 말이다.

그랬다. 그때까지는 마왕도 나도 술자리는 조만간 다시 잡으면 되는 그런 자리라고 생각했다. 다음 날 아침이 되기 전까지는 둘 다 그렇게 생각했다.

다음 날 우리는 작업실에 모여 굳은 표정으로 화면을 바라보았다. 지박령 도영 씨도, 성검도 염려스러운 표정으로 화면을 바라보았다. 마왕에 대한 악플이 쏟아지고 있었던 것이다.

―작가의 사상이 의심됨. 왜 이렇게 작품 안에 자꾸 정치적인 소재를 섞는 거지? 웹툰은 그냥 마음 편하게 보고 싶은데 자꾸 가르치려고 드니까 짜증 남.

이런 식으로 <이계전기> 연재에 난항이 있으리라고는 상상도 하지 못했는데 말이다. 안영은 PD가 마왕에게 당분간 덧글을 보지 말라고 한 이유를 알 것 같았다. <이계전기>의 한 장면을 수정해서 황윤평 의원을 풍자한 짤방이 뉴스를 탄 이후로, 황윤평 의원의 팬덤이 우르르 몰려와서 악플을 달기 시작한 것이다.

이제 내 얼굴이 못생기게 그려진다는 수준의 문제는 문제도 아니다. 악플러들은 작품에 대해 온갖 종류의 이상한 시비를 걸기 시작했으니 말이다. 도대체 뭐 하자는 놈들인지.

―아오암 작가 예전에 운동권으로 유명했다던데? 같은

대학 나온 동기라는 사람에게 들었음. 시도 때도 없이 신입생들 꼬드겨서 집회 현장 나갔다가 연행되게 만들어서 학부모들한테 소문 안 좋게 퍼졌다고 그랬음.

—저 덧글 진짜임. 아오암 작가가 다닌 전공에서 저 이야기 아직도 전설처럼 내려옴. 아오암 작가 저렇게 사고 친 이후로 학생회는 활동 제대로 하지도 못하고 뒤로 물러남. 정작 아오암 본인은 다른 전공으로 전과해서 똑같은 짓 하려다 공론화되고 물러남.

가장 놀라운 악플들은 이렇게 마왕의 과거에 대한 폭로를 하는 악플들이었다. 마왕이 한국에서 대학을 나온 사람이었고 운동권이었다니. 사정을 아는 내 입장에서 보노라면 아주 참신한 헛소문이었다. 혹시나 싶어 성검에게 마왕군의 교육과정 중에 대학이 존재하는지 물어봤지만 역시나 그런 건 없다고 했다.

악플러들은 한여름의 매미처럼 덧글창에 달라붙어 시끄러운 소음을 부풀렸다. 노이즈, 노이즈, 노이즈. 아무런 의미도 없는 소란의 반향이 덧글창을 가득 채우고 공명해 다른 제대로 된 소리를 지워버리기 시작했다.

—<이계전기>의 이계가 어디인지 암? 여기 중국임. 척봐도 중화사상으로 가득한 게 보이지 않음? 용사는 이언 매켄지가 모델임. 이건 내가 그림을 그려봐서 아는데, 이언 매켄지를 아주 기분 나쁘게 캐리커처 한 게 용사 얼굴임.

이언 매켄지가 누군데? 아니, 인종차별주의자 인플루언

서라고? 내가 이런 놈을 닮았나? 내가 그렇게 못생겼어?

나는 화장실로 달려가 내 얼굴을 확인해보았다. 아니었다. 여전히 내 얼굴은 다이아몬드처럼 빛나고 진주처럼 영롱했다. 아무리 못생기게 데포르메가 되어 그려졌다고 해도 그렇지, 어딜 감히 내 국보급 얼굴을 인종차별 인플루언서와 비교를 한단 말인가.

정말이지 한숨만 나왔다. 온갖 종류의 악의적인 루머가 덧글창을 도배하고 있었다. 출처도 없고 있어도 거짓인 이야기들로 마왕과 <이계전기>를 공격하는 사람들로 넘쳐났다.

―결국에는 전범 미화네.

―그래서 이 작품이 말하고 싶은 게 뭔데? 모든 짱개가 나쁜 짱개가 아니다? 모든 짱개가 착한 짱개고 니네가 나쁜 새끼들이다?

―작가 머리 붉게 물들이고 뿔 달고 다니는 거 증거 사진으로 돌아다닌다. 작가는 사탄추종자가 분명하고 이 만화는 악마의 만화다.

―이 웹툰 연재 진행 중인 플랫폼, 정부에서 지원금 받고서 이런 웹툰 연재하는 거임. 친중 정부가 빨갱이 작가 양성해서 청소년들 다 친중으로 만들고 국어시간에 중국어 가르치려고 이럼.

안영은 PD는 이런 덧글들을 다 막을 수는 없다고 말했다. 일단 보이는 대로 신고를 하고 차단할 수는 있지만,

그럴 경우에 오히려 더 큰 논란이 일어날 수도 있어서 조심스럽게 접근해야 한다고도 했다.

"그 와중에 마왕이 사탄추종자라고 덧글을 적은 사람도 있네. 마왕이 추종자로 불리면 좀 격하된 거 아닌가?"

나는 탄산음료를 하나 꺼내 마시며 소회를 밝혔다.

"용사님, 그렇게 말씀하시는 건 좀……."

성검마저 내게 눈치를 주다니. 나는 농담이라고 한 소리인데 아무래도 내가 눈치 없기는 없었나 보다.

그 사이, 도영 씨는 무척이나 바쁘게 움직이고 있었다. 온갖 종류의 온라인 커뮤니티 사이트를 돌아다니며 마왕에 대한 사이버불링 글들을 체크하고 PDF를 뜬 다음 그 게시물 작성자들의 과거 작성글이나 개인 SNS 계정을 추적하며 아카이빙을 하고 있었다.

몇 시간 뒤, 나는 도영 씨가 최종적으로 정리한 <이계전기> 악플러들에 대한 192쪽짜리 대응 전략 보고서를 보고 경악을 금하지 못했다. 적지 않은 부분이 스크린 샷이기는 했지만, 그래도 이 짧은 시간에 이런 완성도 높은 구성과 자료 그리고 전략을 짜낸 보고서라니.

"도영 씨, 도대체 이걸 어떻게 다 하신 거예요?"

검은 머리의 지박령은 무뚝뚝한 표정으로 엄지를 들어 보였다. 나는 효자손─성검으로 머리를 긁으며 감탄을 금하지 못했다.

"도영 씨도 도영 씨만의 전장을 거쳐 오셨구만요."

"과연, 이곳이라고 해서 크게 다르지는 않군."

마왕은 한 손으로 꾀죄죄한 차림의 아저씨의 목을 조르며 들어 올린 채 그렇게 말했다. 그 모습을 보고 있노라니 입안이 쓰다.

"죽이지는 마."

마왕은 내 만류가 의외라는 듯 눈을 크게 떴다가 대답했다.

"그대에게는 짐이 그럴 성격으로 보였나?"

마왕에게 붙잡힌 남자가 바닥에 지린 오줌이 내 발밑으로 흐르는 것을 피하면서 나는 대답 또한 피했다.

마왕은 나의 대답을 기다리지 않고서 남자를 바닥에 떨어뜨렸다. 나는 남자의 손을 붙잡고 일으켜서 그가 운영하던 작업장의 소파에 앉혀주었다.

도영 씨가 정리한 보고서에 따르면, 아오암 작가와 〈이계전기〉에 대한 악플들은 셋 정도의 역바이럴 업체에서 기획적으로 들어온 사이버불링이었다. 아주 각 잡고 본격적으로 들어온 공격이었던 것이다.

그리고 그 사실을 확인한 마왕은 즉시 자신을 공격하고 있는 역바이럴 업체 중 가장 큰 곳을 찾아와 이렇게 난동을 부린 것이다.

"짐이 궁금한 것은 어찌하여 짐과 짐의 작품을 모독하는 덧글을 달았느냐는 것이다. 기실 어떤 내용이건 짐과 짐의 작품에 대해 문제점을 짚는 비평과 분석은 환영하는 편이었으나, 이렇게 인공지능 프로그램을 돌려가며 수천, 수만 개의 거짓으로 가득한 게시물을 올린다면 그때는 이야기가 달라지지.”

마왕은 다시 한번 소파에 앉은 남자, 역바이럴 전문 브로커의 목을 발로 짓누르면서 나를 바라보았다. 마왕의 황금빛 눈동자가 이글이글 불타오르고 있었다. 나는 역바이럴 전문 브로커의 입장을 대신해 설명해주었다.

“아마 의뢰인이 있었겠지. 네 세계와 다를 거 없어. 마왕, 너를 개인적으로 싫어하거나 공적으로 방해된다고 여기거나 하는 사람을 향해 마타도어, 흑색선전, 프로파간다……. 이런 걸 저지르는 거지.”

마왕은 작업장에 설치된 컴퓨터들을 하나하나 박살 내며 불평했다.

“참으로 잘하는 짓이로구나. 결국 거짓과 위장으로만 자기 자신을 증명할 수 있다면, 타인보다 우위에 설 수 있다면 기실 이는 진정한 의미로의 승리가 아닌, 모두가 퇴행하는 악순환의 고리에 빠지는 일이지 아니하느냐?”

나는 대답을 하지 않고 그저 고개를 끄덕이기만 했다. 아마 어떤 대답을 하더라도 마왕은 만족하지 못했을 테니까.

“그대가 뱉은 말 중 하나라도 짐에 대한 진실이 있었는가?”

마왕은 다시 한 손으로 역바이럴 전문 브로커의 목을

조른 채 그를 들어 올렸다. 여전히 화가 풀리지 않는 모양이다.

"그대들은 이곳 세계의 오물이구나. 세상에 대한 발언권을 비정상적으로 소수의 몇 명이 독점하게 하려고 하는 오물들. 이렇게 물리적으로 두들겨 박살 내고 바다에 흘려보내지 않는 한 씻겨지지 않을 더러움이로다."

나는 조심스레 손을 들어 마왕을 말렸다. 역바이럴 브로커는 이번에는 똥마저 지린 모양인지 불쾌한 구린내가 공간을 메운다.

"더 더러워졌잖아."

"그대는 의뢰인이 있을 것이라고 했지? 그 의뢰인의 정체는 무엇이냐? 무슨 원한으로 잠자코 이곳 세계에 녹아 지내려고 했던 짐의 역린을 건드리고 격노케 한 것이냐?"

"황윤평…… 황윤평 의원실입니다."

"……무어라?"

마왕은 내 옆에 역바이럴 전문 브로커를 던져버렸다. 나는 마왕이 자리에 앉기를 기다린 다음, 방금 대답을 통해 유추한 가설을 정리해주었다.

"놀랍지는 않군. 정치인들은 이런 역바이럴 업체의 단골들이니까. 아마 자기 얼굴이 네 작품에 합성되어서 짤방으로 돌아다니는 모습이 영 눈꼴사나웠나 보다."

마왕은 어이가 없는지 더 이상 별말을 하지 않았다. 그저 의자에 앉은 채 골똘히 무슨 생각만을 하고 있었을 뿐.

나는 마왕이 갑자기 자리에서 일어나 황윤평 의원을 직접 두들겨 패러 가지는 않을까 걱정되었다.

"받아라. 짐이 부순 것들에 대한 값이다."

마왕은 바닥에다 만 원짜리 몇 장을 뿌렸다. 방금 부순 컴퓨터의 시세를 모르는 것은 아닐 테니, 영 화가 가라앉지 않은 모양이다. 마왕은 역바이럴 전문 브로커에게 추적마법까지 걸어버렸다. 앞으로 이 남자가 어딜 가건 마왕은 그의 행방을 알아낼 수 있을 터이다.

"다음에 또 이딴 수작질을 해서는 안 될 게다. 이곳 세계에서 짐으로부터 그대를 지킬 수 있는 것은 그대의 개심 외에는 아무것도 없으니 말이다."

마왕은 그대로 자리에서 일어났다. 나 역시 마왕이 살인을 저지르지 않았다는 것에 만족하며 그 뒤를 따라 걸었다. 그러던 와중, 마왕은 역바이럴 전문 작업장의 컴퓨터 한 대 앞에 멈춰 섰다.

"이 그림은 뭐지?"

마왕이 가리키고 있는 모니터 안에는 황윤평이 상당히 미화된 얼굴로 그려진 채 '중국인만 내보내면 다 된다고!'라고 외치고 있는 그림이 그려져 있었다.

"이런 역바이럴 업체는 바이럴도 진행을 하고는 하지. 아마 황윤평 의원의 의뢰로, 황윤평이라는 사람은 이민자 정책에 있어서 강경하게 배척하는 입장을 취하는 강력한 지도자가 될 거라는 메시지를 담아 이 이미지를 만들었을 거야."

마왕의 손길이 붉게 타오르기 시작했다. 이런.

쾅, 하고 폭음이 몇 번이고 끊임없이 이어졌다. 마왕 앞에 놓여 있던 모니터와 컴퓨터는 흔적도 없이 사라졌다.

"골계롭지도 않은 일이로구나."

"이야기 좀 하자. 잠깐 작업은 멈춰도 좋으니까."

나는 마왕과 작업실에 돌아간 뒤, 잠깐 대화를 하자고 요청했다. 어쨌든 마왕이 저지른 일은 불법 침입 및 폭행에 해당하는 일이었다. 아무리 상대가 범죄자라고 한들, 어떤 형태로든 문제가 될 일이기도 했다.

"무엇에 대한 이야기를 한단 말인가? <이계전기> 덧글에서 불만을 표하는 의견은 거짓 선동이거나 프로그래밍된 인공지능 혹은 그에 속아 넘어간 이들이 대부분이었지 않은가. 주동자를 징벌했으니 당분간은 무탈할 터이다."

"무탈하기는! 이미 찍힌 건 쉽게 바뀌지 않아. 무엇보다 아까 역바이럴 전문 브로커는 범죄의 영역에 있는 놈이니까 너를 고소하거나 하진 않겠지만, 의뢰인인 국회의원 황윤평은 여전히 너에 대한 불만이 있을 거야."

"그러면 그자도 처리하도록 하지."

"아니, 그땐 나부터 너를 막을 거야. 국회의원은 좋건 나쁘건 국민의 대리인이고 너뿐만 아니라 그 누구든 물리적인 폭력으로 위해를 가하는 것으로 그 의견을 바꾸게 둘 수는 없어."

"그자가 거짓으로, 불법으로 타인을 괴롭힐 때조차?"

"법적으로 처분을 받도록 노력할 수는 있지만, 그 외의 폭력적인 방법은 긴급사항이 아니면 사용하지 않을 거야."

성공했다.

"그래. 이곳 세계의 손님인 나로서는…… 이곳 세계의 제도를 존중할 필요가 있겠지."

나는 간신히 마왕을 설득했다는 생각에 안도의 한숨을 쉬었다. 어쨌든 국회의원을 건드리는 순간 공권력과 맞서게 될 것이고, 마왕이 공권력에 지지는 않겠으나, 마왕이 공권력을 완전히 제압하는 경우에는 너무나 많은 것들이 달라지게 된다.

……그렇게 안심한 탓에, 나는 그만 해서는 안 되었을 이야기까지 꺼내버리고 말았다.

"알아줘서 살았다. 그러니까 당분간 <이계전기>는 시사적이거나 정치적인 내용은 조금 덜어내고 용사와 마왕의 싸움을 중심으로 판타지 세계관에 대한 묘사를 좀 더 집중하자. 여러모로 민감한 부분은 넘어가는 편이 순위 올리기에도 좋지 않겠어?"

마왕의 분노로 가득 찬 표정.

"지금 무어라고 했지?"

"그, 민감한 부분은…… 넘어가자고……?"

마왕은 자리에서 일어나 방금 꺼낸 말을 끝마치지 못하는 나의 얼굴을 찬찬히 뜯어보았다. 눈썹까지 파르르 떨면서. 나는 어떻게든 살기를 억누르는 마왕을 보며 놀란 마음을 어떻게든 감추고, 상황을 진정시켜 보려 했다.

"당분간은, 말이지. 일단 사람들의 관심이 사그라들 때까지만이라도 좋으니까. 당분간이라고 해도 그렇게 길지도 않을 테니까. <이계전기>를 연재한 것도 나를 찾아내기 위해서라고 했는데, 나도 여기에 와 있고……. 조금은 힘을 빼도 괜찮잖아."

마왕의 얼굴이 새빨개졌다. 불꽃처럼 붉은 머리칼과 비슷하게도 빨개져서, 타오르는 불에 눈코입을 달아놓은 것처럼 보일 정도였다. 마왕은 파르르 입술을 떨다 입을 열었다.

"짐이 만드는 작품은 세상을 비추는 것만이 아닌 세상을 바꾸는 이야기이기를 빌었노라. 이는 이곳 세계에도 전해지는 교훈 아니었던가?"

"아, 그래. 그렇지. 아이젠 소스케였나?"

"카를 마르크스! 그대는 짐이 하사한 책을 읽기는 했느냐? 당분간이고 얼마고 아무런 의미 없는 이야기를 반복하라 한다니. 그대는 짐을 능멸하고자 하느냐?"

"아니, 그게 아니라…… 그보다 능멸이라니, 왜 이야기가 거기까지 튀는데?"

"그대가 칼드레아 대륙에서도 위정자들의 손아귀를 벗

어나지 못하고 그들에게 놀아난 것이야 어린 그대가 별 세계에 고립되고 그대를 돕는 어른이 없었기 때문이라 이해했다만, 그대의 세계에 와서조차, 몇 년이 지난 지금조차도 그때와 같이 어리석기만 하구나. 짐이 그대를 잘못 보아도 단단히 잘못 보았다."

마왕은 나에게 화를 내는 것을 멈추고는 피식거리며 비꼬기 시작했다. 나는 무안함을 감출 겸 고개를 돌렸다. 하지만 마왕은 내 앞으로 다가와 다시 나와 눈을 마주쳤다.

"그래, 나 무식하다. 너 잘났다. 그런데 내가 뭐 너 망하라고 이러냐? 아니, 네가 악플 받고 골머리 썩는 게 옆에서 보기 안쓰러우니까 좀 쉬라고 한 거지, 그거 한마디 한 거 갖고 그렇게 사람을 쪼냐?"

"그대에게는 짐을 안쓰러워할 이유가 없다. 짐의 창작에 괜한 참견을 할 자격도 없고."

"아, 그럼 나는 왜 뽑았는데? 애초에 너 작품 만드는 거 도우라고 뽑은 거 아녔어?"

"해고다."

마왕은 손에서 불길을 뿜어내 작업실의 내 자리에 놓여 있던 컴퓨터를 터뜨려버렸다. 나랑 말싸움 좀 밀렸다고 작업물을 컴퓨터째로 날려버리다니, 하여간 마왕이라는 놈이 좀생이다.

"그대는 어찌하여 짐을 찾아왔는가? 도대체 어이하여 짐과 함께 이야기를 만들기로 결심했던 것이냐?"

"그야 내 얼굴을 못생기게 그리는 게 싫으니까 그거 바꿔달라고 하려고 왔지."

마왕은 내 대답을 듣기도 질렸다는 듯 고개를 젓고는 작업장 뒤편의 침실로 들어가버렸다. 나도 어떻게 해야 할지를 몰라 일단 작업장을 떠나 나의 반지하방으로 돌아갔다.

이후로 다시 마왕을 보지는 않았다. 그에게서 연락도 없었으니까. 나는 아무런 생각도 하지 않고 반지하 자취방에서 누워만 지냈다.

'그럼 그대는 짐이 왜 여기에 왔다고 생각하는 게냐?'

내가 밉지 않느냐는 질문에 마왕은 그렇게 반문했었다. 그때 그에게 대답은 듣지 못했지만, 이제는 마왕의 생각이 바뀌었지 싶다.

역바이럴 전문 브로커들을 박살 냈음에도 아오암 작가와 <이계전기>에 대한 악의적인 소문은 더더욱 퍼져만 갔다. 애초에 역바이럴 전문 브로커 업체가 결코 적지 않다. 국회의원 황윤평은 그저 새로운 거래처를 뚫고 <이계전기>를 묻어버리기로 결심한 모양이었다.

결국 <이계전기>는 무기한 휴재에 돌입했다. 아오암 작가가 완전히 잠적해서 PD가 아무리 연락해도 받지 않고 있다는 소문도 돌았다. 악플러들은 작가가 중국인인데 중국인들은 원래 다 그렇게 불성실하지 않느냐며 이죽대고 있었다.

생각해보면 이 악플러 중에는 자기가 마왕의 대학 동기라고 주장한 거짓 루머를 유포하고 다니던 놈들도 있었는데, 이들이 딱히 마왕을 한국에서 대학 나온 중국인 유학생이라고 생각해서 그랬던 것 같지는 않다. 그저 자기가 상대방을 욕할 때 써먹기 좋은 루머들을 때에 따라 취사 선택하고만 있었을 뿐, 진짜 진실이 무엇인지는 딱히 관심이 없었기 때문이리라.

나는 마왕이 사라졌다는 소식을 듣고서는 매일 아침마다 눈을 뜨는 즉시 온라인 뉴스 사이트를 체크하고는 했다. 혹시나 국회의원 황윤평이 누군가에 의해 암살당했다는 소식이 들릴까 싶어서였다. 마왕이 눈 뒤집혀서 화를 내면 가장 먼저 암살당할 인물 1순위가 국회의원 황윤평이지 않은가?

하지만 그렇다고 해서 내가 아예 국회의원 황윤평의 사무실 앞으로 찾아가 불침번을 서거나 하지는 않았다. 조금 못된 소리지만, 나는 내 시간을 마왕의 위협으로부터 국회의원 황윤평을 철석같이 지켜주는 데 낭비하고 싶지 않았다. 물론 국회의원으로 민의를 대표하는 황윤평이 마왕에게 암살당할 위기 직전이라는 사실을 알면 바로 암살을 막기 위해 달려갈 것이다. 하지만 그러면서도 내 마음 한구석에서는 어딘가 모른 척 내가 모르는 새

사건이 일어나면 죄책감을 가질 필요도 없지 않을까, 그렇게 자기 스스로를 설득하는 논리를 세우고 있었다.

마왕이 다른 누구도 아닌 나를 어시스턴트로 필요로 했던 것에는 아마 이런 이유도 있었을 것이다. 어쨌든 마왕 입장에서 칼드레아 대륙과 한반도 양측을 다 잘 아는 사람이 필요했을 테니까 말이다. 그리고 내가 한국의 정치적 지형도를 그려가며 마왕과 마왕의 작품을 지켜줘야 했던 것이고 말이다. 하지만 결국 잘못된 인선이었나 보다.

나는 다시 아르바이트를 시작했다. 정식 아르바이트라고 하기도 뭐하다. 쌈바치킨에서 죽치고 앉아 닭을 얻어먹으며 가끔 서빙과 배달을 도와주는 정도의 일이니까. 고용노동부에서 노동으로 인정해주지 않을, 닭과 맥주를 대가로 하는 심부름꾼인 셈이다.

"태양, 직장 나왔어?"

"그게 직장이기는 했나 모르겠다."

파룩은 테이블에 앉은 채로 나를 바라보았다. 파룩은 내가 쌈바치킨에서 닭을 무제한으로 받아먹는다는 소식에 이렇게 찾아와 외지 생활에서 부족한 단백질을 보충하고 가고는 한다.

"돈 줬잖아. 직장이지."

"돈 준다고 다 직장이 아니야. 너 전에 있던 농장은 돈도 안 주고 비닐하우스에서 재웠다며. 그래도 그 농장은 직장이지."

"그럼 직장의 기준이 뭐야?"

"됐고, 여자친구랑은 잘 지내냐?"

"물론. 여자친구 이제 이사해. 같이 살아. 우리 커플 저축 많이 했어. 때가 되면 결혼 메리지 뽀뽀 많이많이야."

나는 파룩의 한국어 어휘력이 연애 한정으로 여자친구 취향에 맞게 발전하는 것이 조금 염려가 되었다. 괜찮나?

"태양은 계속 쌈바치킨에서 닭 해? 상하차 에이스 없어. 내가 아무리 잘해도 태양만큼은 못해. 나랑 태양, 같이 상하차하자. 나 돈 많이 필요해. 이사 비용 아주 많이야."

파룩은 내가 없는 사이 물류센터에서 일어났던 사건 사고들을 하나하나 들려주었다. 내가 있을 때와 크게 달라질 건 없지만, 아무래도 누가 넘어지거나 아플 때 은근슬쩍 회복마법을 걸어주던 내가 없으니 다들 잔병치레가 심해진 모양이다.

"그럴까? 치킨도 이젠 물린다. 하루에 닭 한 마리씩 먹는 호사도 일상이 되니까 대단하게 느껴지지를 않아."

"태양 선생님, 닭 멕여주는 사장님 앞에서 아주 예쁜 소리 하십니다."

쌈바치킨 사장님이 손에 피자를 들고 나와 파룩이 앉은 테이블에 앉았다. 사장님은 가끔 시간이 빌 때면 이렇게 같이 놀 사람을 찾아 테이블과 테이블 사이를 방황하고는 했다.

슬슬 돈이 떨어지기도 했다. 마왕의 어시스턴트를 하면서도 상하차를 줄였다가 요즘에는 아예 일을 멈춰버렸기 때문이다. 그나마 저금했던 돈도 부모님에게 보낼 용돈으로 다 써버렸고 말이다. 일단 마왕과 싸우고 난 이후에 일을 하기 싫어진 것이 가장 큰 문제다.

"내가 현물 지급을 해도 그렇지, 태양이가 먹은 닭과 술 값이면 아르바이트 두 명은 고용할 수 있겠다."

"대신 전 배달도 해드리잖아요. 그것도 동네에서 가장 빠르게."

"배달이 빠르다고 손님이 더 시키는 것도 아니잖아."

나는 손바닥을 들어 보이며 항전의 의사가 없음을, 그리고 내가 군식구에 불과함을 시인했다. 아니, 이런 이유에서라도 다시 상하차 아르바이트를 하러 나갈 필요가 있기는 하다. 언제까지고 '꽁밥'만 먹고 살 수는 없지 않은가.

"요즘에는 볼 만한 웹툰도 없어. <이계전기>도 휴재했지? 그거 그림 잘 그려서 좋았는데 아쉬워."

"<이계전기>, 여자친구도 봤어. 용사가 태양 닮았다고 좋아해."

"안 닮았다고."

이렇게 세 사람이 모여서 시시콜콜한 잡담을 나누고 있노라니 다시 일상을 되찾은 느낌이다. 내가 지금 보내고 있는 시간은 다른 평범한 사람들이 보내는 하루와 비교해도 썩 나쁘지 않은 시간일 것이다.

이제는 이계에서 보냈던 모험도, 마왕과 함께 작업했던 웹툰 연재도 별로 생각이 나지 않는다. 어딘가 거창한 여정이기는 했지만 그렇게까지 대단한 일도 아니었다. 언제라도 잊고 현실로 돌아와 일상을 이어나갈 수 있는, 그렇게 되어야만 하는 시간이었다.

"아무튼 아쉬워. <이계전기>, 그 작품에 나오는 용사가 우리 태양이랑 닮아서 보기 시작한 것도 있지만 내용 자체가 재밌었거든. 태양이는 용사가 못생기게 나온다고 해서 싫어했지만 그래도 정작 작품 안에서 보면 뜬금없이 이세계로 전이된 사춘기 꼬마애가 겪을 법한 갈등이나 고민 같은 것들을 현실적으로 잘 다뤄냈어. 그래서 애한테 정도 가고 응원도 하게 되고. 앞으로 용사가 어떤 선택을 하고 성장을 하게 될지 궁금했는데 말이야. 그런데 작가 건강 문제로 무기한 휴재라니. 아쉽다, 아쉬워."

그래요? 유감이네요. 뭐 그렇게 대꾸를 할 법도 했는데 그러지를 못했다. 무슨 말을 하고 싶지가 않았다. 그래서 다시 잔을 들어 취하지도 않는 맥주나 축내기로 했다.

그저 일상으로 돌아온 자신에게 수고했다고 말해주고 싶을 뿐이었다. 어서 상하차 아르바이트 현장으로 돌아가고 싶기도 했다. 나쁘지 않은 삶이다. 하루 동안 열심히 일한 다음 부모님에게 용돈 드리고 남은 돈으로 가끔 맛있는 거 사 먹으며 신작 만화책을 보는. 나에게는 서둘러 돌아가고 싶은 일상이 있다.

하지만…… 하지만 그럼에도 풀리지 않는 의문은 있었다.

"파룩."

"응, 태양."

"너는 여자친구랑 싸운 다음에 어떻게 하냐?"

나의 질문에 파룩은 빵 터져서 숨도 쉬지 못했다. 아니, 이 정도 질문은 할 수 있는 거잖아?

"무조건 빌어. 나는 그렇게 해. 태양, 네가 무조건 빌어야 해."

"언제 내가 사귄다고 했냐? ……그냥 사례가 필요하다, 이거야."

파룩은 내게 대답한 이후에도 계속해서 어깨를 들썩거리며 웃음을 참지 못했다. 이게 이렇게 웃긴 질문인가?

"여자친구가 잘못했을 때도 그래? 아니, 내 잘못인지 여자친구 잘못인지 미묘한 회색지대에 있을 때도 그러냐고."

"회색지대? 아, 그레이존?"

"그레이존과 뜻이 미묘하게 다르긴 하지만 얼추 그 비슷한 의미인데."

파룩은 고개를 절레절레 저으면서 낄낄대다 간신히 대답을 꺼냈다. 이게 그렇게 어려운 질문이냐고.

"태양, 중요한 건 연인의 유지야. 그러니 내가 되었건 여자친구가 되었건 먼저 이성을 되찾은 사람이 먼저 사과를 해. 그리고 나는 항상 이성을 빨리 되찾으려고 노력해."

"그러면 계속 져주라고? 그러다 여자친구가 나쁜 선택지를 고르는 것을 막지 못하면 어떻게 되는데? 그 책임은 누가 지고?"

"져주는 게 아니야. 어차피 누가 잘못했고 아니고는 시간이 지나면 다 드러나게 되어 있어. 내가 잘못한 게 아니라 여자친구가 잘못한 게 맞으면 그때는 여자친구도 내게 사과를 해."

파룩은 피자를 한 입 집어 먹은 다음 부연했다.

"여자친구도 내가 반대하면 반대한 일을 바로 하지는 않아. 만약 그런다고 해도 책임은 당연히 함께 져. 즐거움은 함께 나누잖아. 책임도 나눠. 그게 연인이야."

파룩은 그렇게 대답한 뒤 여전히 낄낄거리면서 웃었다. 아니, 뭐가 그렇게 재밌는 건지.

"어? 태양, 문자 왔어."

파룩이 테이블 위에 놓여 있는 나의 휴대폰을 가리켰다. 나는 나른한 기분 속에서 아마 스팸 문자겠거니 하는 마음으로 휴대폰을 확인해보았다. 그리고 그 문자의 내용을 확인한 즉시, 나는 가게 밖으로 달려나가야만 했다.

"도둑맞았다고요."

옥탑방의 지박령, 도영 씨가 고개를 세차게 끄덕였다. 기나긴 머리칼이 거세게 흔들렸다.

"거대마신이 봉인된 봉마병들을."

다시 한번 도영 씨가 고개를 세차게 끄덕였다. 기나긴 머리칼은 보다 더 거세게 흔들렸다.

쌈바치킨에서 술을 마시던 와중 받은 문자는 도영 씨가 보낸 것이었다. 그리고 그 내용은 가히 충격적이었다.

도영 씨의 문자에 따르면 마왕은 휴재 선언을 한 뒤 집을 나가서 돌아오지 않고 있었다고 한다. 도영 씨는 마왕은 원래 이곳 세계의 사람이 아닌 데다 마음의 상처가 많아 언제 돌아올지 모른다고 생각했지만 일단 집을 지키고 있으려고 했었고.

그러다 갑자기 방금, 도둑들이 들어와서 집을 구석구석 뒤지다가 거대마신이 봉인된 봉마병을 발견했다는 것이다. 그리고 그 봉마병을 전부 들고서 재빠르게 자취를 감춰버렸고 말이다.

나는 어이가 없었다. 아니, 마왕도 참 무책임하지. 거대마신이 대한민국 땅 위에 풀려나면 어떤 일이 일어날 줄을 알고서 아무런 조치도 없이 그저 옥탑방 구석에다 방치해 놓고 있었다는 말인가?

"도영 씨, 봉마병을 훔쳐 간 놈들의 인상착의는 어땠습니까? 신원을 특정할 만한 정보가 뭐라도 있나요?"

도영 씨는 다시 휴대폰을 들어 열심히 타자를 쳤다. 살아 있는 사람과 대화를 할 수 없는 귀신에게 대답을 들어야 할 때는 역시 필담이 가장 빠르다.

─아무런정보없음하지만정보없음자체가정보임봉마
병을가져간사람들은훈련된인물들임이분명함

나는 도영 씨가 제시한 가설이 정답일 가능성이 상당
히 높다고 판단했다. 우선 이 옥탑방은 신촌에서도 꽤나
구석진 곳에 있다. 도둑 하나도 아닌 조직된 도둑들이 애
써 찾아와서 금품을 훔쳐 갈 생각을 하기에는 기대치가
낮은 공간이라는 이야기이기도 하다. 도대체 요즘 옥탑
방에 숨어 들어올 정도로 배포 작은 도둑이 있기나 하겠
느냐 말이다.

그렇다면 이 도둑들은 금품 따위가 아닌 그 이상의 무
언가를 노리고 온 도둑들일 가능성이 높다. 그리고 그 이
상의 무언가는 역시 마왕의 정체를 알고 그와 관련된 마
법적 주물이나 도구들이라고 생각하는 편이 개연성이 맞
아떨어지고. 그 마법적 주물이나 도구에 해당하는 물건
은, 그래, 봉마병이다.

나는 혹시 모를 단서를 찾기 위해 옥탑방 안으로 들어
가 보았다. 안의 모습은 그저 엉망이었다. 아름답기까지
했던 도영 씨의 책장은 다 쓰러져 있었다. 작업용 컴퓨터
들은 분해된 케이스 안쪽에 하드드라이브가 통째로 뽑혀
있는 모습이 적나라하게 보였다.

나는 바닥에 떨어져 있는 만화책 중 한 권을 집었다. 마
왕과 웹툰 작업을 하는 중에 마땅한 내용이 떠오르지 않
을 때마다 잠시 머리를 비울 겸 보고는 했던 책이다. '그

날 이후로 1만 3천 297시간과 49분 지각이다.’와 같은 대사를 마감 때마다 보면서 낄낄대고는 했던.

“이렇게 훈련된 도둑들이 마왕을 노리고 왔다면……. 그놈들은 황윤평 의원에게 고용된 놈들일 가능성이 높네요. 마왕의 정체를 알고 있는 것은 나 외에는 그때 마왕에게 잡도리를 당했던 역바이럴 전문 브로커들 정도니까.”

아마도 국회의원 황윤평은 역바이럴 전문 브로커들이 왜 자기 의뢰를 받지 않는지 확인을 해봤을 것이다. 그리고 그 과정에서 마왕과 마법에 대해서도 알게 되었을 것이고. 세상에 무서운 것이라고는 하나 없는 국회의원 나으리께서는 마왕에 대해서도 자기를 함부로 대하지 못할 것이라고 판단했거나, 마왕이 집을 비웠다는 소식을 접하고서 기회라고 생각해 이런 도둑질을 시도했을 터이다.

그런데 하필 훔친 물건이 다른 그 무엇도 아닌 봉마병이라니. 이계에서는 한 기만으로도 나라 하나를 정복할 수 있다고 여겨지는 거대마신이 들어 있는 봉마병을 여섯 개나 가져갔다니. 그리고 그 가져간 인물이 이 시대의 파시스트이자 인종차별주의자인 극우 정치인 국회의원 황윤평이라니.

나는 여러모로 머리가 아득해지는 기분을 느꼈다. 그래. 이번 일은 도무지 수습하기가 쉽지 않은 사이즈다. 어떻게 하지? 일단 국회의원실에 쳐들어가고 볼까? 아니, 그건 아니다. 아무런 준비 없이 국회의원 황윤평을 마주

쳤다가는 <이계전기> 복귀는커녕, 대한민국 땅에 마왕이 돌아올 자리가 영영 없어질지도 모른다.

"도영 씨, 혹시 마왕과 연락이 닿을 방법은 없습니까? 무슨 일이 생기면 어디로 찾아오라거나 한 적은 없어요?"

도영 씨는 천천히 고개를 좌우로 흔들었다. 마왕도 참, 나 하나한테 화가 난 것이야 그렇다 쳐도 도영 씨에게까지 이러는 것은 또 무어란 말인가. 답답한 놈 같으니.

그리고 이렇게 한바탕 마왕에 대한 욕이라도 한껏 입 밖으로 풀어내려는 바로 그 순간,

펑!

퍼퍼펑!

천지를 뒤집어놓는 듯한 강렬한 폭발음이 신촌 거리 맞은편에서 터져 나오기 시작했다.

놀란 나머지 바로 옥상 위로 날아올라 폭음이 들려온 곳을 바라보니, 그곳에는…… 거대마신 중에서도 가장 파괴적이고 위협적인 거대마신, 창검마신이 마천루 사이를 거닐고 있었다.

"허."

나는 공간마법으로 효자손—성검을 불러들인 다음 성검의 모습으로 되돌려주었다.

그래, 이제는 용사로 복귀해야 할 시간이다.

"용사님, 불러주셔서 감사합니다!"

성검은 저 멀리에서 보이는 창검마신의 모습을 보고서는 전의를 불태웠다. 그래, 네가 검으로 벼려져서 살아왔는데 그동안은 내 등을 긁는 것 말고는 별로 일이 없기는 했었지.

"성검, 상대는 창검마신이다. 마신 중에서도 가장 강력하고…… 마신 중에서도 무인의 영혼을 타고난 상대지. 오랜만에 네 격에 어울리는 상대다. 자신 있지?"

성검은 내가 추켜세우는 게 싫지는 않은 모양이었다. 정작 나는 상대가 상대인지라 속으로는 좌절하고 말았지만.

창검마신의 육체는 살이 아닌 철괴와 동편으로 이루어져 있다. 몸체는 수천 자루의 무기로 이루어져 있고, 가슴에는 심장 대신에 커다란 엔진이 달려 있어 때때로 증기를 뿜어내고는 한다.

아까도 말했지만 창검마신은 마신 중에서도 가장 강력하다. 다른 마신들이 자연의 힘을 빌려 태어나고 그 역할도 다양한 것과 달리, 창검마신은 오로지 전쟁을 위해 태어나 싸움만을 목표로 설계된 존재다. 내가 칼드레아 대륙에 있었을 때조차 창검마신을 제압하기 위해 연합군의 핵심 전력 전원이 투입되어서 사흘 밤낮을 새어가며 전투를 해야만 했었다.

만약 다른 마신이 상대라면 인류의 군대가 제법 괜찮은 대진 상대가 되었을 터다. 어쨌든 군대가 나서면, 그중에서도 전투기나 탱크 같은 현대 병기가 출동하면 어렵지 않게 이길 수 있다.

하지만 마신은 자신의 본질에 해당하는 공격에는 아무런 피해를 입지 않고 오히려 흡수를 해버리고 만다. 용암마신은 불길을 빨아들이고 빙산마신은 냉기를 잡아먹는다. 마찬가지로 창검마신은 무기에 의해서는 피해를 입지 않고 도리어 스스로를 강화해버린다.

칼에 베이면 상처에서는 피가 아닌 칼이 자라난다. 창에 찔리면 창이 솟아난다. 창검마신의 육체는 그렇게 그를 사냥하고자 도전했던 용맹한 전사들의 전설적인 무구로 가득하다. 그러니 비행기의 미사일과 탱크의 주포는 그 위력이 강하면 강할수록 창검마신에게 있어 그저 군침이 도는 먹잇감에 불과한 것이다.

나는 일단은 창검마신에게 덤벼들지 않기로 했다. 본격적으로 싸움을 시작하기 전에 주의를 줄 필요가 있었다.

나는 휴대폰을 꺼냈다. 화면에는 파룩이나 쌈바치킨 사장님한테서 너 신촌 간다더니 괜찮느냐, 지금 뉴스에서 난리가 났다라는 식의 톡과 메시지가 한가득 와 있었다. 정신없이 바쁜 와중에 하여간 얄밉게 고마운 사람들이다.

그래, 파룩. 너 곧 결혼하겠다고 했지. 상하차해서 밑천 벌고 고향으로 돌아가 장사할 거라고 했지. 그러려고 머나먼 이국땅까지 왔는데 이계에서 온 마신 때문에 다치기라도 해서야 영 말이 안 되겠지. 사장님도. 항상 만화 같은 일이 현실에 펼쳐졌으면 좋겠다고 하셨지만, 사장님이 원하는 만화 같은 일은 <너를 너무너무너무너무 좋아하는 100명의 그녀>였잖아요. <이계전기>가 아니라.

하지만 지금은 이 사람들에게 답장을 일일이 보낼 타이밍은 아니었다. 나는 최대한 빠르게 타자를 쳐서 도영 씨와 안영은 PD에게 신촌 한복판에 나타난 괴수는 <이계전기>에 등장하는 창검마신이고, 이 마신은 병기에 의한 공격은 도리어 흡수를 해 자신의 양분으로 삼으니 절대로 피하라고 공공기관에 알려달라고 톡을 보냈다.

안다. 이 두 사람은 당연히 미친 사람 취급을 받을 것이다. 하지만 두세 번 정도 현대 병기에 의해 창검마신이 보다 더 강화되는 모습을 보면, 사람들은 도영 씨와 안영은 PD의 말이 사실이라는 것을 보다 빠르게 확신할 수 있을 터였다.

다음으로는 <이계전기> 휴재 공지 게시물 덧글창을 켰다. 그러고는 덧글을 하나 남기고는 휴대폰을 꺼버렸다.

"카카카카카카카—!"

저 멀리서 창검마신의 포효가 들린다. 한참은 떨어진 이 옥탑방까지 공기가 진동하는 게 느껴질 정도다. 아무리 생각해도 수지타산도 맞지 않고 승산도 없는 싸움이다. 이런 싸움은 도무지 하고 싶지가 않다. 하지만 하필이면 또 이런 싸움이 꼭 해야 하는 싸움이기도 하다.

"성검."

"예, 용사님."

성검의 날에 푸른 빛이 감돌기 시작한다. 그 어느 때보다도 의욕으로 가득 찬 모습이다. 제법 괜찮은 기분이다.

"빨리 일 정리하고 집에 가자."

"예!"

전투기는 미사일을 쏘아 창검마신을 맞혔다. 그리고 그 폭발은 고스란히 마력으로 전환되어 창검마신의 자양분이 되었다. 이거, 이계에서 싸웠을 때보다 훨씬 더 강하겠는걸……?

"용사님, 창검마신이 주변의 폭발을 흡수해서 더 강해진 것으로 보입니다! 예전 마신대전 때보다도 더 강력한 기운이 느껴집니다!"

"우선 맞서 싸우는 것은 뒤로 미루자. 일단은 다른 마신들이 갇혀 있는 봉마병부터 회수해야 해. 마신이 하나 더 풀려나면 그때는 걷잡을 수 없이 피해가 커질 거야!"

나는 성검과 함께 하늘을 날아 창검마신이 있는 곳으로 향했다. 그리고 그곳에 다가갈수록 창검마신의 날카로운 마력을 느낄 수 있었다.

우리가 도착한 곳은 국회의원 황윤평의 사무실이 있는 건물이었다. 그래, 마왕의 옥탑방에서 봉마병을 훔친 뒤

별 생각 없이 얻은 그 자리에서 봉인을 풀어버린 모양이다. 건물의 외벽은 완전히 뜯겨져 나갔고 그 안에 있는 사람들은 피를 흘리며 쓰러진 채였으니까.

"카카카카카카카—!"

창검마신이 다시 한번 포효했다. 나는 그 녀석의 옆을 스쳐 지나가며 국회의원 황윤평의 사무실 안으로 들어갔다. 건물 한쪽이 폭발로 다 날아가, 그 안에 들어가기는 쉬웠다.

"사, 살려……."

그리고 나는 그 안에서 피로 칠갑을 한 채 상처투성이가 된 채 쓰러져 있던 누군가를 발견했다. 아주 익숙한 얼굴의 누군가를.

"황윤평 의원? 살아 있나?"

"중국인…… 중국인들이 폭탄 테러를……."

다 죽어가는 와중에도 헛소리를 하는 국회의원 황윤평을 보며 나는 감탄이 절로 나왔다. 어떤 경우에도 자기가 잘못할 리는 없으니 자기한테 일어난 잘못된 일은 다 중국인 탓이라는, 무척이나 편의주의적인 세계관을 (말 그대로) 죽어도 포기하지 못하는 그 나약한 정신이라니.

참 용케도 살아 있다.

"이보쇼. 폭탄이 아니라 봉마병이 터진 건데……. 하이고, 아저씨는 봉마병이 뭔지 알지도 못하겠지. 하여간 당신이 남의 집에서 위험물을 멋대로 갖고 온 게 문제란 말이야. 그 병들은 어디다 났지?"

국회의원 황윤평은 벌벌 떠는 손을 들어 저 멀리 테이블 밑의 바닥을 가리켰다. 그러고는 결국 다시 기절하고 말았다.

"여기 있다!"

나는 가장 큰 방의 가장 큰 테이블 아래에서 남은 봉마병들을 발견했다. 병 전체에 마법주문이 각인된 디자인의 그 봉마병들을 말이다.

"빈 병이 여기 있군. 성검, 일단 너에게 임무를 주마."

"무슨 임무입니까, 용사님?"

"봉마병은 그 존재가 담은 마력이 너무 커서 별 차원에 담아놓을 수가 없지. 그러니 남은 봉마병들을 봉투에 넣어서 너한테 묶어 놓을게. 성검, 너는 하늘을 날아서 이 봉마병을 가급적 먼 곳에 숨겨놓아라. 내 자취방이어도 좋아. 네가 봉마병을 숨겨두고 돌아오기 전까지는…… 나 혼자서 시간을 끌고 있으마."

"용사님!"

성검은 어이가 없다는 듯이 나에게 소리쳤지만, 나는 그저 가볍게 웃어 보일 수밖에 없었다.

"그게, 다른 마신들이 또 풀려나면 답도 없잖아. 그러니까 네가 최대한 빨리 다녀와. 나 죽기 전에."

성검은 나에게 다시 뭐라뭐라 반론하며 잔소리를 하려 했지만 나는 그저 재밌다는 듯 웃어넘겨 버렸다.

"너는 긍지 높은 성검이잖아, 그렇지?"

비겁한 공격이었다. 하지만 이렇게 말하는 것 외에는 성검으로 하여금 내 말을 듣게 할 방법이 떠오르지 않았다.

"최대한…… 최대한 빠르게 다녀오겠습니다!"

성검은 봉마병 다섯 개가 든 봉투를 멘 채 총알처럼 밤하늘의 궤적을 가로질렀다. 그래, 그러면 된 것이다.

나는 건물 밖으로 나갔다. 창검마신을 막아내지 못하면 인명 구조고 뭐고 할 계제가 되지 않았기 때문이다. 무엇보다 군대에서 전투기와 탱크들이 추가로 출동하기 전에 최대한 창검마신을 무력화시켜 놓을 필요가 있었다.

"이 자식아, 덤벼라!"

창검마신이 나의 고함 소리를 듣고 허공에 뜬 나를 바라보았다. 아마 여름밤에 팔랑거리는 나방과 사람 사이 정도의 체격 차가 나와 창검마신 사이에 있을 텐데, 그래도 창검마신이 나에게 주의를 기울여주어서 고마울 따름이다.

나는 호탕하게 웃으면서 창검마신이 나를 향해 쏘아낸 거대한 창들을 손등으로 쳐냈다. 거대한 창은 쿵, 하고 떨어져 아스팔트 바닥에 커다란 구멍을 만든다.

창검마신에게 인간의 병기로 만든 공격은 그저 흡수의 대상이 되기 때문에, 오로지 방어 일변도로만 대응하거나 마법으로 요격해야만 한다. 손에 마력을 집중시키자 마력이 산란하며 푸른빛을 내기 시작한다. 나는 두 팔을 앞으로 겨눈 채 하늘을 날아 창검마신의 흉부에 부딪혔다.

"카캇—!"

창검마신의 거대한 몸체가 잠시 뒤로 물러난다. 하지만 쓰러지지는 않았다. 이런, 나름 먹힐 거라 생각하고 한 공격이었는데도 말이지. 아마 창검마신의 흉부에 비늘처럼 돋아난 방패가 내 공격을 완화시킨 모양이었다.

예전에는 연합군에서 상위 10위 안에 드는 전사와 마법사들이 모여 창검마신의 무기를 소진시키고 방패와 갑옷을 깨부수어 그 안의 심장을 직접 공격하는 식으로 공략했다. 하지만 지금은 그렇게 소모를 이끌어낼 시간도, 인력도 없는 상황.

"카카카카카—!"

창검마신이 나를 비웃는 것처럼 포효한다. 흠, 기분이 썩 좋지는 않구만.

지금 내게 필요한 것은 이 모든 전황을 뒤집을 압도적인 화력이다. 어떻게 마법의 출력을 끌어올리는 것 자체는 어렵지 않다. 하지만 그랬다가는…… 신촌 한복판에 대폭발을 일으키는 셈이기도 하다. 아직은 그런 기술을 쓰기에는 주변에 피신하지 못한 사람이 많다.

241

"덤벼! 덤비라고! 나 하나 붙잡지 못하고서야 무슨 창이고 무슨 검이냐! 마신이면 마신답게 나부터 잡아보라고!"

우선은 시간을 끌어야만 했다. 거대마신을 꿰뚫을 정도로 크고 강력한 마법을 영창하기 위해서는 일단 주변에 사람이 없어야만 하니까. 나는 쇠파리처럼 창검마신의 주변을 윙윙 재빠르게 날아다니면서 그 주의를 끌었다.

"카!"

창검마신이 외치자 땅에서 나선형의 날을 가진 창이 거칠게 회전을 하며 아스팔트를 뚫고 올라와 내 비행 궤도를 가로막았다. 나는 급히 방향을 우로 틀었지만, 이 무정한 관성이라는 놈에 의해 그만 옆 건물에 부딪히고 말았다.

쿠쿵, 쿠쿠쿵.

벽을 한 세 개쯤 뚫은 뒤에야 나는 다시 자리에서 일어날 수 있었다. 도대체 얼마를 더 버텨야 할지 모르겠지만, 일단 아직은 치명적인 피해는 입지 않았다. 몇 분이고 몇 번이고 더 버틸 수 있다. 아니, 그래야만 한다.

"으아악!"

아, 그리고 건물 안에는 아직 사람들이 남아 있었다. 방금 들어온 건물은 미술학원이었는지 그 안에는 여러 조각상과 화판들이 죽 나열되어 있었고, 선생과 학생으로 보이는 이들이 강의실 구석에 모여 벌벌 떨고 있었다.

"어…… 선생님들, 학생 여러분들. 제가 주의를 끌 테니까 그사이에 도망치십시오. 싸움은 좀 길어질 것 같으니까 여기 계속 계시면 위험합니다."

나는 사람들에게 신뢰를 줄 겸 허공으로 붕 떠올랐다. 비록 내가 코에서 흐르는 피가 바닥에 뚝뚝 떨어지는 모습이긴 했지만, 하늘에 뜬 모습이나 피를 철철 흘려도 익숙해 보이는 태도는 사람들에게 신뢰감을 주기에 충분했던 모양이다. 그렇지 않고서야 사람들이 비명을 그렇게 지르면서 도망치라는 내 말을 신속하게 따라 강의실 바깥으로 달려나갈 리가 없지 않은가.

그 정신없는 와중에도 몇몇 학생들은 나를 향해 고개를 숙이며 고맙다는 인사를 했다. 나는 나대로 그 인사를 받아주었다.

"고마우시면 나중에 <이계전기>도 봐주세요. 구독과 좋아요도 부탁드리고요. 선플 달아주시면 제일 기뻐요."

사람들이 적당히 빠져나간 것을 확인한 후, 나는 조심스레 내가 뚫어놓은 벽구멍으로 다시 나갔다. 창검마신을 둘러싼 일대에는 수십 자루의 창이 땅에서 솟아난 채로 건물을 꿰뚫거나 창검마신의 주변을 지키고 있었다. 창검마신은 이제 신촌에서 이대 방향으로 몸을 틀어 이동하려고 하고 있었다.

"이 친구야, 멀쩡히 공부하는 학생들을 이래 방해하면 어떻게 하니? 너나 나처럼 못 배운 놈들은 못 배운 놈들끼리 붙자!"

나는 적당히 창검마신의 주의를 끌 정도의 위력으로 마력의 탄환을 만든 뒤 창검마신의 뒤통수에 쏘아버렸

다. 창검마신의 입장에서는 딱밤 한 대 맞은 정도의 아픔일 것이다. 그리고 딱 그 정도의 위력이,

"카카카ー! 카카카카카카!"

가장 신경질 나고 짜증 나는 정도의 위력이다.

창검마신은 뒤를 돌아보고서는 다시 허공에 떠 있는 나의 모습을 발견했다. 나는 그 녀석에게 윙크를 하며 화답했다. 자식, 어지간히 약 좀 오른 모양이다.

"카앗ー!"

창검마신의 손아귀에서 두 개의 검신을 가진 칼 한 루가 피어나기 시작했다. 여기서 피어나기 시작했다는 표현은 상황 그대로의 전달이다. 마치 꽃이 피는 모습을 촬영한 영상을 몇백 배속으로 재생하는 것처럼, 창검마신의 손아귀에서 칼 한 자루가 피어나고 있었던 것이다.

저 칼은 창검마신이 전력을 다해 만들어낸 물건임이 분명하다. 성검을 들고 있어도 맞설 수 있을까 싶을 정도로 압도적인 수준의 마력이 느껴졌으니 말이다.

창검마신은 마침내 다 피어난 칼 한 자루를 양손으로 쥐었다. 그래, 양손으로 쥐면 위력이 배가 되지. 영광스럽게도 창검마신은 지금 바로 이 자리에서 나를 확실하게 죽여놓을 생각인 모양이었다.

"카!"

태풍이 나를 향해 쇄도하면 이런 기분일까? 나는 무시무시한 검풍에 그만 균형을 잃고 자세를 바꿔야만 했다.

그리고 이는 곧 창검마신이 휘두르는 검의 간격 안에 갇힌 채 벗어나지 못했다는 이야기이기도 하다.

"하, 죽겠네."

그리고 그 순간, 눈부신 빛이 나를 감쌌다.

"죽겠냐?"

뭐라고?

"짐의 손으로 확 죽여버려야 할 그대를 짐이 죽게 내버려두겠느냐는 이야기다."

마왕! 마왕이었다. 방금 나를 감싸 창검마신의 검격으로부터 날 지켜준 마법을 영창한 이는 바로 마왕이었다. 하긴, 이 녀석 말고 이곳 세계에서 누가 날 마법으로 구해주겠는가?

나는 마왕을 보자마자 입이 접착제를 바른 것처럼 딱 붙어 말이 떨어지지 않았다. 솔직하게 고맙다고 해야 하나? 솔직한 것이 착한 어린이가 되는 길이 맞던가?

이전까지 다퉜던 일이야 어찌 됐든 마왕이 내 목숨줄을 붙잡아준 것은 분명한 사실이었다. 나는 공손하게 양손 엄지를 들어 감사의 인사를 전했다.

마왕은 성큼성큼 걸어와 휙 하니 뛰어오르고는 허공에 떠 있던 내 옆에 마주 섰다. 마왕은 이계에 있었을 때와 마찬가지로 아무렇게나 헝클어뜨린 붉은 머리칼과 옅게 마력을 띠고 있는 세 개의 뿔 그리고 황금빛 눈동자에 어울리도록 낡은 망토를 하나 두르고 있었다.

마왕이 나를 구하러―아마 그럴 것이다― 신촌으로 온 것이다.

"잘도 그런 덧글을 달아놓았더구나."

그리고 그 순간, 나는 창검마신과 맞설 때와는 비교도 되지 않는 위압감에 짓눌리고 말았다.

"아, 그거? 봤어? 그게, 너 없이 창검마신과 싸우려니까 아무래도 영 후달리겠지 싶더라고. 그래서 혹시나 이렇게 달면 네가 오지 않을까 싶어서……."

마왕은 노기 가득한 얼굴로 웃으면서 나의 변명을 들어주었다. 아니, 어떻게 이렇게 아름답게 웃으면서 분노할 수가 있지? 그나저나 성검 애는 도대체 왜 이렇게 안 오는 거야? 주인이 지금 죽기 직전이라는 자각이 있는 거야, 없는 거야?

"그래서 그대를 보러 왔지."

마왕은 피식, 코웃음을 쳤다. 나도 지금 어떻게든 웃어보려고 했지만 도무지 웃음이 나지 않는다. 조금 전까지 상대하던 창검마신에 더해 마왕과도 맞서게 된 이 상황은 아무리 생각해도 웃기지가 않는다.

"그대가 휴재 공지에 달아놓은 덧글을 읽어볼까?"

"왜? 지금 그럴 시간은 없는 것 같은데."

"읽어보지."

나는 마왕을 바라보았다. 여전한 얼굴이다. 붉은 머리, 매서운 눈매, 날카로운 이빨이 가끔 드러나는 작은 입술. 마왕도 껄렁거리는 표정으로 나를 바라보았다.

"'이 작가는 힙스터 기질부터 버려야 한다. 그림에서부터 힙스터 기질이 느껴진다. 웹툰이 아무리 웹툰이라고 해도 기본적으로는 만화의 영역에 있다. 본격적인 극화를 지향하는 게 아니라면 만화의 틀 안에서 최소한의 데포르메를 통해 인물들의 감정선을 단순화하고 인물들이 장르적으로 담당하는 각 역할을 수행하게 해야 한다.

물론 기존의 클리셰나 아이콘들을 변주하는 것 또한 장르적으로 재미난 장치가 될 수 있으나, 이는 어디까지나 기존의 장르에 대한 애정이 깊고 그에 대한 이해를 상세하게 한 뒤에나 가능한 변주다. 정석을 알지 못하는 묘수는 없는 것이다.

그저 결정적인 순간에 등장인물의 얼굴을 클로즈업해서 보다 강렬한 극화체로 전환해 상세하게 그린 것으로 웃기려는 시도도 한두 번이지, 몇 번이고 반복하니 짜증나기만 한다. 개그에 패턴이 필요한 것도 알지만 그 패턴은 노래에서 곡의 구성이 조금씩 달라지듯이 예전과 조금씩 차이가 있어야만 한다. 지금은 그저 콧구멍이 커졌느냐 눈알의 혈관이 묘사되었느냐 수준의 차이만 보여줄 뿐, 패턴의 다양한 활용 면에서는 초등학생 똥개그 수준을 넘어서지 못하고 있다.

무엇보다 작가가 독자를 가르치려고 하는 버릇부터 고쳐야 한다. 왜 작품을 보고 있는데 혼이 나는 기분이 들지? 하나부터 열까지 다 가르쳐주고 확인을 받고 복습까지 시켜준다. 작가가 작가를 할 게 아니라 선생을 하면 잘할 거 같다. 하지만 전업을 할 때도 분야는 잘 찾아보고 가라. 잘 알지도 못하는 인문학적 지식을 작품 안에 욱여넣으려고 애를 쓰는 것을 가만히 보고 있기란 무척이나 괴로운 일이기 때문이다. 본인 수준에서 팩트 체크가 가능한 영역만 가르쳐라. 아니면 그냥 가르치지를 말거나. 작품이 재미만 있으면 그만이지, 무슨 또 주제에도 어울리지 않는 주제의식까지 넣어주려고 하고 그러는 건데?

이런 소리 들으니 꼽냐? 꼬우면 나랑 현피 뜨든가. 나 이번주 내내 서울 서대문구 신촌로 412-9에 있으니까 찾아와라.'라고?”

“이야…… 내가 그렇게까지 적었어?”

“왔노라! 그래서 왔노라! 도대체 창검마신이 해방되고 그 짧은 시간 동안 어떻게 이렇게 긴 덧글을 단 게냐?”

“아, 언젠가 달아놓으려고 메모장에 적어놨던 거 복붙하고 현피 신청이랑 주소만 추가했지…… 근데 효과 좋은데?”

마왕은 성검을 들어 내 뒤통수를 내리쳤다. 아니, 성검? 성검마저 들고 왔어?

“이놈아, 재미만 있으면 그만이라니! 그러고서도 이 마왕의 작업 공방에 있었던 자라고 할 수 있느냐! 도대체 재미라는 개념이 명확하게 정량적으로 측정이 가능한 개념이더냐? 즉각적으로 느끼고 즐길 수 있는 재미가 있고 오래도록 되새기고 고민하면서 풀어내는 재미가 있는 거 아니겠느냐? 그렇다면 창작자로서 어느 쪽의 재미를 취할 것인지는 그 작가 되는 자가 목표하는 바에 맞춰야 하는 게 아니겠느냐? 물론 기본적인 상업작품으로서의 도의를 지키고 기존 장르에 대한 존중을 갖춰야 하는 것은 마땅한 일이겠으나, 그에 대해서는 이미 짐의 작품에 대한 평론가들의 비평과 독자들의 반응에서 어느 정도 증명된 바 아니겠느냐? 주제의식은 결코 재미와 대립하는 요소가 아니니라. 경우에 따라 주제의식이 재미를 가릴 수도 있고 재미가 주제의식을 흐릴 수도 있으나, 쓰임과 상황에 따라 두 개념을 얼마든지 호응해서 서로의 효과를 극대화할 수 있는 것이 아니겠느냐? 그런 것을 모를 리 없을 그대가 감히 고작 짐을 도발해서 이곳까지 오게 하겠다는 심술을 위해 공개된 공간에서 망발을 부리면서 기록을 남겨놓는다는 말이냐? 그대가 그러고서도 용사라고 할 수 있느냐!”

 마왕이 속사포처럼 쏟아내는 반론에 나는 그만 피식, 웃어버리고 말았다. 화가 난 부분이 그 부분이라니. 하여간 한마디도 지기 싫어하는 놈이다. 성질머리하고는 보통이 아니다.

"이런 덧글을 무슨 속셈으로 단 게냐!"

"그야…… 네가 보러 올 거라고 생각해서 그랬지."

"뭐?"

마왕은 어처구니없다는 표정을 지었다.

"그, 나 나름대로 생각을 해봤어. 생각하고 관찰하고 고민을 했어. 그것부터가 답이니까."

"그래서, 그 잘난 생각을 한 게 고작 악플을 다는 것이라는 게냐? 그게 네가 짐과 하고픈 일이란 말이냐?"

"결판을 내야지."

"뭘?"

나는 마왕을 바라보며 이렇게 말했다.

"만들어야지. 너와 나의 이야기를. 그리고 그러려면…… 일단 너를 만나야지."

마왕은 턱끝으로 난장판이 된 거리와 창검마신을 가리켰다. 그래, 이제 말다툼을 하고 있을 때가 아니다. 거대 마신부터 막아야지.

"가서 쓰거라."

"성검?"

"하…… 용사여, 그대는 산수도 하지 못하는가? 도대체 지구의 기초교육 중 그대가 이해한 것은 어디까진가?"

마왕은 망토 안에서 병 몇 개를 꺼내서 성검과 함께 내게 던졌다. 나는 아슬아슬하게 내 앞으로 던져진 물건들을 받았다. 그리고 그 병이 무엇인지 살펴보니…… 보니?

“마왕, 이거 다 봉마병이잖아?”

나는 당황해서 이 병들을 떨어뜨릴 뻔했다.

“아, 내가 이걸 어떻게 치운 건데! 지금 이 재난 현장에 봉마병을 가지고 오면 어떻게 해? 그러잖아도 위험한 이 물건들을…… 위험한…….”

그러나 그때.

나는 그제야 뒤늦게 마왕이 왜 내가 성검에게 숨겨놓고 오라고 했던 봉마병을 챙겨 왔는지를 이해했다. 나는 마왕을 바라보았다가 봉마병을 내려보고 또다시 마왕을 바라보았다. 마왕은 콧방귀를 뀌고서는 고개를 끄덕였다.

퐁.

나는 봉마병의 마개들을 다 열었다.

눈앞에 사철마신, 독혈마신, 용암마신, 빙산마신, 수정마신의 다섯 마신이 나타났다. 거리가 좁게 보일 정도로의 장관이다.

나는 바보다. 지금 사람들이 우글우글 모여 사는 도심 한복판에 거대마신이 해방되었으니 거대마신을 봉인해야만 한다는 생각에 사로잡혀서 봉마병에 봉인된 마신들을 해방할 생각을 하지 못했다.

하지만 언제나 병기가 아닌 거대마신의 활용법을 고민하던 마왕에게는 거대마신들이 폭주한 거대마신을 제압하고 시민들을 구조하기 위한 도구로도 여겨졌던 것이다.

마왕 말대로 나는 간단한 산수조차 하지 못했다. 거대

마신을 막기 위해서는 거대마신만큼 효과적인 게 없지 않은가? 폭주하는 거대마신 하나를 이기기 위해 다른 거대마신이 둘, 셋, 넷, 다섯 있으면 두 배, 세 배, 네 배, 다섯 배는 쉽지 않겠는가?

"사철마신, 모래의 장막을 펼쳐라! 전투기나 탱크가 주변에 접근하지 못하도록 봉쇄하는 역할이다!"

모래와 철로 이루어진 고대의 거신이 몸을 일으켰다. 사철마신의 온몸은 풍화된 철탑처럼 울퉁불퉁하나 곳곳에 바람에 깎인 암석과 모래가 덕지덕지 붙어 있다. 마치 사막이 걸어다니도록 의인화가 된 듯한 모습이다.

사철마신이 울부짖으니 땅에서 소용돌이치던 모래가 아스팔트를 부수고 올라와 근방을 뒤엎는 거대한 돔을 이루었다. 당분간은 어떠한 포화도 이 장막을 꿰뚫지는 못할 터이다.

"독혈마신, 주변에 수면독을 뿌려라! 시민들이 혼란에 빠지거나 만용으로 거대마신들에게 접근하지 못하도록 일단 재워야 한다!"

다음은 썩어가는 시체의 거신이었다. 부위 곳곳을 철근과 쇠사슬로 기워놓은 듯한 거체에 군데군데 드러난 뼈와 깨진 손발톱이 보기만 하더라도 불쾌감을 준다. 마신대전에서 가장 많은 죽음을 이끌었고, 반대로 또 그 죽음으로부터 사람을 구제하는 약물을 생성해내기도 한 거신이다.

독혈마신이 숨결을 토하니 근방의 공기 전체가 끈적한 독무(毒霧)로 물들기 시작했다. 고요하고 부드러운 꿈의 기운이 거리 전체에 감싸들며 사람들을 잠재웠다.

"용암마신, 창검마신의 무기를 녹여라! 날카로운 칼끝을 무디게, 단단한 갑옷을 무르게 녹여버려라!"

용암마신은 시커먼 암석 틈마다 주황빛 용암이 핏줄처럼 흐르며 끓어오르고 있었다. 그 열기는 주변의 공기마저 들끓게 해 아지랑이가 피어올라 마신의 형태를 비틀었다. 마신의 열기로 그 발밑이 녹아들어 근방의 아스팔트가 곤죽이 되었다.

마왕의 명령을 듣자 용암마신은 흉부의 암석을 비틀어 열고는 그 안에 숨겨진 창대한 불꽃을 노출시켰다. 그리고 그 불꽃이 창검마신을 향해 쏘아지자, 누구도 꿰뚫지 못하리라 생각했던 창검마신의 장갑과 무기들이 그 열기를 이겨내지 못하고 하나로 녹아 들러붙기 시작했다.

"빙산마신, 창검마신의 다리를 얼려버려라! 저 거구가 난동을 부려 건물을 부수고 거리를 파괴하지 못하도록 봉쇄하라!"

빙산마신은 유빙을 깎아 만든 거대한 신상을 보는 것만 같다. 무언가 신성을 담아 숭배하기 위해 만든 것이 아닐까 싶은 아름다운 조각이 숨을 쉴 때마다 주변의 습기가 결정이 되어 눈처럼 하늘하늘 떨어지기 시작한다.

기도하듯 두 손을 맞대고 있던 빙산마신은 무릎을 꿇

고서 바닥에 손을 짚었다. 그러자 얼음의 줄기가 바닥을 타고 창검마신의 발아래로 흘러들고는 그 발밑을 단단히 얼어붙게 했다. 얼음은 창검마신의 발을 점점 타고 올라 무릎까지, 허벅지까지 치솟아 창검마신의 움직임을 봉인했다.

“수정마신, 마력을 집중하라! 마력의 포효로 창검마신의 심장을 꿰뚫어라!”

허공에 떠 있는 저 정팔면체들의 군체가 바로 수정마신이다. 하나하나가 각기 다른 옅은 색을 띤 채 투명하게 그 안을 비춰 보이고 있다. 마왕의 명령을 따라 수정마신의 군체가 정교하게 움직이며 허공에 기하학적인 문양을 수놓기 시작했다. 그리고 그 중심에서 한 줄기, 순백의 마력광선이 빛도 소리도 초월한 속도로 쏘아져 창검마신의 가슴을 꿰뚫었다.

“카륵…… 카…….”

다섯 마신의 공격을 연쇄적으로 받은 창검마신은 흉부에 커다란 구멍이 꿰뚫린 채 신음을 흘리고 있었다. 이제 마지막의 봉인까지 한 걸음만이 남았다.

나는 성검을 들고는 마왕을 바라보았고 마왕도 손을 들어 나를 바라보았다. 성검에 마력을 주입하자 넘쳐흐르는 마력이 공기 중에 산란하여 푸른 빛을 띠기 시작했다. 마왕 역시 그 손에서 붉은 불길이 칼날의 형태를 띠고 솟아오르도록 했다. 우리는 서로에게 고개를 끄덕이고는 서로의 절초를 합쳐 창검마신에게 쏘아내었다.

마왕은 여전히 투쟁의 의지보다는 혐오의 감정을 담아 나를 노려보고 있었다.

"용사아아아아아!"

"마와아아아앙!"

수정마신이 쏘아낸 것보다도 더 밝게 타오르는 빛이 창검마신을 덮쳐버리고, 주변은 완전한 정적으로 물들었다.

나는 바람마법으로 몸을 가볍게 하고는 재빠르게 군중들 사이를 지나쳐 서점 안으로 들어갔다. 그러고는 마이크를 쥔 채 인사를 건넸다.

"안녕하세요. <이계전기>의 보조 스토리 작가 이태양입니다."

나의 소개에도 불구하고 사람들은 무언가를 더 기대하는 눈치다. 그래, 까짓거.

"부업으로 용사를 하고 있습니다."

사람들이 환호성을 지른다. 거참, 민망하구만.

그런 와중에 내 등 뒤에 매달린, 효자손으로 변신한 성검이 나를 계속해서 재촉했다. 나는 결국 성검의 채근을 무시하지 못하고, 그 녀석을 높이 든 뒤 원래 성검의 모습으로 바꾸어주었다.

"저는 성검입니다! 반갑습니다, 여러분!"

사람들이 이제 손뼉까지 친다. 사람들이 이렇게까지 열광해주니 도무지 진정이 되지 않는다만. 아이고, 그래. 내 팔자다. 이것까지도 다 내 팔자다.

신촌에서 거대마신 여섯 기 전원이 해방되는 난리가 난 이후, 사람들은 소란스러워졌다. 특히 그때 허공 위를 날아다니던 두 남녀의 정체에 대해서 어떻게건 알아내려고 다들 아우성이었다.

우리의 정체는 아주 간단히 탄로가 났다. 거대마신의 모습이 마왕이 연재하던 <이계전기>에 등장하던 모습 그대로였기 때문에, 사람들은 <이계전기>의 작가와 신촌에서 일어난 기현상 사이의 연결고리를 주목하기 시작했다. 결국 사람들은 금세 <이계전기> 작가의 정체가 마왕이고 그 어시스턴트인 나의 정체가 용사라는 사실을 알아냈다.

"용사님 잘생겼어요!"

마왕의 억지와 달리 내가 맞았다. 나는 이 정도면 잘생긴 게 맞다. 물론 저 환호성은 어디까지나 유명세 덕분이고, 내 외모를 하나하나 따져보면 모자란 구석이 있는 것도 맞지만, 그래도 마왕이 억지로 못생기게 뒤바꾼 그 얼굴보다는 훨씬 나은 얼굴인 것도 맞았다.

나는 미소를 유지하면서도 속삭이듯이 성검에게 그만 주책 부리고 가만히 좀 있으라고 타일렀다. 아무튼 공식 석상이지 않은가?

<이계전기>의 내용이 실제로 존재했던 인물과 사건에 기반했다는 사실이 알려진 뒤, 작품에 대한 관심은 폭발적으로 증가했다. 유료 결제를 하는 사람들 숫자도 엄청 많아져서 마왕도 내게 월급을 올려줄 수밖에 없을 정도였다. 그리고 그 관심은 작가인 마왕과 어시스턴트인 용사에게도 연결되어, 우리 둘은 온갖 곳에 불려 다니면서 인터뷰나 사인회를 하게 되었다.

나는 이 상황에 익숙해지기까지 한참이 걸렸다. 마왕과 용사의 정체에 대해 추측을 한 기사나 작품을 분석해 칼드레아 대륙의 문화를 분석하는 감상 그리고 나에 대해서 빽빽하게 정리한 위키 페이지까지, 나도 몰랐던 나에 대한 정보들이 쏟아지자 나는 잠시 휴대폰과 SNS를 멀리하며 지내야만 했다.

<이계전기>와 마왕 그리고 나의 인기는 내가 예상한 이상이었다. 사람들 앞에 생생한 마법의 증거와 다른 차원의 인물이 나타났으니 관심이 없으려야 없을 수가 없기는 하다.

그래. 그래서 마왕은 너무 바빠졌다. 웹툰 연재만이 아니라 정부의 호출이나 언론 인터뷰까지 진행하게 되었기 때문이다. 그 때문에 내가 마왕을 대신해 서울의 대형 서점 이벤트 홀 가운데에 서서 <이계전기>의 사인회를 진행하게 된 것이기도 했다. 작가도 아닌 등장인물이 진행하는 사인회라는 게 무슨 의미인가 싶기도 하지만 말이다.

"<이계전기> 사인회 곧 시작합니다! 줄 서 계신 분들 간격 너무 띄우지 말고 이제 좁혀주세요!"

안내를 하는 서점 직원의 목소리가 이벤트 홀 안을 메운다. 그 앞에 줄을 선 팬들이 기분 좋은 표정으로, 기대감에 차서 사인을 받을 종이나 태블릿 그리고 책을 꺼내기 시작했다. 정말이지, 이게 뭐가 뭔지.

"태양, 오늘은 치킨 먹고 가나?"

"그럴래요."

"어, 앉아. 새로 튀길 테니까 앉아 있어. 파룩도 있어."

오랜만에 기름 찌든 내가 가득한 쌈바치킨으로 돌아왔다. 수염이 성성 난 쌈바치킨 사장님과 파룩이 맥주잔을 들어 보이며 나를 반겼다. 나도 자리에 앉아 파룩이 먹던 양념통닭의 날개 부분을 한 점 들어 올렸다. 아마 오늘의 마지막 만찬이지 싶다.

요즘에는 도통 쌈바치킨에 들르지를 못했다. 뜬금없는 유명세와 이런저런 준비로 정신이 없었기 때문이다.

우연히 알게 된 인연이 오래도 이어졌다. 파룩은 한국에서 목표로 했던 저금액을 달성했고 여자친구에게 청혼을 한 상태다. 결혼식 전까지 사고가 나지 않도록 조심하자고 상하차는 잠시 관두고, 고국으로 돌아가 장사를 하고 싶다며 쌈바치킨 사장님 밑에서 요식업에 대한 기본을 배우고 있다. 이 녀석이 하는 게 경영 수업인지 사장님 '술 동무'인지 모르겠지만 어쨌든 뭐가 됐든 열심히 하고는 있다.

덕분에 나도 일과를 마친 뒤에는 쌈바치킨에 들러서 인사를 하고 가고는 한다. 하도 닭을 많이 먹어서 그냥 얼굴만 비추고 갈 때도 있고.

내 인생의 낙이었던 '금요일에 치킨 한 마리'는 이제 옛일이 되어버리고 말았다.

"태양, 이번에는 어디 갔다 왔어?"

"사인회하고 마왕 따라서 정부 사람들 좀 보고…… 과학자들 앞에서 마법 시연 몇 개 해주고 그랬지. 봉마병 하나 놓고 가라는 걸 어떻게든 거절하느라 진땀 뺐다."

마왕과 내가 창검마신을 봉인한 뒤, 어떻게든 여론을 움직여서 비난의 화살을 우리에게 돌리려던 사람들이 있었다. 특히 국회의원 황윤평이 그러했다. 하지만 애초에 봉마병을 잘못 간수한 것은 마왕이 아닌 국회의원 황윤평이었다는 사실이 밝혀지면서 여론은 복지부동으로 굳어버렸다.

무엇보다 사람들은 국회의원 황윤평이 내뱉는 혐오의 선동에서 얻을 이득은 없었지만 마왕이나 내가 시연하는 마법에서는 무궁무진한 가능성을 발견했다. 명확한 돈벌이가 눈앞에 있는데 이를 고작 인기 없는 국회의원 하나의 의원직 유지를 위해 날려버릴 정도로 사람들은 멍청

하지가 않았다.

오히려 사람들은 억지 논리로 국회의원 황윤평을 지지하려는 계정들을 역추적해서 역바이럴 전문 브로커들의 업체의 꼬리를 붙잡는 데 성공하기까지 했다. 덕분에 조만간 국회의원 황윤평과 여론 조작 업체 간의 비리를 수사하는 특검과 청문회가 열릴 예정이기도 하고. 하여간 코미디가 따로 없다.

어쨌건 마왕이나 나 모두 사람들이 보기에 여러모로 호기심을 불러일으킬 대상인 것도 맞았기에, 마왕과 나는 정부의 요청에 적극 응하면서 칼드레아 대륙의 문화나 마법 그리고 거대마신들에 대한 정보를 전달하고 그들의 연구를 도왔다.

"태양은 준비 다 마쳤어?"

"그렇지 뭐. 파룩도 결혼식 올리면 바로 귀국인가?"

파룩은 고개를 끄덕였다. 나는 잔을 들어 맥주를 붓고는 파룩과 잔을 부딪쳤다. 당분간은 안녕이니까.

마왕은 진지한 표정으로 이렇게 질문했다.

"가면 무엇부터 하고 싶으냐?"

머릿속은 여전히 복잡했다. 일단 나는 전(前) 용사이지 않은가. 이제 와서 갑자기 무슨 상관이냐고 사람들이 따지지는 않을까 걱정부터 앞섰다.

가서 먹고 싶은 음식이나 만나고 싶은 사람들이나 고민하면 좋겠지만, 일단 돌아가서 해야 할 일들의 목록이 너무 길고 또 상세했다.

"글쎄다. 머리가 캄캄하다."

옥탑방의 평상에 앉은 마왕은 나를 보며 이제까지 생각하던 문제들을 정리했다.

"우선 정식으로 대사관을 설립하고 유통망 형성에 대한 여론을 수렴해야겠지. 이번에 돌아가서는 그대나 짐이나 다른 세력의 추대보다는 견제 속에서 활동하게 될 터이니 절차를 명확히 해야만 하느니라."

나와 마왕은 옥상과 옥탑방을 드나들면서 아침 해가 뜨기 전까지 준비를 마치기 위해 동분서주했다. 마왕이 간직하고 있던 차원검을 써서 마왕이 원래 살던 세계, 칼드레아 대륙으로 돌아가기로 계획했기 때문이다. 신촌 거리가 입은 피해 보상금을 마련할 겸, 대한민국 정부가 우리가 이계로 가 새로이 교류를 준비하겠다는 결정을 존중해준 덕분에 공적인 절차는 문제없이 속전속결로 진행되었다.

아무튼 잘하기는 해야 하는 셈이다.

나는 이세계로 이동을 한 뒤 지구의 인류를 대표하는 대사 역할을 맡기로 했다. 혹시 모르는 반발과 피해를 최소화하기 위해 양 세계의 정부 모두가 동의하는 형태의 계약서가 완성되기 전까지는 나만 가는 게 좋을 것 같다나 뭐라나. 그래서 아주 따분한 법적, 인문학적 자문을 받은 뒤, 나는 마왕과 함께 지구와 칼드레아 대륙 사이의 대사가 될 준비를 마칠 수 있었다.

그리고 나 혼자 가는 것은 아무래도 불안하다며 마왕 역시 나를 따라 칼드레아 대륙으로 돌아가기로 했다. 덕분에 <이계전기>는 다시 한번 무기한 장기 휴재를 하게 되었지만, 마왕은 나름 만족하는 눈치다. 시즌 2는 보다 더 즐겁고 유쾌한 내용으로 채울 수 있을 것이라며 신이 났다고나 할까.

휴대폰에 웹툰 <이계전기>의 연재를 중단한다는 공지가 업로드됐다는 알림이 떴다. 나는 고개를 돌려 마왕을 바라보았다. 마왕은 기쁜 표정으로 손을 내밀고는 나의 손을 붙잡았다.

"마왕, 갈까?"

"그래, 용사."

예전에는 그토록 두렵기 짝이 없던 마왕이 이제는 내 옆에 서 있다니. 성검과 거대마신을 병기가 아닌 사람들의 행복을 위한 도구로 쓸 수 있게 되었다니. 감회가 새롭기만 하다.

용사라는 것이 무엇일까 생각하면 결국 사람들을 위하고 또 지키는 존재일 것이다. 그런 점에서 예전 나의 모험은 진정으로 누군가를 위하거나 지킨다기보다는 그저 몇몇의 장기 말에 불과했을지도 모른다. 하지만 이번에는 다를 것이다.

나의 진짜 용사로서의 모험은 이제부터가 시작이니까.

MISSION COMPLETION CHECK

MISSION 1

p. 30~31

의자에 앉아 노트북을 보려는데 정면 벽에 이상한 물체가 시야에 들어왔다. ~ 수희의 다른 모든 영역 또한 이해 불가라는 생각이 들면서 사고를 멈췄다.

p. 102

자세히 살펴본 물체는 작은 상자에 솜과 함께 매미를 넣어놓은 곤충표본이었다. ~ 똑같은 매미표본을 본 기억이 났다.

p. 109

심지어는 수희 방 벽에 붙어 있던 매미표본까지도 모두 웹툰 장면에 묘사되어 있었다.

p. 113

웹툰을 그리다가 고개를 들 때마다 보이던, 투명 테이프로 벽에 붙여놓은 매미의 표본.

MISSION 2

p. 147 가져온 파트

나는 미지의 괴물을 대면하는 심정으로 링크를 타고 사이트에 들어갔다. ~ 댓글도 이미 400개를 넘었다.

p. 210~211

다음 날 우리는 작업실에 모여 굳은 표정으로 화면을 바라보았다. ~ 정작 아오암 본인은 다른 전공으로 전과해서 똑같은 짓 하려다 공론화되고 물러남.

p. 107~108 반영한 파트

나는 미지의 괴물을 대면하는 심정으로 링크를 타고 사이트에 들어갔다. ~ 반드시 찾아내서 웹툰계에서 퇴출해야 함.

MISSION 1

p. 211

악플러들은 한여름의 매미처럼 덧글창에 달라붙어 시끄러운 소음을 부풀렸다. ~ 다른 제대로 된 소리를 지워버리기 시작했다.

MISSION 2

p. 9　　　　가져온 파트

휴대폰에 웹툰 <붕괴>의 마지막 화가 업로드됐다는 알림이 떴다.

p. 262　　　　반영한 파트

휴대폰에 웹툰 <이계전기>의 연재를 중단한다는 공지가 업로드됐다는 알림이 떴다.

작가 7문 7답

스며드는 것들
이종호

1. 지금의 공통 한 줄에서 어떤 매력을 느끼셨나요?

흔히 공포는 인간에게 남은 가장 원시적인 감정이라고 말합니다. 공포의 이면에 죽음이라는 존재가 도사리고 있기 때문인 것 같아요. 그래서 우린 본능적으로 공포를 두려워하는 동시에 그 감정에 강하게 이끌리는 것 같습니다.

그래서 저는 공포와 미스터리가 만날 때 가장 매력적인 이야기가 탄생할 수 있다고 생각하는데, 공통 한 줄을 보는 순간 그런 요소를 가진 스토리가 떠올랐습니다.

2. 한 줄을 지금의 이야기로 기획하시면서 스스로 가장 재미있다고 느끼셨던 부분은 무엇인가요?

공포 장르는 이후에 어떤 일이 벌어질지 예측할 수 없도록 이야기가 전개될 때 작가도 신이 나서 글을 쓸 수 있고, 독자 역시 스릴과 재미를 느끼며 글을 읽을 수 있습니다. 이번 공통 한 줄은 현실에서 일어날 수 없는 불가사의한 일을 소재로 하고 있어 그 자체로 독자의 호기심을 불러일으키는 재미가 있다고 생각했습니다.

또한 공통 한 줄에는 작가가 현실과 환상의 경계를 넘

나들며 복선과 미스터리 구조를 만드는 데 수월한 요소가 있었고 과정도 재미있었습니다.

3. 원고를 쓰면서 가장 고민하셨던 지점은 어떤 부분인가요?

「스며드는 것들」은 현실에서 벌어진 사건과 웹툰 속 이야기가 서로 밀접하게 연계되어 진행되는 미스터리 형식을 갖추고 있습니다. 따라서 현실의 이야기와 웹툰의 이야기가 서로 혼동되지 않도록 구분하고, 같은 이야기를 하면서도 중복되거나 지루한 느낌 없이 이야기가 앞으로 진행되도록 장치와 설정을 만드는 과정이 힘들었습니다.

그를 위해 시점이나 공간을 차별화하고 현실에서 보여줄 장면과 웹툰 속 내용으로 보여줄 장면을 분리하는 작업에 고민을 많이 했습니다. 독자가 그 두 가지 버전을 모두 보고 아귀를 맞추면서 전체 이야기를 이해할 수 있도록 하고 싶었거든요.

4. 원고 중 가장 만족하시는 장면은 어떤 대목인가요?

이 기획의 미션 중 하나인 매미를 등장시키는 장면이었습니다. 작품의 어느 한 부분에 매미가 나와야 하는데,

이왕이면 의미 있는 장면에 등장시키고 싶었습니다. 고민하다가 심우진이 404호 자신의 집에서 웹툰을 그린 게 아니라 403호 수희의 집에서, 빙의된 상태로 웹툰을 그렸다는 사실을 반전으로 보여주는 장면에 매미를 등장시켰습니다.

개인적으로 그를 위해 지루한 묘사나 설명을 하는 것보다 그 방식이 더 직관적으로 느껴져서 마음에 들었습니다.

5. 상대 장면 가져오기 미션에서 그 부분을 가져오신 이유는 무엇인가요?

사실 이 미션이 가장 골치가 아팠습니다.

「스며드는 것들」과 「이계전기 연재 중단을 요청합니다」 두 작품은 장르도 전혀 다르고 이야기의 결이나 분위기도 극과 극이었거든요. 「스며드는 것들」은 한정된 공간에서 미스터리 형식으로 진행되는 이야기라서 작품의 분위기는 물론이고 캐릭터들의 감정적인 밀도도 높은 이야기입니다.

반면 「이계전기 연재 중단을 요청합니다」는 판타지 장르에 현실을 풍자하는 블랙코미디의 성격이 강한 작품이었습니다.

덕분에 아무리 짧은 단락을 가져와도 작품의 분위기가 너무 이질적이고 도드라졌습니다. 고민하는 와중에 <이

계전기> 연재를 읽는 독자들이 악플을 다는 장면이 떠올랐습니다. 공포 미스터리든, 블랙코미디를 표방하는 판타지든 댓글을 다는 독자의 심정은 다르지 않을 것 같아 그 부분을 가져왔습니다. 마침「스며드는 것들」속 웹툰에 부정적인 댓글이 달리면 좋겠다는 생각이 들기도 했고요.

6. 상대 작가님의 작품을 읽어보았을 때 어떤 생각을 가지셨나요?

「스며드는 것들」은 제가 통조림 속에 갇혀 있는 것 같은 갑갑증을 느끼며 쓴 글입니다. 공포 미스터리라는 장르적 특성상 복선과 촘촘한 이야기 전개가 중요했거든요.

제 작품을 끝낸 후「이계전기 연재 중단을 요청합니다」를 읽는데 이야기가 너무 시원시원하게 쑥쑥 넘어가서 제 작품을 쓰면서 쌓여 있던 체증이 한꺼번에 내려가는 것 같았습니다. '독자들도 나와 같은 기분을 느끼면 어떡하지?'라고 걱정될 정도였어요.

하지만 작품 초반 설정을 봤을 때는 걱정이 되기도 했습니다. 마법이 난무하는 칼드레아 대륙이라는 이세계에서 돌아온 나와 이세계 라이벌이던 마왕이 현실세계에서 조우한다는 설정이었는데, 스토리가 어떤 방식으로 전개될지 전혀 감이 잡히지 않았거든요. '이런 설정으로 제대로 된 이야기를 만들 수가 있을까?'라고 걱정이 될 정도였어요.

하지만 막상 글을 읽기 시작하니 이 작품의 재미있는 관전 포인트가 따로 있다는 걸 알았습니다. 한 세계를 무너뜨리고도 남을 정도의 마법을 지닌 두 사람이 각박한 현실세계에서 마법을 사용하지 않고 보통 사람처럼 적응하며 살아가는 과정을 지켜보면서, 자연스럽게 현실세계에서 살아가는 우리 모습이 은유와 풍자의 시선으로 떠올랐습니다. 작가가 이 작품을 쓴 의도도 그런 목적이 아닐까 짐작했죠. 기발하면서도 세밀한 은유와 풍자에 연신 피식거리며 웃었던 재미있는 작품이었습니다.

7. 끝으로 작품을 읽으신 독자님들께 한 말씀 부탁드립니다.

공포 미스터리라는 장르가 의외로 스펙트럼이 넓어서 이 장르를 좋아하는 독자들의 취향도 매우 다양한 것 같습니다. 개인적으로 저는 공포 미스터리 소설은 다른 장르문학에 비해 엔터테인먼트적인 요소가 강하다고 생각하고 그 부분에 충실한 글을 쓰려고 애쓰는 편입니다. 소설이 독자에게 전할 수 있는 여러 감정과 메시지가 있겠지만, 저는 독자님들이 제 소설을 읽는 내내 무섭다는 감정을 가졌으면 좋겠습니다. 감사합니다.

이계전기 연재 중단을 요청합니다
홍지운

1. 지금의 공통 한 줄에서 어떤 매력을 느끼셨나요?

아무에게도 말하지 않았던, 나의 과거가 웹툰이 되어 연재되고 있다.

일반적인 호러라고 하면 이 공통 한 줄은 비밀이 폭로되는 것을 두려워하는 상황을 다루는 데 쓰이기가 쉽습니다. 그리고 이런 도입은 이미 많은 작품에서 활용되어, 그 경쟁에서 살아남기 쉽지 않아 보였습니다. 하지만 이 조건을 아예 틀어서 내 과거를 더 말하고 싶은 사람, 더 알리고 싶은 사람에게 주어준다면 차별화된 이야기를 만들 수 있지 않을까 생각했습니다. 대신 호러와는 조금 달라지겠지만 말이지만요.

2. 한 줄을 지금의 이야기로 기획하시면서 스스로 가장 재미있다고 느끼셨던 부분은 무엇인가요?

이야기하고 싶은 부분은 여러 가지 있지만 딱 하나만 이야기하자면 제 개인적인 만화론에 대해 적은 것입니다. 저는 어렸을 때부터 만화광이었으니까요. 나아가 한국의 만화 시장이 웹툰 중심으로 재편되는 과정을 지켜보며 성장하기도 했습니다. 만화와 웹툰 다 좋아하지만, 이 두 매체의 차이는 시대적인 변화와도 긴밀하게 연결되어 있다고 생각합니다. 그리고 이 테마에 대한 고민은 이 작품의 주제와도 긴밀히 연결되어 있고요.

3. 원고를 쓰면서 가장 고민하셨던 지점은 어떤 부분인가요?

전반적인 톤을 달리한 것입니다. 좀 더 선명한 호러를 쓰면 작업은 쉬울 것이나 다른 작가님들과의 차별화를 이루기도 어렵고 시리즈의 밸런스가 깨질 수 있으리라 생각해 톤을 많이 밝게 바꾸었습니다. 잘한 것인지는 모르겠어요. 전체적인 시리즈의 포인트가 되는 지점으로 봐주시면 감사하겠습니다.

4. 원고 중 가장 만족하시는 장면은 어떤 대목인가요?

대칭 구도에 맞춘 장면들입니다. 어떻게 대칭으로 배치했는지 한번 찾아보셔도 재밌을 것 같네요. 모든 장면이 한 번 이상은 반복되고 변주되도록 설계했습니다. 이는 요 근래 제 장르 작법에 대한 고민이기도 해요. 어떻게 익숙하게 할 것인가. 어떻게 반복할 것인가. 어떻게 비틀 것인가. 어떻게 대칭을 이룰 것인가.

5. 상대 장면 가져오기 미션에서 그 부분을 가져오신 이유는 무엇인가요?

도입에 쓰신 짧은 문장 하나를 가져왔습니다. 이종호 작가님의 작품을 연 문장이 제 작품의 끝을 닫는다면 재미난 수미상관이 되지 않을까 싶었기 때문입니다. 짧지만 인상이 강하게 남은 문장이기 때문이기도 했습니다.

6. 상대 작가님의 작품을 읽어보았을 때 어떤 생각을 가지셨나요?

정통파 호러로 이야기를 끌고 가시는 힘에 감탄했습니다. 비슷한 전개로 나아갔다 정면으로 부딪혔다면 제가 쓴 작품의 모자란 점이 보일 것이 뻔했기에, 공통 한 줄을 변주해서 쓰기를 잘했다 싶어 안도하기도 했습니다. 똑같은 맛이 반복되면 질리기 쉬우니까요. 하나만 보는 게 아니라 둘을 볼 때 더 재미난 배치가 되길 기대했는데, 저 개인적으로는 만족했습니다.

7. 끝으로 작품을 읽으신 독자님들께 한 말씀 부탁드립니다.

 저와 제 주변만 그런 것인지 아니면 한국 사회 전반이 그러한 것인지 <드래곤퀘스트> 이전에 『마법진 구루구루』를 접한 사람들이 많은 것 같습니다. 이번 소설은 정통파 왕도보다 변화구 사도가 기본인 세대, 패러디를 원본으로 삼은 세대의 이야기이기도 합니다. 동시에 시대의 발전으로 모두가 원본이자 모두가 패러디가 된 시대에 쓰여진 이야기이기도 합니다. 그런 부분에서 어리광을 부리는 글을 쓰고 말았습니다만, 부디 어여삐 봐주시길 부탁드립니다.

같이 읽고 싶은 이야기
텍스티(TXTY)

텍스티는

모두가 같이 읽고 싶은 이야기를

만들고 제안합니다.

읽고 나면

주변에서 벌어지는 일에 관심이 생기고

다른 이들과 나누고 싶어지는 이야기를 만들겠습니다.

계속해서

이야기의 새로운 재미를 발견하고

이야기를 통한 공감이 널리 퍼지도록 애쓰겠습니다.

텍스티의 독자라면 누구나

이야기 곁에 있도록 돕겠습니다.

익명 연재
매드앤미러 06

초판 발행	2026년 1월 21일
지은이	이종호 홍지운
기획	(주)투유드림 매드클럽 거울
책임 편집	김하명
IP 제작	조민욱 신소윤
IP 브랜딩	홍은혜 텍수LEE
IP 비즈니스	조민욱 김하명
경영지원	장윤석 박인영 손혜림
교정·교열	김화영
예타단 3기	모혜진 신나라 전지혜
디자인	그리너리케이브
북-음	최희영
인쇄	올북컴퍼니
배본	문화유통북스
사업 총괄	조민욱
발행인	유택근
발행처	㈜투유드림
출판등록	제2021-000064호
주소	(02810) 서울특별시 성북구 종암로13길 16-10
대표전화	02-3789-8907
이메일	txty42text@toyoudream.com
인스타그램	@txty_is_text
홈페이지	https://www.toyoudream.com
ISBN	979-11-93190-60-9(03810)
정가	14,000원